한반도 간행
일본어 민간신문 문예물 연구

일본학 총서 43
일제강점 초기 한반도 간행 일본어 민간신문의 문예물 연구 8

한반도 간행
일본어 민간신문 문예물 연구

고려대학교 글로벌일본연구원

일제강점 초기 한반도 간행 일본어 민간신문의 문예물 연구 사업팀

보고사
BOGOSA

간행사

이『한반도 간행 일본어 민간신문 문예물 연구』는 일제강점기 한반도에서 발행한 일본어 민간신문에 게재된 문예물을 고찰한 연구서로서 2016년부터 2019년까지 한국연구재단의 일반공동연구 과제의 지원을 받은 〈일제강점 초기 한반도 간행 일본어 민간신문의 문예물 연구〉 사업팀에서 간행한『일제강점 초기 일본어 민간신문 문예물 목록집』(전3권),『일제강점 초기 일본어 민간신문 문예물 번역집』(전4권)의 연구 성과를 담은 결과물이다.

1876년 강화도 조약 체결 이후 수많은 일본인들이 한반도로 건너와 이주하였고 그들은 정보 교환과 자신들의 권익 주장을 목적으로 한반도 내 개항 거류지를 비롯해서 각 지역에서 일본어 민간신문을 발행하였다. 이들 민간신문은 당국의 식민정책을 위에서 아래로 전달하기 위해서 발행한『경성일보(京城日報)』나『매일신보(每日申報)』와 같은 통감부나 조선총독부의 기관지와는 달리 실제 조선에서 생활하던 재조일본인들이 자신들의 필요에 의해서 창간한 신문들이었다. 자신들의 권익을 위해서 창간된 일본어 민간신문은 재조일본인들의 정치·경제·문화 활동, 생활 상황, 일본 혹은 조선에 대한 그들의 인식을 여실히 보여주고 있고 지역 신문으로서의 성격이 강했기 때문에 일본인을 중심으로 한 그 지역 사회의 동향을 살필 수 있는 중요한 자료라 할 수 있다.

  이렇듯 일제강점기 한반도에서 발행된 일본어 민간신문은 식민지
의 실상을 파악할 수 있는 중요한 사료라 할 수 있지만 신문들이 산
재해 있고 보존 상태가 열악하여 한일강제합병 이전에 61종이 넘게
발간되었던 일본어 민간신문 중 현재 그 내용을 파악할 수 있는 민간
신문은 20종밖에 남아 있지 않고 연구 또한 많이 이루어지지 않은
것이 실상이다. 이 연구서가 대상으로 하고 있는 문예물들은 주로
1920년 이전까지의 일본어 민간신문에 개제된 작품들인데 이는 기
존의 식민지기 일본어문학·문화 연구의 시기적 불균형 현상을 보완
하기 위해서 대상 시기를 일제강점 초기로 집중하였다.

  2000년대 이후 한국에서는 일제강점기 재조일본인 연구 및 재조
일본인 문학, 한국인 작가의 이중언어문학 작품의 발굴과 분석 등에
관한 연구가 활발히 이루어졌는데 이들 연구는 주로 총독부가 통치
정책을 문화정책으로 전환하여 조선 내 언론·문화·문학 등이 다양
한 양상을 보이기 시작한 1920년대 이후, 또는 중일전쟁 이후 국민
문학, 친일문학이 문학과 문화계를 점철한 1937년 이후부터 해방 이
전까지의 연구들이 주를 이루고 있다. 때문에 상대적으로 강화도 조
약 이후부터 1920년까지 한반도 내 일본어문학·문화에 대한 연구는
많지 않으며, 또한 일제강점기 초기의 일본어 문학·문화 연구의 경
우도 단행본, 잡지 혹은 총독부 기관지 연구에 편중되어 있다. 따라
서 이 연구서 간행을 통해 현재 특정 매체와 시기에 집중되어 있는
식민지기 일본어문학·문화 연구의 불균형 현상을 해소하는데 일조
할 수 있을 것이라 기대하고 있다.

  이들 일본어 민간신문에 게재된 문예물들은 일본 본토에 거주하

던 일본인 작가의 작품이나 기고문도 다수 있으나 대부분이 한반도에 거주하던 기자, 작가, 일반 재조일본인의 창작물들이 다수이다. 이들 신문 문예물을 통해서 일본어문학·문예의 한반도로의 유입과 그 과정에 작용하고 있는 제반 상황 등을 밝히고 일본어문학·문예의 이동, 변용, 확산 등 과경(跨境) 현상을 파악할 수 있는 기초적인 연구가 될 것이다. 신문의 문예물이란 기본적으로 불특정 다수의 독자들에게 읽는 즐거움을 제공하여 신문 구독을 유도하고 연재소설을 통해서 신문 구독을 유지시키기 위한 역할을 하고 있다. 일본어 민간 신문의 독자들을 한반도에 거주한 재조일본인들이고 이들 민간신문의 문예물을 통해서 그들의 리터러시 정도와 문예에 대한 인식, 선호 등 문예물 수용자, 독자에 관한 고찰과 함께 신문 미디어가 식민지 상황에서 어떠한 역할을 수행해 왔는지도 파악할 수 있을 것으로 기대한다.

이 연구서는 3부 구성으로 제1부에서는 근대 초기 대중문학의 주축을 이루었던 서양탐정소설을 번역한 신문 연재물을 중심으로 고찰하였다. 메이지(明治)기 극우 대외팽창주의를 주창하였던 흑룡회(黑龍會)를 배후 세력으로 부산에서 발간된 『조선일보(朝鮮日報)』가 간판 번역소설로 선정한 연재소설은 아서 코난 도일(Arthur Conan Doyle)의 〈제라르 준장〉 시리즈였다. 제1부에서는 코난 도일의 〈제라르 준장〉 시리즈가 극우파 민간신문의 간판소설로 연재된 시대적 배경을 고찰하고 서양 대중소설의 아시아적 수용 양상을 살펴보고자 한다. 그리고 코난 도일이 낳은 명탐정이자 서양 탐정소설의 전성기를 장식한 셜록 홈즈 시리즈가 한반도에서 간행된 일본어 민간신문에 연재된 상황을 살펴보고자 한다. 1910년 이전, 한반도의 한국어 출판계에서

아직 탐정소설 장르가 자리 잡기 이전 시기에 재조일본인이 발행한
일본어 민간신문에는 다수의 탐정소설이 게재되었는데, 그 대부분이
외국의 번안·번역물이었다. 그 가운데『경성신보(京城新報)』에 실린
히데코의「탐정실화 기이한 인연」(1908년 11월 17일~12월 1일)은 '탐정실
화'를 표제어로 내세운 창작물로서, 번역·번안에서 벗어나 탐정소설
의 창작을 시도했다는 점에서 중요한 의미를 지닌다. 또한 이 작품은
경성을 배경으로 하고 있어 남대문, 남산, 왜성대 등 그들이 실제로
활동한 다양한 공간이 등장하여 당시 재조일본인의 생활상을 엿볼
수 있다. 또한 등장인물의 직업을 통해 당시 한반도에서 생활하던
일본인들의 직업관을 살펴볼 수 있는 독특한 작품이기도 하다. 이
소설은 한반도에 아직 탐정소설 장르가 성립되기 이전 상황으로서
민간신문을 통해서 새로운 장르를 발신시켰다는 점에서 한반도 내
일본어대중문학 형성과 신문 문예물의 관계를 시사하는 연구라 할
수 있다. 또한 이현희 선생님은 한반도에서 발행된 일본어 민간신문
인『조선신문(朝鮮新聞)』에 연재된 번역탐정소설「소설 코안경」, 「가
짜 강도」, 「탐정기담 제2의 혈흔」의 원작과 이를 번역한 고쿠초를
조사하고, 이와 함께 원작과 번역작의 비교고찰을 시도하고 있다. 이
연재작들은 한반도에서 〈셜록 홈스〉 시리즈가 비록 일본어이지만 처
음으로 번역 소개된 작품들로서 당시 식민지 조선에 거주하였던 재
조일본인들이 탐정소설을 어떻게 즐겼는지를 엿볼 수 있는 논고라
사료된다.

　제2부에서는 일본어 민간신문의 연재소설이 지상에서 맡은 역할
에 관한 고찰과 민간신문에 작품을 기고한 내지 작가들에 관해서 고
찰하였다. 〈근대 초기 일본어 민간신문『조선시보(朝鮮時報)』의 연재

소설 연구〉에서는 기존의 선행연구에서 본격적으로 다루어지지 않았던 부산지역 일본어 민간신문 『조선시보(朝鮮時報)』와 『부산일보(釜山日報)』의 연재소설에 주목하여 그 특징을 파악하고 근대 초기 부산의 문화적 상황을 추론하였다. 상업일간지인 『조선시보』는 상황(商況) 기사가 별도로 구분되어 있어 조선 최대의 미곡항인 부산의 특수성을 반영하고 있지만, 문예물의 비중도 높아 신문을 기반으로 전개되는 근대도시 부산에서의 일본문화 전파와 확산을 예고하고 있었다. 특히 1920년대 『조선시보』의 연재소설에는 일본의 문화와 정서가 강하게 표출되는 소설과 강담이 게재되어 있어, 신문이라는 근대적 매체를 매개로 일본의 정서와 문화가 강요되었던 이 시기 부산지역에서 보이고 있는 근대문화의 이중성을 파악할 수 있었다. 〈식민지신문 『조선시보』의 연재소설 작가 연구 – 메이지 유행작가 오구리 후요(小栗風葉)를 중심으로〉에서는 개항 도시 부산에서 발간한 일본어 민간신문 『조선시보』에는 당시 일본 내 신문들이 그러했던 것처럼 발행 부수 증대를 위해 문예란을 활용하였고, 일본 중앙 문단에서 활약한 작가들을 섭외하여 신문 홍보에 열을 올렸다. 특히 겐유샤(硯友社) 출신 작가의 작품은 물론 메이지 시대 유명 작가였던 오구리 후요의 미발간 작품이 『조선시보』에서 확인할 수 있는데 작품 「고달픈 몸(憂き身)」에는 당시 근대 신문소설의 특징이었던 연애, 여학생 등 근대문화의 표상을 확인할 수 있는데 작가가 발신한 근대문화 및 근대적 욕망이 식민지 지역에도 전달되어 향유되었음을 알 수 있다. 이러한 언론의 영향력 확대, 문화 재생산의 통로로 활용되었던 『조선시보』의 연재소설란을 고찰하였다.

제3부에서는 일본어 민간신문 문예물로 가장 많은 수가 실린 일본

전통운문 장르를 고찰하였다. 〈근대의 우타카이하지메(歌会始)와 칙제(勅題) 문예 – 일제강점기 일본인 발행 신문을 중심으로〉에서는 현대에 이르기까지 일본 황실의 대대적인 신년 행사로 거행되고 있는 '우타카이하지메(歌会始)' 및 해당 가회를 위하여 천황이 선정하는 가제(歌題)인 '칙제(勅題)'를 주제로 하는 신문 문예에 주목하였다. 당시의 칙제에 대한 국민적 관심과 우타카이하지메에 대한 대대적인 영진(詠進) 외에도 신문을 비롯한 각종 매체에 이를 중심으로 문예물의 활발한 모집·투고가 이루어진 것에 착목하여, 대한제국 시기를 포함하는 일제강점기 초기 한반도에서 발행된 일본어 신문의 독자 문예를 고찰하였다. 〈한반도 간행 일본어 민간신문 속 하이쿠(俳句) 연구 –『경성신보』의「時事俳評」을 중심으로〉에서는 한반도에서 간행된 일본어 민간신문에 존재하였던 다양한 문예물 중 일본의 전통 시가 장르인 하이쿠에 주목한 연구이다. 지금까지 일제강점기 간행된 일본어 신문 내 하이쿠 연구는 구회(句會)를 중심으로 연구가 진행되어 왔다. 그러나 당시 일본어 민간신문에는 구회 중심의 구(句) 이외에도 다양한 양식의 하이쿠 란이 존재하였는데, 그중 하나가 바로『경성신보』의「時事俳評」였다. 특히 한반도의「時事俳評」은 민간신문을 기반으로 하고 있었으며 정치, 경제·사회, 문화·생활 등 당시 다양한 분야의 이슈들을 구제로 하고 있었다. 이처럼 시사와 하이쿠가 접목된「時事俳評」은 신문이 구독자들에게 발신하고 있었던 시사점을 17자로 재탄생 시켰다는 점에서 민간신문 고유의 역동적인 하이쿠 란이었음을 확인할 수 있었다. 〈1910년 전후 조선의 가루타계(歌留多界) –『경성신보』의 가루타 기사를 중심으로〉에서는『경성신보』에 실린 가루타 관련 기사들을 근거로 하여 1910년 전후 조선 가루타

계의 형성과 전개 양상을 파악하는데 초점을 두었다. '다다미 위의
격투기'라고도 불리는 가루타는 백인일수(百人一首)를 이용한 놀이로
일찍이 이주 일본인들 사이에서 가루타 대회가 열릴 정도로 활성화
되어 있었다. 특히 취미와 오락이라는 면에 그치지 않고, 재조일본인
의 인적 교류 그리고 일본인으로서의 아이덴티티 형성 등에도 기여
하고 있었던 조선의 가루타계는 일제강점기 식민지에서 재현되는 제
국의 문화의 대표적인 일례라 할 수 있다. 이러한 가루타의 활성화는
전통 시가 장르가 창작 이외에도 다양한 경로로 향유되고 있었던 사
실을 보여주고 있다.

마지막 특집으로는 일제강점기 한반도에서 간행된 일본어 민간신
문의 전체상을 고찰한 김태현 선생님의 연구성과를 실었다. 강화도
조약 이후 조선으로 건너온 일본인들은 부산과 인천 등의 개항장을
중심으로 일본인 사회를 형성함과 동시에, 상업적 혹은 정치적 목적
으로 각종 신문을 발행하였다. 본 연구에서는 개항 이후 식민지 시기
전 기간에 걸쳐 재조일본인들이 조선 각지에서 발행한 민간신문들의
전체상을 정리하고 각 신문들의 특징을 살펴보았다.

이 연구서는 이상과 같은 연구 보고를 통해 기존의 '한국문학·문
화사', '일본문학·문화사'의 사각지대에 있던 일제강점기 일본어문
학 연구의 공백을 채우고 불균형한 연구 동향을 보완해서 일제강점
기 일본어문학의 전체상을 파악하기 위한 종합적이고 체계적인 연구
의 초석이 될 것이라 믿는다. 또한 이 연구서가 앞으로 일본과 한반
도 사이에서 일어난 사람·제도·문화의 교류 양상을 정확하게 파악
하고 규명한 연구의 활성화에 기여할 수 있기를 바란다.

마지막으로 이『한반도 간행 일본어 민간신문 문예물 연구』가 간

행될 수 있도록 지원해 준 한국연구재단의 일반공동연구지원사업단에 감사의 뜻을 전한다. 그리고 본 연구팀의 이현희, 김보현, 이윤지 연구교수님들, 옥고를 보내주셔서 이 연구서의 폭과 깊이를 더해 주신 김태현 선생님, 나승회 선생님, 이지현 선생님께도 〈일제강점 초기 한반도 간행 일본어 민간신문의 문예물 연구〉 사업팀을 대표하여 진심으로 감사의 뜻을 표하고 싶다. 그리고 이 연구서 간행을 맡아주신 보고사와 꼼꼼하게 편집해주신 박현정 부장님과 황효은 과장님께도 감사의 말씀을 전하는 바이다.

2020년 4월

유재진

차례

제2부
연재소설의 역할과 호출되는 내지의 작가들

근대 초기 일본어 민간신문『조선시보』의 연재소설 연구

특집

제1부
서구 탐정소설의
유입과
번역 공간으로서의
민간신문

러일전쟁과 일본어 민간신문
『조선일보』의 문예물 1

코난 도일 작 「프랑스 기병의 꽃」을 중심으로

유재진

1. 들어가며

1876년 '강화도 조약(조일수호조규)' 체결 직후 부산이 개항되고 이어서 1880년에 원산이, 1883년에 인천이 각각 개항되어 상인, 정치인을 비롯한 다수의 일본인들이 한반도로 건너와 일본인 거류지를 형성하였다. 그들은 한반도에서 정보 교환과 자신들의 권익 주장을 위해서 다종다양한 신문을 발행하였는데, 1910년 한일합병 이후는 물론이거니와 그 이전서부터 일본어 민간신문은 활발하게 발행되었다. 한반도에서 최초로 발행된 일본어 민간신문 『조선신보(朝鮮新報)』(부산: 1881.12.1.~?)를 비롯해서 한일합병 이전에도 약 61종[1]에 이르는 일본어 민간신문이 한반도 각지에서 발행되었다. 이들 민간신문은

---

1) 金泰賢(2011), 「〈表-1〉日本人経営新聞の發行狀況(1881年~1945年)」『朝鮮における在留日本人社會と日本人経営新聞』, 神戸大學博士學位請求論文, pp.21~22 참조.

식민정책을 위에서 아래로 전달하는 데 주안점이 있는 통감부나 조선
총독부의 기관지와는 달리, 조선 내 일본인들이 현장에서 조선에 대
한 인식과 그들의 실상을 보여주고 있어서 매우 중요한 역사적 자료
라 할 수 있다. 한반도 내 일본어 민간신문 연구의 중요성에 관해서
일찍이 지적은 있었으나 자료가 산재해 있고 열악한 보존 상태 등의
문제로 인해 현재까지 축적된 연구는 극히 소수에 불과하다.[2] 이들
민간신문에는 '반드시'라고 말할 수 있을 만큼 다양한 장르의 문예물
이 대량으로 게재되어 있었는데 이들 문예물을 통해서 식민지 조선과
재조일본인들의 인식과 실상을 비롯해 제국 일본을 위시한 근대적
문화의 식민지와의 접촉과 이동, 변용의 양상을 엿볼 수 있을 것이다.

　2000년 이후 한반도 내 일본어문학과 관련해서 다양한 영역에서
연구가 활발히 이루어지고 있다. 일본어문학 연구 초기에는 널리 알
려진 한국인 작가를 중심으로 연구가 진행되었고, 임종국의 『친일문
학론』(평화출판사, 1966)을 비롯해서 윤대석의 『식민지 국민문학론』(역
락, 2006), 정병호의 『제국일본의 이동과 동아시아 식민지문학』(도서
출판 문, 2011)에 이르기까지 주로 제국 일본의 동화정책이 노골화되
어 일본어문학이 양산되는 1930~40년대를 대상으로 하는 경우가 많

---

2) 미즈노 나오키, 김명수 역(2007), 「식민지기 조선의 일본어 신문」, 『역사문제연구』
18호, 역사문제연구소, pp.253~254. 이 논문에서 미즈노는 연구의 필요성과 실상에
대해서 다음과 같이 언급하고 있다. "일본의 조선 침략과 식민지 지배의 실태, 그것을
뒷받침했던 조선 재주 일본인의 정치 경제적 활동 및 문화 활동, 일본인의 생활 상황
등을 해명하는 데 있어 조선에서 간행된 일본어 신문은 필수불가결한 자료가 아닐
수 없다. (중략) 그러나 조선에서 발행되고 있던(혹은 배포되고 있던) 일본어 신문에
대해서는 거의 연구가 이루어지지 않고 있다. 어떤 신문이 발행되고 있었는지에 대한
기초적인 데이터조차 정리되지 않고, 또한 어떤 신문이 어느 정도 현존하고 있는가에
관해서도 충분한 조사가 이루어지지 않고 있는 것이 현실이다."

아, 시기적으로 일제강점기 중후반의 문예물에 대한 연구로 편중되어 있다. 이에 반해 개화기 초기서부터 식민지기 전체를 다룬 식민지 일본어문학·문화 연구회 편『제국의 이동과 식민지 조선의 일본인들—일본어잡지『조선』(1908~1911) 연구』와 같은 연구도 존재하지만, 대부분의 연구가 일제강점기 일본어 잡지의 문예물 연구에 집중되어 있고 일본어 민간신문의 문예물에 관한 연구는 현재 두 편의 연구논문3)만이 있을 뿐 그 수는 극소수에 불과한 실정이다. 그러나 앞서 언급하였듯이 일본어 민간신문을 통해서 한반도 개항 이후 한반도에 거주한 일본인들의 생생한 실상을 살펴볼 수 있고, 그러한 매체에 게재된 문예물을 통해서 한반도에 일본어 문예가 유입, 변용, 대중화하는 과정과 문예물의 발신자와 수신자의 시대적 요구를 엿볼 수 있다.

  이 글에서는 러일전쟁시기 부산의 개항지에서 발행한『조선일보(朝鮮日報)』의 문예물을 대상으로 러일전쟁과 신문 문예물의 관련성을 일본의 동시대 문예물과 비교하여 신문 문예물이 일본인 거류민들의 제국/식민지에 대한 인식 형성에 어떠한 작용을 하였는지를 고찰하고자 한다. 본고는 그 첫 번째 연구 보고로서『조선일보(朝鮮日報)』가 간판 번역소설로 내걸고 또 가장 오래 연재된 아서 코난 도일(Arthur Conan Doyle)의 역사소설『제라르 준장의 회상(The Exploits of Brigadier Gerard)』(1896)을 번역한 「프랑스 기병의 꽃(仏蘭西騎兵の花)」

---

3) 홍선영(2003), 「일본어신문『조선시보』와『부산일보』의 문예란 연구—1914~1916년」, 『일본학보』 57집2권, pp.543~552; 허석(2008), 「메이지시대 한국이주 일본인문학에 나타난 內地物語와 국민적 아이덴티티 형성과정에 대한 연구—朝鮮新聞의 연재소설 「誰の物か」를 중심으로」, 『일본어문학』 39호, pp.389~409.

(1905.1.20.~3.27. 총56회 연재)의 소개와 이 소설이 선정된 시대적 배경을 고찰하고자 한다. 본격적인 작품 분석에 앞서 일본어 민간신문 『조선일보』의 소개와 한국과 일본의 코난 도일 수용사(受容史)에 있어서 이 소설이 어떠한 위치에 있는지 작품 외적인 상황을 우선적으로 검토해 보고자 한다.

『조선일보』에 연재된 「프랑스 기병의 꽃」은 필자가 조사한 바에 의하면 아직까지 국내는 물론이고 일본에서도 소개, 언급된 바가 없다. 일본에서 탐정소설 연구는 순문학 연구 못지않게 많은 연구 업적과 자료 축적이 이루어졌고 그 중 셜록 홈즈라는 명탐정을 탄생시킨 코난 도일에 관한 자료와 연구는 학계와 미스터리 비평가들을 통해서 많이 정비되어 있음에도 불구하고 이 「프랑스 기병의 꽃」이 일본의 코난 도일 번역 연표에서도 누락되어 있는 것은 순전히 게재지 『조선일보』가 문학연구의 사각지대에 있기 때문일 것이다. 이에 본고가 일본 내지 한국에서의 코난 도일 수용사를 재고할 만한 새로운 자료를 제시할 수 있으리라 기대한다.

2. 「프랑스 기병의 꽃」 작품 소개

일본어 민간신문 『조선일보』는 개항지 부산에서 1905년 1월 15일에 창간되었다. 『조선일보』는 창간호 제1면에 「본지의 특색」이라는 기사를 마련하여 '본지의 특색'으로 여덟 가지 항목을 들고 있다.[4]

---

4) 『조선일보』는 '본지의 특색'으로 '사설', '기서(寄書)', '실업조사', '소설문예', '언문부

특색의 하나로 '소설문예5)'를 내걸고 있을 정도로 매호마다 연재소설 및 다양한 장르의 문예물을 다수 게재하고 있어 문예물을 통해서 독자와의 소통을 꾀하고자 했던 신문이라 할 수 있겠다.

이처럼 신문 문예물 게재에 의식적이었던『조선일보』의 제1면 하단에 1905년 1월 20일부터 3월 27일까지 총 56회에 걸쳐 연재된 소설이「프랑스 기병의 꽃」이다. 표제로는「번역소설」이라 명시되어 있고 '영국 코난 도일 작(英國 コーナンドイル作)', 번역자로는 '일본 바이손 인지 역(日本 梅村隱士 譯)'으로 되어있다.

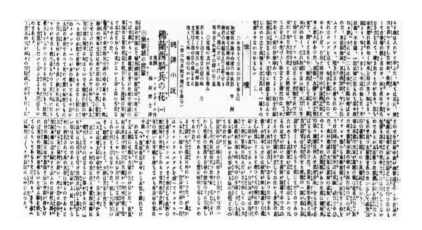

록(諺文付祿)', '각지통신', '상황(商況)', '본지 체재' 등을 거론하고 있다.「本紙の特色」『朝鮮日報』1905.1.15(1면).

5)「小說文芸 吾徒は此欄に於て韓國に於ける在來の伝奇小說を翻譯紹介し韓國の人情風俗を活寫すると同時に文中朝鮮固有の名詞及地名其他注意す可き語句は特に片仮名を以て韓音を及し語學學習の便に供し以て一翼彩を數たんことを期す、其他內地作家の小說講談等を連載すると歐米新奇の小說類を掲載す可きは勿論也。」「本紙の特色」『朝鮮日報』1905.1.15(1면).

역자 바이손 인지에 대해서는 후술하겠다. 이름 앞에 '일본'이라고 적혀 있는 것으로 보아 역자는 부산에 거류하지 않고 일본에서 원고를 기고했을 가능성이 높다.

「프랑스 기병의 꽃」은 코난 도일의 〈제라르 준장〉 시리즈 중 두 개의 에피소드를 번역한 소설이다. 〈제라르 준장〉 시리즈는 프랑스 나폴레옹군의 기병 장교 에티엔 제라르(Etienne Gerard) 준장을 주인공으로 한 일련의 군사 모험담으로 『스트랜드 매거진(Strand Magazine)』에 1894년 12월부터 1895년 9월까지 총 8회에 걸쳐 연재되었다. 1896년에 『제라르 준장의 회상(The Exploits of Brigadier Gerard)』이라는 제목으로 단행본 출판되었다. 이 시리즈에 대한 평가를 살펴보기 위해서 다소 길지만 한국에서 『제라르 준장의 회상』을 번역한 역자의 말을 인용해 보겠다.

이 저주 받은(?) 시기[셜록 홈즈 시리즈를 스물네 번째 단편 「마지막 사건」(1893)에서 셜록의 죽음이라는 획책을 통해 마치고 작가 본인이 원했던 역사소설을 야심차게 출판하였으나 독자들의 호응을 얻어내는데 실패했던 시기 : 인용자 주]에 예외적으로 성공을 거두고 지금까지도 꾸준하게 읽히는 작품이 바로 19세기의 나폴레옹군 기병 장교인 에티엔 제라르 준장을 주인공으로 하는 일련의 군사 모험담이다. (중략) 네메시스였던 홈즈가 사라진 세상에서 '어깨의 힘을 빼고' 글을 썼더니 인간미가 넘치다 못해 우스꽝스럽기까지 한 프랑스 경기병 장교가 활약하는 장쾌한 모험소설이 탄생했다고 주장한다면 너무 단락적이겠지만, 결투를 밥 먹듯 하는 가스코뉴 출신의 또 다른 쾌남아와 뮌히하우젠 남작과 돈키호테를 섞어놓은 듯한 이 매력적이고 순수한 사내의 회고담은 사계의 호평을 이끌어내기에 부족함이 없었다. (중략)

제라르 준장이 코난 도일의 다른 역사소설들을 훌쩍 뛰어넘는 대중적
인 인기를 누리는 이유 중 하나는 11세기의 기사도 문학과 별반 차이가
나지 않는 친숙한 모험담의 플롯에 특유의 철저한 사전 연구를 접목함
으로써 허구의 현실성을 극대화하는 데 성공했기 때문이다.[6]

「프랑스 기병의 꽃」은 「우울성의 탐험(憂鬱城の探檢)」과 「포로의 도
박(捕虜の賭博)」이라는 두 에피소드로 구성되어 있다. 먼저 「우울성
의 탐험」은 1905년 1월 20일부터 2월 5일까지 총 13회에 걸쳐 연재되
었고 원작은 1895년 7월 『스트랜드 매거진』에 발표된 「How the
Brigadier Came to the Castle of Gloom」이다. 이 에피소드는 도일
이 『스트랜드 매거진』에 발표한 〈제라르 준장〉 시리즈의 다섯 번째
이야기이지만, 단행본 『제라르 준장의 회상』(1896)에서는 첫 번째 에
피소드로 수록되어 있다. 이는 "〈제라르 준장〉 시리즈는 기본적으로
불연속적인 회상의 형태를 취하고 있기 때문에 [단행본에 수록할 때
는 : 인용자 주] 각 단편을 발표순이 아닌 연대순으로 배열"[7]하여 작
품 내 시간이 가장 이른 「How the Brigadier Came to the Castle
of Gloom」이 첫 번째로 수록된 것이다. 이처럼 「프랑스 기병의 꽃」이
단행본의 첫 번째 수록작을 먼저 번역하고 있는 것으로 미루어 보아
역자가 저본으로 삼은 원문은 잡지에 발표한 단편이 아니라 『제라르
준장의 회상』(1896)일 가능성이 매우 높다.

두 번째 에피소드인 「포로의 도박」은 1905년 2월 7일부터 27일까

---

6) 김상훈(2015), 「해설 어느 가스코뉴인의 초상」, 『제라르 준장의 회상』, 북스피어,
   pp.344~349.
7) 김상훈(2015), 위의 책, p.355.

지 총14회에 걸쳐 연재되었으며, 원작은 1895년 4월 『스트랜드 매거진』에 발표한 「How the Brigadier Held the King」이고 단행본 『제라르 준장의 회상』에서는 세 번째 에피소드로 수록되어 있다.

「프랑스 기병의 꽃」은 원문의 내용을 변경하지 않고 뉘앙스 등을 가능한 충실하게 살려서 번역한 문체라 할 수 있으나 몇 가지 크게 원문과 차이를 보이고 있는 부분이 있다. 하나는 등장인물의 이름을 전부 일본인 이름으로 바꾼 점이다. 예를 들어 주인공 '에티엔 제라르'는 '세라다 가즈오(世良田一雄)'로 「우울성의 탐험」에서 함께 우울성으로 가게 되는 '뒤로크 소위'는 '다쓰노 소위(龍野少尉)'로, 「포로의 도박」에 등장하는 스페인 쿠데타 그룹의 두목인 '엘 쿠치요'는 '구치로(苦智路)'로 되어 있다. 그 외 지명 및 고유명사는 원음을 한자 혹은 가타가나로 표기하고 있다.

이렇듯 인명이 일본인으로 번역된 경우는 당시의 서양 탐정소설의 일역에서 흔히 볼 수 있는 형태이다. 또 하나 번역에 있어서 큰 차이를 보이는 부분은 원작의 〈제라르 준장〉 시리즈는 말년의 제라르가 본인이 나폴레옹군의 기병 장교로서 활약하였던 젊은 시절을 회상하면서 서술하는 1인칭 화자 시점으로 일관되어 있으나, 「프랑스 기병의 꽃」은 3인칭 화자 시점으로 기술되어 있다는 점이다. 이 '인칭'의 문제는 단지 「프랑스 기병의 꽃」만의 특이점이라기보다는 당시의 서양 탐정소설의 번역 과정에 나타나는 '인칭'의 혼용과 정착[8]과도 연동하고 있어 이 부분에 관해서는 논을 새롭게 하여 추후

---

8) 高橋修(2015), 「第一部〈人称〉の翻譯」, 『明治の翻譯ディスクール』, ひつじ書房, pp.8~15.

면밀히 고찰하고자 한다.

　이렇듯「프랑스 기병의 꽃」은 코난 도일의『제라르 준장의 회상』
에 수록된 두 에피소드를 번안이 아니라 가능한 번역하려고 한 번역
소설이라 할 수 있다. 후술하겠으나 당시 일본에서 코난 도일의 지명
도는 이미 충분히 알려진 상황이었고 소설문예를 '본지'의 특색으로
내걸고 창간한 만큼 번역소설 작품으로 유명한 작가의 작품을 야심
차게 연재하고자 한 의도에서 도일의 작품을 선정하였으리라 추측해
본다. 다만, 여기서 한 가지 기이한 점은 '코난 도일'이라면 지금은
물론이거니와 당시로서도 우선 셜록 홈즈가 떠올랐을 것이다. 일본
에서 서양 탐정소설의 번안, 번역이 발표되는 주요 무대가 신문의
연재소설란이었다는 사실을 고려하면 대중적인 호응은 17세기 나폴
레옹군 기병의 모험담보다 당연히 셜록 홈즈가 훨씬 높았을 것이다.
『조선일보』가 도일의 번역소설을 연재하면서도 홈즈 시리즈가 아니
라 〈제라르 준장〉 시리즈를 신문의 간판 번역소설로 선정한 의도를
이해하기 위해서 다음 절에서『조선일보』의 특색을 간단히 짚고 넘
어가겠다.

3.『조선일보』의 창간 배경과 성향

　개항지 부산에서 창간된『조선일보』에 대해 간략하게나마 소개하
고 있는 글이『조선일보』및 기타 일제강점기 때 간행된 일본어 민간
신문을 영인한『朝鮮日報/京城新報/京城日日新聞/京城藥報』(한국통
계서적센타, 2003.10)에 실린 정진석의「일본의 언론침략 史料 복원」일

것이다.

정진석의 해제에 따르면 부산에서 『조선일보』가 발행된 것은 부산이 일본과 교류가 빈번한 지역이었으며 일본 상인들이 일찍부터 이곳에서 거주하였기 때문이다. 『조선일보』는 창간되던 해 11월 3일부터 『조선시사신보(朝鮮時事新報)』로 제호를 바꾸었다가 1907년 11월 1일에는 사내 조직을 개편하는 동시에 제호를 『부산일보(釜山日報)』로 다시 바꾸었다(『신문총람』, 일본전보통신사 발행, 1911년 판, p.393). 이때부터 대표자 겸 주필에 아쿠타가와 다다시(芥川正)가 취임하여 1928년 1월에 사망할 때까지 재임하였다. 또한 『부산일보』는 러일전쟁 때의 공로로 1911년 6월 일본정부로부터 인천의 『조선신보』, 부산의 『조선시보』와 함께 금 트로피를 하사 받았다. 이는 신문이 침략전쟁에 이바지했음을 일본정부가 인정했던 것이다. 『조선일본』→『조선시사신보』→『부산일보』로 이어지는 이 신문은 일제가 패망하던 1945년까지 발행하였다.[9]

이와 같은 정진석의 해제에 더해 김태현은 『조선일보』의 배후세력과 신문의 성향을 새로이 밝혀주었다. 다음은 다소 길지만 『조선일보』에 관한 김태현의 보고를 인용하겠다.

　　『조선일보』의 창간에는 대외강경파인 흑룡회(黑龍會)가 깊게 관여하고 있었다. 우선 흑룡회 간부였던 『조선일보』 창간자 구즈 요시히사(葛生能久)는 1893년 조선에 건너와 부산의 대륙낭인들의 본거지였던 양산백(梁山泊)의 일원으로 활동하였다. 흑룡회 안에서도 조선통으로

---

9) 鄭晉錫(2003), 「일본의 언론침략 史料 복원」, 『朝鮮日報/京城新報/京城日日新聞/京城藥報』, 한국통계서적센타, p.1.

통했던 구즈 요시히사는 러일전쟁 전에는 일본 해군의 근거지가 된 진
해만의 와도와 마산포의 부도를 매수하기 위해서 진력하기도 하였다.
흑룡회의 우치다 료헤이(內田良平)도 외무성 정무국장을 역임했던 야
마자 엔지로(山座円次郎)에게 부산에서의 신문 창간의 필요성을 호소
하여 구즈 요시히사를 지원하였다.

　　이렇듯 창간에 관여한 면면들을 봐도 알 수 있듯이『조선일보』는 일
본의 적극적인 대륙 진출을 주창하고 있던 대외강경파, 특히 흑룡회의
활동을 위한 기관지로서의 성격을 강하게 지니고 있었다. 즉, 『조선일
보』는 "본지는 한국의 실정을 밝혀 내지인의 오해를 풀고 재한동포를
위해서 우리의 국력 확장에 따른 적절한 조치를 실수 없이 취할 수 있
도록 공평하고 신중한 언론을 통해서 우리 전승국민의 대외정책에 이
바지하고자 한다"(창간호 1면 〈본지의 특색〉)고 기술하고 있듯이 대륙
의 실정이나 제국 일본이 취해야만 하는 대륙 경영책을 현지에서부터
발신하기 위해서 간행된 신문이었다.[10]

　　김태현의 연구에 의해서『조선일보』의 창간 배후에 제국 일본의
해외진출을 적극 주장한 국가주의 단체 흑룡회가 있었다는 사실이
밝혀졌다. 당시 조선은 제국 일본이 대륙으로 진출하기 위한 길목이
었고 러일전쟁에서의 승리는 일본의 패권을 팽창시키기 위한 전제조
건이었을 뿐 아니라 흑룡회에게 있어서는 설립 목적과도 같았다.

　　『조선일보』의 이러한 배후 세력과 신문의 성향을 고려해 본다면,
코난 도일의 셜록 홈즈 시리즈가 아니라 전쟁터에서 희열을 느끼고
군인임을 무엇보다 자랑스럽게 여긴 제라르 준장의 모험담을 간판소
설로 연재한 것은 어쩌면 당연한 선택이었을지 모른다.

---

10) 金泰賢(2011), 앞의 글, p.33.

『조선일보』의 이러한 성향은 탐정소설이 아니라 군인모험담을 번역한 데에서만 드러난 것이 아니라 문예란의 다른 작품들 — 예를 들어, 고쿠초(黑潮)의 소설 「전승(戰勝)」(1905.1.15~22)이나 러시아 밀정을 색출해 내는 연재소설 「러시아 스파이 색출(露探狩り)」(1905.1.22~2.20) 혹은 군인의 이야기를 다룬 도세이(斗生)의 「사실 이야기 일본탐정 대위(事實物語 日探大尉)」(1905.3.18.~26) 등 — 러일전쟁과 관련된 수많은 기사들에도 반영되어 있다.

이상으로 『조선일보』가 코난 도일의 셜록 홈즈가 아니라 제라르 준장을 선정한 배경을 확인하였다. 그렇다면 『조선일보』의 이러한 선택 즉, (러일)전쟁 고무와 코난 도일의 〈제라르 준장〉 시리즈의 관련성은 과연 『조선일보』만의 독특한 해석인지 아니면 동시대적인 문맥이 당시에 작용했는지 일본의 코난 도일 수용사, 즉, 번역사를 통해서 검토해 보고자 한다.

4. 일본에서의 코난 도일 번역사(~1905년)

1905년 『조선일보』에 「프랑스 기병의 꽃」이 연재되기까지 일본에서 코난 도일의 어느 작품이 언제 번역되어 소개되었는지를 검토하기 이전에 『조선일보』가 발행되었던 한국에서는 코난 도일이 언제부터 어떻게 수용되었는지 간단히 짚고 넘어가고자 한다. 『조선일보』는 개항지 부산에서 발행되었으나 한일합병 이전에 발행되었기 때문에 글쓴이도 그리고 독자들도 거의 일본인이었다. 그러나 근대의 척도라 할 수 있는 탐정소설, 그중에서도 합리적 추리의 전형을 보여준

셜록 홈즈의 수용을 비교함으로써 같은 시공간이라 하더라도 일본과
한국에서의 코난 도일 수용 양상의 차이를 가시화시킬 수 있기에 한
국의 경우도 함께 살펴보겠다.

한국에서 처음 코난 도일의 작품이 번역된 것은 1918년이고 『泰
西文藝新報』에 셜록 홈즈 시리즈 「The Adventure of the Three
Students」(1904)가 「충복(忠僕)」이라는 제목으로 5회 연재되었다.[11]
이후, 본격적으로 원문에 충실한 셜록 홈즈가 번역되어 나온 것은
1921년이고 김동성의 「붉은 실」 시리즈가 『동아일보』에 총 93회 연
재되었다.[12] 김동성은 '붉은 실'이라는 단일한 표제 아래 다섯 편의
셜록 홈스 시리즈를 연재하였는데 이들 단편소설은 코난 도일의 첫
번째 소설집 『셜록 홈스의 모험(The Adventures of Sherlock Holmes)』
(1892)에 수록된 대표작이니 대체로 셜록 홈즈의 초창기 활약상을 잘
보여주는 수작들이 선정되었다고 한다.[13]

일제강점기 한반도에는 한국어로만 코난 도일이 번역된 것이 아
니라 재조일본인들이 발행한 잡지 등에서 일본어로도 번역되었다.

---

11) 역자미상, 「忠僕」, 『泰西文藝新報』 1918년 10월 19일~11월 16일(총5회 연재).
12) 원작과 번역작의 서지정보를 나열하면 다음과 같다. ①원작: 『A Study in Scarlet』
   (『Beeton's Christmas Annual』 1887년 11월 / 번역: 김동성 「붉은 실」 『동아일보』
   (1921년 7월 4일~1921년 8월 31일), ②원작: 「A Scandal in Bohemia」 『Strand
   Magazine』 1891년 7월 / 번역: 김동성 「보헤미아 왕」 『동아일보』 1921년 9월 1일~9월
   10일, ③원작: 「The Red-Headed League」 『Strand Magazine』 1891년 8월 / 번역:
   「붉은 머리」 『동아일보』 1921년 9월 11일~9월 19일, ④원작: 「The Boscombe Valley
   Mystery」 『Strand Magazine』 1891년 10월 / 번역: 「보손'촌 사건」 『동아일보』 1921년
   9월 20일~9월 30일, ⑤원작: 「The Man with the Twisted Lip」 『Strand Magazine』
   1891년 12월 / 번역: 「거렁뱅이」 『동아일보』 1921년 10월 1일~10월 10일.
   정혜영(2016), 『대중문학의 탄생 식민지기한국 대중소설 연구』, 아모르문디, p.41.
13) 박진영(2011), 『번안과 번역의 시대』, 소명출판사, pp.488~491.

한반도에서 일본어로 코난 도일의 작품이 처음 번역 소개된 작품은 본고에서 소개하고 있는『조선일보』의「프랑스 기병의 꽃」이 가장 빠르고 한일합병 이후에는 1925년 9월부터 12월까지 총3회에 걸쳐 「The Adventure of Speckled Band」(1892)이『조선공론(朝鮮公論)』에 구라모치 다카오(倉持高雄) 역으로「탐정소설 의문의 죽음(探偵小說謎の死)」이라는 제목으로 연재된 것이 전부이다.

한반도에서의 코난 도일 번역 상황은 시기적으로도 이르다고 말하기 어렵고 양적으로도 많다고 할 수 없으나, 일본의 경우는 한반도와 상황이 달랐다. 일본은 영어권 외에서 셜록 홈즈가 이른 시기에 소개된 나라 중 하나라 할 수 있다. 지면 관계상 본고에서는「프랑스 기병의 꽃」이 연재된 1905년까지 일본에서 번역된 코난 도일의 작품을 순서대로 원작과 함께 나열하겠다.[14]

① 원작:「The Man with the Twisted Lip」,『Strand Magazine』, 1891년 12월 / 번역: 무저명(無著名) 역,「거지도락(乞食道樂)」,『日本人』, 1894년 1월.

② 원작:「The Naval Treaty」,『Strand Magazine』, 1893년 10월, 11월 / 번역: 도쿠도미 로카(德冨蘆花) 번안,「비밀조약(秘密條約)」,『國民新聞』, 1898년.

③ 원작:『A Study in Scarlet』,『Beeton's Christmas Annual』, 1887년 11월 / 번역: 무명씨(無名氏) 역,「혈염의 벽(血染の壁)」,『毎日

---

14) 川戸道昭·榊原貴敎 編集(1997),「明治翻譯文學年表 ドイル編」,『明治翻譯文學全集≪新聞雜誌編≫ 8 ドイル集』ナダ出版センター와 川戸道昭·新井淸司·榊原貴敎 編集(2001),『明治期シャーロック·ホームズ翻譯集成』전3권, ナダ出版センター. 이 두 자료를 참고하였음.

新聞』, 1899년 4월 16일~7월 16일(총84회 연재).

④ 원작: 『The Adventures of Sherlock Holmes』, George Newnes, 1892년 10월 / 번역: 미즈다 난요우(水田南陽) 역, 「수상한 탐정(不思議の探偵)」[15), 『中央新聞』, 1899년 7월 12일~11월 4일, 10월 2일~20일은 휴제).

⑤ 원작: 『A Study in Scarlet』, 『Beeton's Christmas Annual』, 1887년 11월 / 번역: 하라 호이쓰안(原抱一庵) 역, 「런던 통신 신음양 박사(倫敦通信 新陰陽博士)」, 『文芸倶楽部』, 1900년 9월.

⑥ 원작: 「The Noble Bachelor」, 『The Adventures of Sherlock Holmes』, George Newnes, 1892년 10월 / 번역: 가미무라 사가와(上村佐川) 역, 「신부의 행방(花嫁のゆくへ)」, 『女學世界』.

⑦ 원작: 『A Study in Scarlet』, 『Beeton's Christmas Annual』, 1887년 11월 / 번역: 모리 가이호(森鴟峰) 역, 「몰론기담(モルモン奇譚)」, 『時事新報』, 1901년 11월 3일~1902년 1월 2~9일.

⑧ 원작: 「The Man from Archangel」, 『London Society』, 1885년 1월 / 번역: 야마가다 이소오(山縣五十雄) 역, 『거친 바다(荒磯)』, 言文社·內外出版協會, 1901년 11월.

⑨ 원작: 「The Boscombe Valley Mystery」, 『Strand Magazine』, 1891년 10월 / 번역: 기조(喜三) 역, 「보우즈계곡의 의옥(坊主ケ谷の疑獄)」, 『慶応義塾學報』, 1901년 4월.

⑩ 원작: 「The Yellow Face」, 『Memoirs of Sherlock Holmes』,

---

15) 수록작: 「The Speckled Band」「毒蛇の秘密」/「The Blue Carbuncle」「奇怪の鴨の胃」/「A Scandal in Bohemia」「帝國秘密の寫眞」/「The Red-Headed League」「禿頭倶樂部」/「A Case of Identity」「紛失の花婿」/「The Boscombe Valley Mystery」「親殺の疑獄」/「The Five Orange Pips」「暗殺党の船長」/「The Man with the Twisted Lip」「乞食の大王」/「The Engineer's Thumb」「片手の機關師」/「The Noble Bachelor」「紛失の花嫁」/「The Bery l Coronet」「歷代の王冠」/「The Copper Beeches」「散髪の女教師」

George Newnes, 1893년 / 번역: 가미무라 사가와 역, 「재혼(再婚)」, 『太陽』, 1901년 11월.

⑪ 원작: 「The Speckled Band」, 『The Adventures of Sherlock Holmes』, George Newnes, 1892년 / 번역: 다카노 다쓰미(高野巽) 역, 『수상한 폐가(不思議のあばらや)』, 尙榮堂, 1902년.

⑫ 원작: 「A Case of Identity」, 『Strand Magazine』, 1891년 9월 / 번역: 모리 가이호 역, 「처의 자식(妻の連子)」, 『慶応義塾學報』, 1902년.

⑬ 원작: 「The 'Gloria Scott'」, 『Memoirs of Sherlock Holmes』, George Newnes, 1893년 / 번역: 가미무라 사가와 역, 「청년의 탐정담 /해상의 참극(靑年の探偵談/海上の慘劇)」, 『中學世界』, 1903년 8월.

⑭ 원작: 미확인 / 번역: 하라 오이쓰안 역, 「무정부당과의 하룻밤, 희유의 재판, 소리 없는 폭포(無政府党との一夜、稀有の裁判、無音の瀧)」, 『泰西奇文』 수록, 知新館, 1903년 9월.

⑮ 원작: 「The Man with the Twisted Lip」, 『The Adventures of Sherlock Holmes』, George Newnes, 1892년 / 번역: 소양생(小羊生) 역, 「가짜 신사(僞紳士)」, 『慶應義塾學報』, 1903년 10월~12월.

⑯ 원작: 『The Exploits of Brigadier Gerard』(1896) / 번역: 사토 고로쿠(佐藤紅綠) 역, 『군사소설/노장의 이야기(軍事小說/老將物語)』, 金港堂書籍, 1904년 7월.

⑰ 원작: 「How the Brigardier Slew the Fox」, 『The Adventure of Brigadier Gerard』, 1903년 / 번역: 다카수 바이케이(高須梅溪) 역, 「군사소설/대사의 죄(軍事小說/大佐の罪)」, 『太陽』, 1904년 7월.

⑱ 원작: 미확인 / 번역: 에도 도다(衛藤東田) 역, 「제국의 기념(帝國の記念)」, 『文庫』, 1905년 5월~7월.

⑲ 원작: 「The Speckled Band」 『The Adventures of Sherlock 0Holmes』, George Newnes, 1892년 / 번역: 혼마 히사시로(本間久四郎) 역, 「수상한 끈(怪しの帶)」, 『新潮』, 1905년 11월.

⑳ 원작: 「The Second Stain」『The Return of Sherlock Holmes』, 1905년 2월 / 번역: 지바 무라사키(千葉紫草) 역, 「기담/외교문서 분실(奇談/外交文書紛失)」, 『日露戰爭寫眞畫報』, 1905년 11월~12월.

이상과 같이 1905년까지 일본에서 번역된 코난 도일의 작품을 살펴보면 일본은 "번역의 질과 양 모두 홈즈의 대국"[16]이라는 표현이 무색하지 않다. 예를 들어 ⑳번의 경우처럼 영국에서 출판된 책이 9개월 후에 일본 잡지에 번역본이 실릴 정도로 코난 도일 서적의 유통과 수요가 매우 긴밀히 이루어졌음을 알 수 있다. 게다가 셜록 홈즈의 탐정물이 당시의 주요 신문과 잡지에 게재되었던 것도 확인할 수 있다. 즉, 코난 도일은 「프랑스 기병의 꽃」이 연재되기 훨씬 이전부터 일본에서 대중적으로 널리 읽히는 유명 작가였다. 그리고 위의 번역사를 살펴보면 러일전쟁이 발발한 1904년부터 셜록 홈즈뿐 아니라 〈제라르 준장〉의 이야기가 집중적으로 번역된 것을 확인할 수 있다. 이러한 현상에 대해서 가와토 미치아키(川戶道昭)는 다음과 같이 언급하고 있다.

메이지 35년(1902년) 이후 도일 수용의 특징으로 우선 들 수 있는 것은 1904, 05년의 러일전쟁을 계기로 『제라르 여단장의 공적담(ジェラール旅団長の功績談)』(The Exploits of Brigadier Gerard)을 비롯한 소위 〈제라르〉 시리즈가 유행한 것이다. 그 대표적인 예는 1904년 7월, 즉 일본이 인천 앞 바다의 기습에 의해서 러시아와 전투를 시작

---

16) 川戶道昭(1997), 「明治時代のシャーロック・ホームズ ―ドイルの紹介と初期の探偵小說」, 『明治飜譯文學全集≪新聞雜誌編≫ドイル集』, 大空社, p.344.

한 5개월 후, 유명한 긴고도(金港堂)의 〈군사소설(軍事小說)〉 시리즈로 『노장 이야기(老將物語)』가 추가된 경우이다. 그 역자는 『아아 옥배로 꽃을 받들고(あゝ玉杯に花うけて)』 등의 대중소설로 이름이 알려진 사도 고로쿠(佐藤紅綠). 고로쿠의 서문은 "이 책은 나폴레옹 귀하의 맹장으로 유명한 에티엔 제라르(후에 프랑스 육군령)이 나폴레옹을 따라 포연탄우의 전쟁터를 들락날락한 사실담으로서 코난 도일 씨가 기술한 책이다."라는 글을 봐도 알 수 있듯이 책의 발간 의도와 이야기의 취지는 충분히 추측할 수 있을 것이다. 즉, 당시의 일본은 거국일치의 임전태세, 사람들의 마음을 전투기분으로 선동할 수 있는 이야기가 줄곧 출판되었다. 외국문학의 번역에 있어서도 그건 예외가 아니었다.[17]

긴고도의 〈군사소설〉 시리즈에는 톨스토이의 『벌목』(1855)을 후타바데이 시메이(二葉亭四迷)가 번역한 『껴안는 베개(筒を枕)』나 당시 유명 작가였던 오구리 후요(小栗風葉)의 『해군대위(海軍大尉)』 등의 작품들도 있었다. 『노장 이야기』의 서적 광고 문구를 보면 "유명한 코난 도일의 저서를 번역한 군사소설"[18]이라고 선전하고 있다. 당시 유수한 출판사였던 긴고도에서 이 〈군사소설〉 시리즈에 얼마나 주력하였는지는 원작자나 번역자의 면면을 봐도 알 수 있을 것이다. 러일전쟁을 위시한 〈군사소설〉 시리즈의 일환으로 〈제라르 준장〉의 일본어역이 처음 등장하게 되었고 작가, 역자, 출판사의 지명도가 합쳐져서 러일전쟁 당시 유행한 것으로 짐작된다.

가와토 미치아키가 지적하였듯이 도일의 〈제라르 준장〉 시리즈는

---

17) 川戸道昭(1997), 위의 책, p.357.
18) 『朝日新聞』(朝刊), 1904년 8월 8일(7면)〈新刊各種〉.

러일전쟁을 계기로 국민들의 전투기분을 이용하고 선동하기 위한
〈군사소설〉 시리즈의 일환으로 번역되어『조선일보』의「프랑스 기
병의 꽃」을 비롯해서 러일전쟁 기간 동안 몇 차례나 번역되었지만,
러일전쟁이 끝난 이후에도 일본에서는 꾸준히 번역되고 있는 도일의
작품 중에 하나라고 할 수 있다.[19]

　이상과 같이 일본에서의 코난 도일 수용사를 검토해 보면『조선일
보』에 코난 도일의 〈제라르 준장〉 시리즈가 번역 연재된 것은 일본
본토에서 1904년부터 유행한 군사소설의 일환으로 〈제라르 준장〉
시리즈가 번역되었고 그 현상이 현해탄을 건너 부산의 개항지에서
발행된 일본어 민간신문에까지 반영된 것이라 할 수 있다.

---

19) 러일 전쟁 이후의 〈제라르 준장〉의 번역 상황을 정리하면 다음과 같다.
　①원작:「How the Brigadier won his medal」,『Strand Magazine』(1894.12) /「A
foreign Office Romance」,『Strand Magazine』(1894.11) / 번역: 熊本謙二郎,「叙勳
顚末、折衝秘聞」,『間一髪』, 有朋堂書店(1907.6). ②원작:『The Exploits of
Brigadier Gerard』(1896) / 번역: 藤野鉦齋譯,「老雄實歷談」,『日本及日本人』, 1909
년 3월~4월 →『老雄實歷談』, 正敎社, 1909년 12월 출판. ③원작:『The Exploits
of Brigadier Gerard』(1896) +『The Adventure of Brigadier Gerard』(1903) / 번역:
大佛次郎譯,「ジェラール旅団長の武勇伝」,「ジェラール旅団長の冒險錄」,『世界文學
大全集 コナン·ドイル全集6』, 改造社(1933). ④원작:『The Exploits of Brigadier
Gerard』(1896) / 번역: 上野景福譯,『勇將ジェラールの回想』, 創元推理文庫(1971).
⑤원작:『The Adventure of Brigadier Gerard』(1903) / 번역: 上野景福譯,『勇將ジェ
ラールの冒險』, 創元推理文庫(1972). ⑥원작:『The Adventure of Brigadier Gerard』
(1903) / 번역: 秋田元一譯,『豪勇ジェラールの冒險』, 旺文社文庫(1984).

5. 맺음말

이상으로 본고는 일본의 코난 도일 연구나 수용사에서도 소개된 적이 없는 개항지 부산에서 발행된 일본어 민간신문『조선일보』제1면에 연재된 코난 도일의 〈제라르 준장〉을 번역한「프랑스 기병의 꽃」을 소개하고 이 작품이『조선일보』에 실리게 된 맥락을 게재지의 성향과 일본에서의 코난 도일 번역사를 통해서 살펴보았다.

『조선일보』는 부산에서 간행된『부산상황(釜山商況)』(1892.7~ ?)이나『동아무역신문(東亞貿易新聞)』(1893~?)처럼 부산 거류지 일본 상인들이 정보를 교환하기 위해서 창간된 여타 다른 민간신문과 다소 성격을 달리하여 처음부터 러일전쟁의 승리와 대륙진출을 위시한 대외정책을 개항지 현장에서부터 발신하기 위해서 창간된 신문이었다. 이러한 본지의 성향은 연재 및 게재된 문예물에도 반영되어 러일전쟁을 소재로 한 다수의 문예물을 확인할 수 있다. 그리고 일본에서는 일찍이 코난 도일의 셜록 홈즈 시리즈가 번역되어 왔고 수많은 홈즈 시리즈가 영국과 큰 시차를 두지 않고 일본에서 번역 소개 되고 있어 '코난 도일'이라는 이름은 일본 독서계에서는 '유명'한 작가였다. 도일의 유명세는 러일전쟁 시기 일본 독서계에서 유행한 〈군사소설〉 시리즈와 맞물려 도일의 〈제라르 준장〉 시리즈가 〈군사소설〉로서 번역 출판되는 일시적인 현상이 있었다. 이러한 일본 본토에서의 '군사소설' 〈제라르 준장〉의 유행이 야심차게 창간된『조선일보』의 간판 소설로 〈제라르 준장〉 시리즈가 선정된 배경이라 할 수 있다.

이상의 고찰을 통해서 확인할 수 있는 것은 개항기 초기 및 일제 강점기 초기 일본어 민간신문에 게재된 문예물의 사회적 문화적 배경은 발간 지역인 한반도와의 연관성보다는 문화적 근거지라 할 수 있는 일본 본토와의 연계성을 우선적으로 고찰할 필요가 있다는 사실이다. 이러한 본토와의 문화적, 사회적 연계성, 밀착성이 이후 어떻게 변형되어 가는지 또한 추적해갈 필요가 있다.

본 논문은『比較日本學』제41권(한양대학교 일본학 국제비교연구소)에 수록된 유재진 (2017), 「러일전쟁과 일본어 민간신문『조선일보(朝鮮日報)』의 문예물 1」을 수정, 가필한 것이다.

참고문헌

• 김상훈, 「해설 어느 가스코뉴인의 초상」, 『제라르 준장의 회상』, 북스피어, 2015.

• 미즈노 나오키, 김명수 역, 「식민지기 조선의 일본어 신문」, 『역사문제연구』 18호, 역사문제연구소, 2007.

• 박진영, 『번안과 번역의 시대』, 소명출판사, 2011.

• 鄭晉錫, 「일본의 언론침략 史料 복원」, 『朝鮮日報/京城新報/京城日日新聞/京城藥報』, 한국통계서적센타, 2003.

• 정혜영, 『대중문학의 탄생 식민지기한국 대중소설 연구』, 아모르문디, 2016.

• 허석, 「메이지시대 한국이주 일본인문학에 나타난 內地物語와 국민적 아이덴티티 형성과정에 대한 연구–朝鮮新聞의 연재소설 「誰の物か」를 중심으로」, 『일본어문학』 39호, 2008.

• 홍선영, 「일본어신문 『조선시보』와 『부산일보』의 문예란 연구–1914~1916년」 『일본학보』 57집 2권, 2003.

• 川戶道昭, 「明治時代のシャーロック・ホームズ─ドイルの紹介と初期の探偵小說」, 『明治翻譯文學全集≪新聞雜誌編≫ドイル集』, 大空社, 1997.

• 川戶道昭・榊原貴教 編集, 「明治翻譯文學年表 ドイル編」, 『明治翻譯文學全集≪新聞雜誌編≫ 8 ドイル集』, ナダ出版センター, 1997.

• 川戶道昭・新井淸司・榊原貴教 編集. 『明治期シャーロック・ホームズ翻譯集成』 전3권, ナダ出版センター, 2001.

• 金泰賢, 「〈表-1〉日本人経營新聞の發行狀況(1881年~1945年)」, 『朝鮮における在留日本人社會と日本人経營新聞』, 神戶大學博士學位請求論文, 2011.

• 高橋修, 「第一部〈人称〉の翻譯」, 『明治の翻譯ディスクール』, ひつじ書房, 2015.

러일전쟁과 일본어 민간신문 『조선일보』의 문예물 2

코난 도일 작 「프랑스 기병의 꽃」을 중심으로

유재진

1. 「프랑스 기병의 꽃」의 번역문

「프랑스 기병의 꽃」은 코난 도일의 〈제라르 준장〉 시리즈 중 두 개의 에피소드를 번역한 소설이다. 〈제라르 준장〉 시리즈는 프랑스 나폴레옹군의 기병장인 에티엔 제라르(Etienne Gerard) 준장을 주인공으로 한 일련의 군사 모험담으로, 『스트랜드 매거진(Strand Magazine)』에 1894년 12월부터 1895년 9월까지 총 8회에 걸쳐 연재되었고 1896년에 『제라르 준장의 회상(The Exploits of Brigadier Gerard)』이라는 제목으로 단행본 출판되었다.

「프랑스 기병의 꽃」은 「우울성의 탐험(憂鬱城の探檢)」과 「포로의 도박(捕虜の賭博)」이라는 두 에피소드로 구성되어 있다. 「우울성의 탐험」은 1905년 1월 20일부터 2월 5일까지 총 13회에 걸쳐 『조선일보』에 연재되었고 원작은 1895년 7월 『스트랜드 매거진』에 발표된 「How the Brigadier Came to the Castle of Gloom」이다. 두 번째 에피소드 인「포로의 도박」은 1905년 2월 7일부터 27일까지 총14회에 걸쳐『조선일보』에 연재되었고 원작은 1895년 4월『스트랜드 매거진』에 발표한「How the Brigadier Held the King」이고 단행본『제라르 준장의 회상』에서는 세 번째 에피소드로 수록되어 있다.

원작「How the Brigadier Came to the Castle of Gloom」은 〈제라르 준장〉 시리즈 중에서 제라르가 아직 중위였던 작품 내 시간상으로 가장 이른 시기의 모험담으로서 저자가 이 시리즈를 단행본으로 엮을 때에도 맨 처음에 수록한 에피소드이다. 원문은 현재 파리의 어느 카페에서 오믈렛을 먹고 술을 들이키는 흰 수염의 늙은 퇴역 장교가 된 에티엔 제라르가 아직 중위였던 당시의 모험담을 카페에 앉아 있는 젊은 손님들에게 들려주는 장면부터 시작한다.

나폴레옹 전쟁이 한참이었던 1807년 2월, 제라르 중위는 라살 장군의 명령으로 혼자 연대 본부에 복귀하는 중 우연히 뒤로크 소위를 만나게 되고 뒤로크 소위의 복수를 도와주려 함께 '우울성'으로 가게 된다. 거기서 둘은 성주 슈트라우벤탈 남작의 계략에 빠져 우울성의 화약고에 갇혔으나 제라르의 용맹함과 기지로 화약으로 성을 폭파시키고 슈트라우벤탈 남작에게 감금되었던 양녀와 뒤로크 소위를 구출해낸다는 모험담이다. 이 에피소드에서 직접적인 전쟁 장면은 없으나 빨리 본부로 복귀하여 병사로서의 의무를 다하길 간절히 바라는 진정한 군인인 제라르의 면모가 작품 곳곳에서 서술되고 있다.

「프랑스 기병의 꽃」은 전체적으로 번안소설이라기보다는 번역소설에 가까워서 스토리 전개나 묘사 등의 뉘앙스를 살린 번역문이다. 하지만 당시의 많은 번역소설들이 그러하였듯이 인명은 모두 일본인

명으로 번역되어서 주인공 '에티엔 제라르'는 '세라다 가즈오(世良田一雄)'로 '뒤로크 소위'는 '다쓰노 소위(龍野少尉)'로, '슈트라우벤탈 남작'은 '소토베 남작(外部男爵)'으로 바뀌어 있지만 지명이나 실존하는 인물, 예를 들어 나폴레옹은 '那翁(なほれおん)'으로 라살(Antoine Charles Louis de Lasalle) 장군은 '羅箸大將(らしゃ)'로 한자에 원문의 음독을 달아 표기하고 있다.

그러나 「프랑스 기병의 꽃」과 원문의 가장 큰 차이는 인칭의 변화라 할 수 있다. 원문은 '현재'는 퇴역 장교가 된 제라르가 자신의 과거를 회상하면서 서술하는 액자형 구조의 1인칭 서술 소설이다. 이에 반해, 「프랑스 기병의 꽃」은 3인칭 소설로 번역되어있다. 「프랑스 기병의 꽃」은 원작의 모두(冒頭)에서 모험담을 발화하고 있는 퇴역 장교 제라르의 '현재' 시점을 삭제하고 곧바로 제라르가 중위였던 시절의 모험담부터 이야기를 시작하고 있다.

원작 〈제라르 준장〉 시리즈는 "인간미가 넘치다 못해 우스꽝스럽기까지 한 프랑스 경기병 장교가 활약하는 장쾌한 모험소설"[1]이라는 평을 받고 있는데 이 작품의 유머러스한 부분은 왕년의 모험담을 과장해서 서술하고 있는 퇴역 장교 제라르의 1인칭 서술해서 비롯되는 부분이 많다.

> 그 무렵에도 부대의 상관들은 이미 나를 높게 평가하고 있었다. (중략) 내가 없으면 내가 속한 대대가 얼마나 곤란할지를 라살 장군도 잘 알고 있다는 뜻이다. (중략) 가난한 폴란드인과 유대인들에게 집 앞을

---

1) 김상훈(2015), 「해설 어느 가스코뉴인의 초상」, 『제라르 준장의 회상』, 북스피어, p.344.

지나가는 나의 모습은 정말이지 근사한 볼거리였으리라! (중략) 당시
불과 스물다섯 살의 청년이었던 나, 에티엔 제라르-10개의 경기병 연
대를 통틀어 최고의 기수이자 검술의 달인으로 명성이 높던-가 어땠
을지 상상해 보라. 우리 10연대의 색은 청색이었고, 우리 기병들의 하
늘색 돌망과 새빨간 앞설을 댄 펠리스를 흘끗 보기만 해도 지역 주민
들 모두가 황급히 달라기 시작한다는 얘기가 있을 정도였다. 여자들은
우리쪽으로, 남자들은 반대 방향으로 말이다.[2]

위의 인용문 외에도 〈제라르 준장〉 시리즈에는 작품 도처에서 준
장의 병사로서의 자부심과 용맹하면서도 호전적인 모습이 과장되게
서술되고 있다. 그러나 원문은 작품의 모두에서 이 모든 서술이 '현
재'는 카페에 죽치면서 마담에게 시답지 않는 농담이나 던지는 늙은
퇴역 장교가 자화자찬하는 무용담에 지나지 않다는 것을 미리 제시
하면서 에피소드를 시작하고 있다. 이에 독자는 준장의 이러한 과장
된 용맹무쌍함을 '유머'로 즐기면서 늙은 퇴역 장교의 허언이라는 점
을 어느 정도 감안하면서 에피소드를 읽게 된다.

그러나 「프랑스 기병의 꽃」은 다음과 같이 시작한다.

나폴레옹군의 기병장교 세라다 가즈오(世良田一雄)라고 하면 나폴
레옹에게 가장 총애 받은 자로 프랑스군은 물론이고 당시 나폴레옹과
전쟁을 치른 다른 나라 군대에서도 그 이름을 모르는 이가 없을 정도
로 유명하였다.

세라다가 아직 기병중위 때의 일이다.

---

2) 아서 코난 도일 저, 김상훈 옮김(2015), 위의 책, pp.16~17.

那翁の軍隊にて騎兵將校の世良田一雄と云へば那翁から一番寵愛を
受けた者で佛國の軍隊否な當時那翁と戰爭をした諸國の軍隊で其名を
知らぬ者がないと云ふ程の有名なものであつた。
世良田が未だ騎兵中尉の時の事である。[3]

위의 인용문은 원문에는 없는 내용이다. 원문의 카페에서 주변 손
님들에게 말을 걸고 있는 1인칭 화자인 퇴역 장교 제라르가 '현재'시
점에서 발화하고 있는 부분이 삭제되고 위와 같이 3인칭으로 소설이
시작된다. 이야기를 3인칭으로 기술함으로써 주인공 세라다 중위가
나폴레옹에게 가장 총애를 받고 적군조차도 그의 이름을 모르는 이
가 없을 정도로 용맹한 군사였음이 가감 없는 사실로 제시되고 있다.
즉, 원작의 '발화하고 있는 늙은 퇴역 장교'의 모습과 '발화되고 있는
과거의 용맹한 중위'의 간극 - 늙은 장교의 향수와 허언 - 이 번역
문에서는 사라지고 용맹한 세라다 중위의 모험담만을 제시하고 있는
것이다. 이렇듯「프랑스 기병의 꽃」은 3인칭으로 번역됨으로서 결과
적으로 제라르 중위의 과장된 용맹무쌍함이 강조 부각되는 소설로
변모한다. 이는 이 소설이 러일전쟁을 계기로 번역되어 전쟁 분위기
의 고양을 기도했던『조선일보』의 의도와 부합되는 바이기도 하다.
   그러나 이 3인칭 서술이 의식적으로 번역되었다고 해석하기에는
의문의 여지가 남는다. 당시 일본에서 같은 이유 - 전쟁 분위기의
고양과 선동 - 로 긴고도서적(金港堂書籍)에서 출판된〈군사소설〉시

---

3) 英國コナン・ドイル作、日本梅村隱士 譯(1905.1.20.),「仏蘭西騎兵の花」,『朝鮮日
   報』1면.

리즈『군사소설 노장 이야기(軍事小說/老將物語)』(사도 고로쿠(佐藤紅綠)
역)가 「프랑스 기병의 꽃」과 같은 작품을 번역하고 있지만 3인칭이
아닌 원작대로 1인칭 소설로 번역하고 있기 때문이다.

　　You do very well, my friends, to treat me with some little
reverence, for in honouring me you are honouring both France
and yourselves. It is not merely an old, grey-moustached officer
whom you see eating his omelette or draining his glass, but it
is a fragment of history.[4]

　　兎に角余は諸君に感謝する、君等が恁して此の敗殘の老夫を親切に
して呉れるので實に嬉しく思ふ。けれどもだ、君等が單に君等の前で
卵＊を肴にチビチビ飲つてる半白髭の老朽軍人の昔話を御情に聞てや
るのだなぞと思ては了見違ひといふものだぜ、余は今まこそ如恁に見え
ても歴史の斷片なんだぜ、だから君等が余を歡待するのは至底る處仏
蘭西國卽ち君等自身を優待するのだと思はねばならんて、

　　　　　　　　　　　　　　　　　　　　　　(밑줄은 인용자)[5]

　　위의 인용문은 원작과『노장 이야기』의 모두 부분이다. 사토 고로
쿠는 과거를 회상하는 '현재'의 화자 '나(余)', '나'로 인해 이야기되고
있는 '과거의 용맹한 나', 그리고 그 이야기를 듣고 있는 청중 '자네
들(君等)=독자'로 구성된 이 소설의 액자형 구조를 1인칭 서술을 통해
서 충실히 재현해내고 있다. 인용부분에서 화자인 퇴역 장교 제라르

---

4) Arthur Conan Doyle(1896), 「How the Brigadier Came to the Castle of Gloom」,
　『The Exploits of Brigadier Gerard』, p.5.
5) 佐藤紅綠譯(1904), 『軍事小說 老將物語』, 金港堂書籍, p.1.

는 나폴레옹 전쟁을 치러온 자신은 '역사의 단편'이고 자신을 대우해 주는 것은 곧 '자네들(프랑스인들)'과 '프랑스'에게 예우를 갖추는 것과 같다는 이야기서부터 시작한다. 이 부분은 작가의 역사소설에 대한 인식을 보여주는 부분이며 코난 도일이 셜록 홈즈를 '살해'하면서까지 역사소설 집필에 집착한 이유를 엿볼 수 있는 대목이기도 하다. 즉, 자신의 활약과 용맹무쌍함이 곧 프랑스의 활약이자 프랑스 국민 모두의 영예임을 언급하고 있어 〈제라르 준장〉 시리즈가 러일전쟁 당시 전쟁 분위기를 고양시키지 위한 군사소설로서 여러 번 번역된 이유를 엿볼 수 있는 부분이기도 하다. 이렇듯 원작의 1인칭 서술 구조를 재현하여도 군사소설로 읽는 데에는 아무 지장이 없을 뿐 아니라 오히려 그 의미를 더해주고 있기도 하다.

그렇다면 「프랑스 기병의 꽃」은 왜 1인칭이 아닌 3인칭으로 번역 되었을까. 이 번역소설에서의 3인칭은 일본근대소설사에서 내면의 발견을 유발한 제도로서의 언문일치[6]와 함께 사용되기 시작한 3인 칭 – '화자'와 '발화되는 대상'의 거리를 통해서 언표대상의 정주성 (定住性)[7]을 나타내는 인칭 개념 – 이 아니라 오히려 원작의 1인칭 서 술이 지닌 서술의 장치와 구도를 인식하지 못한, 인칭에 대한 이해가 확실치 않는 3인칭 서술이라고 볼 수 있다. 즉, 근대적 의미에서의 '3인칭'의 발견이 아니라, 오히려 다카하시 오사무(高橋修)가 지적한 '비=인칭'적인 수용이라 할 수 있겠다.[8]

---

6) 柄谷行人(1988), 『日本近代文學の起源』, p.76.
7) 高橋修(2015), 「第一部〈人称〉の翻譯」, 『明治の翻譯ディスクール』, ひつじ書房, p.003.
8) 高橋修(2015), 위의 책, p.15. 이 책에서 다카하시는 『로빈손 크루소』의 초기 일본어

전장에서 용맹하게 활약하는 제라르 중위의 모습을 통해 러일전
쟁의 분위기를 고조시키려는 의도로 〈제라르 준장〉의 이야기를 번
역한「프랑스 기병의 꽃」의 역자에게 있어서 작품의 모두는 어떻게
보면 군사물(軍事物)과는 어울리지 않는 불필요한 부분으로 인식되었
는지 모른다. 이렇듯 소설의 '인칭'에 대한 혹은 '서술'에 대한 이해의
부족이 일본에서 출판된『군사소설 노장 이야기』와 개항지 부산에서
간행된 일본어 민간신문 문예물의 차이를 낳은 것으로 사료된다.

2.「프랑스 기병의 꽃」의 역자

「프랑스 기병의 꽃」이 일본에서 간행된『군사소설 노장 이야기』
와 비교해 봤을 때 원문의 서술에 대한 인식이 결여되어 있는 데에는
무엇보다 번역자에 의거한 부분이 크다고 할 수 있다.「프랑스 기병
의 꽃」의 역자는 '日本 梅村隱士 譯'으로 명기되어있는데, 이 바이손
인지(梅村隱士)[9]는 우료 하지메(瓜生寅)의 필명으로「프랑스 기병의
꽃」의 역자는 우료 하지메로 추정된다.

우료 하지메는 메이지(明治)시대의 영어학자이자, 관료, 실업가로
서 1842년 2월 24일 후쿠이번(福井藩)의 무사집안에서 태어났다. 그
러나 아버지가 미상의 사건에 휘말려 사족(士族) 자격을 박탈당하고

번역을 둘러싸고 원작의 1인칭 서술이 일본어역에서는 3인칭으로 번역된 것을 "'1인칭'
적 담론을 서양적 문법범주인 '3인칭'으로 번역한 것이 아니라, '방법'으로서의 '인칭'
이라는 개념이 희박하여 '비=인칭'적으로 수용한 것"이라고 지적하고 있다.

9) 졸고(2017), 앞의 글, p.172. 앞서 졸고에서는 역자의 신상을 파악하지 못한 채 '우메
무라 인지'라고 기술하였으나 본고에서 '바이손 인지'로 정정하는 바이다.

재산도 몰수된 후 우료(瓜生)로 성을 바꾸고 나가사키(長崎)로 건너가
한학, 난학, 영어를 배우고 에도막부의 영어학교 교수를 지냈다. 이
후 문부성, 대장성(大藏省), 공부성(工部省)의 각 성의 관료로 근무하
다, 1879년 관료를 그만두고 실업계로 전향하여 외국선 선적 대리점
우료상회(瓜生商會)를 설립한 후 시모노세키(下關)의 사업회의소 부
회장을 역임하다 1920년 향년 67세에 서거하였다. 메이지 초기 우
료는 영어실력을 살려 계몽서 및 화폐, 지질학, 측량, 지리, 가정학,
군사학[10], 체육, 교육 등 다방면에 걸친 번역서 및 저서를 남겼으며
1872년 새로운 학제를 제정할 때 정책 입안의 중심 멤버이기도 한
인물이다.[11]

　우료 하지메는 '우료 미도라(瓜生三寅, 필명이 아니라 개명)'라는 이름
이나 '오토고(於菟子)'라는 필명을 주로 사용하였고 1858년부터 1911
년까지 본인이 지은 한시를 엮어 간행한 한시집『바이손가레하슈(梅
村枯葉集)』에서 '바이손(梅村)'이라는 필명을 사용하기도 하였다. 우
료 하지메의 번역서를 보면 표지에는 주로 우료 미도라, 혹은 우료
하지메라는 이름을 사용하고 있으나 관료를 하직한 이후에는 역자
서두에서 필명인 '바이손'을 사용하고 있다. 우료 하지메의 저작 리
스트[12]를 살펴보아도「프랑스 기병의 꽃」을 번역했다는 기록은 없으
나「프랑스 기병의 꽃」의 역자 바이손 인지를 우료 하지메로 보아도

---

10)　綿谷章(1979),「學制以前の体育－福井藩における瓜生寅の果たした役割－」,
　　　『Proceedings of the Congress of the Japanese Society of physical Education』30,
　　　p.98.
11)　山下英一(1994),「瓜生寅の英學」,『若越郷土研究』39-1, pp.1~15.
12)　渡辺宏(1979),「瓜生寅の履歴と著作」,『日本古書通信』44(2), pp.21~22.

틀림없을 것이다.

예를 들어 1887년 4월에 우료 하지메가 번역한『서양 남녀 유희법 (西洋男女遊戱法)』(普及舍)의 첫 장을 보면 다음과 같이 표기되어 있다.

우료 하지메가 번역한『서양 남녀 유희법』의 표지와 모두

위의 도서 외에도 1904년에 출판한『국사의 연구(國史の硏究)』(吉川 弘文館)의 속지에서도 '梅邨居士 瓜生寅誌'로 표기하고 있으며 1912 년에 출판한『마르코폴로기행(まるこぽろ紀行)』(博文館)에서도 '梅邨居 士 瓜生寅譯補'로 명기되어 있다.

우료 하지메가 어떠한 경위로 코난 도일의 〈제라르 준장〉 시리즈 를 번역하여『조선일보』에 연재하게 되었는지 그 상세한 경위는 아 직 확인된 바가 없다. 하지만, 우료 하지메는 1864년 군사훈련을 위 한 교과서『연습규범(演習規範)』이나 후쿠이번의 난에츠병학소(南越兵 學所)의 보병교육 교과서로 사용된『영국식 보조신서(英式步操新書)』 (1866)라는 저서를 기술하여 병학자로서의 입지를 굳힌 바[13] 있다. 여 기에 영어 번역이 가능했던 그의 역저술의 경력을 고려해 볼 때, 전쟁

분위기를 고취시킬 군사소설의 번역으로서 러일전쟁 당시 유행했던
코난 도일 〈제라르 준장〉 시리즈의 번역을 의뢰 받았을 가능성이 높
다. 주로 계몽서 및 학술서를 번역해 온 우료의 저술 목록에 비추어
볼 때 그가 소설을 번역한 것은 이례적이라 할 수 있는데 이러한 우료
의 번역서의 경향이 앞서 살펴 본 인칭이나 서술에 무의식적인 '비=
인칭'으로서의 3인칭 서술의 「프랑스 기병의 꽃」을 탄생시킨 것으로
추정된다.

3. 신문 문예물로서의 「프랑스 기병의 꽃」

「프랑스 기병의 꽃」의 표기는 소위 '총 후리가나(總ふりがな)'라고
말할 수 있을 정도로 거의 모든 한자에 후리가나가 병기되어 있다.
한자의 후리가나는 주로 음독이 달려있으나 군데군데 훈독을 단 경
우도 있다. 예를 들어 '獅子', '憤怒', '平坦く' 등 'しし', 'ふんど',
'へいたん' 등의 음독을 달아도 무방한 곳에 굳이 한자어가 아닌 와
고(和語) 및 외래어를 선택하여 후리가나를 단 것이다.

당시 신문 문예물의 후리가나는 많은 경우가 이해하기 쉬운 와고
의 훈독을 달았는데 이는 신문에 문예물이 처음 게재된 일본의 소신
문(小新聞)이 후리가나를 병기할 경우 주로 와고를 선택하여 지식인
이 아닌 부녀자나 서민들이 신문을 읽기 쉽게 하도록 하기 위함이었
다. 그리고 실제로 소신문의 경우는 '요비우리(呼び賣り)'라는 신문을

---

13) 綿谷章(1979), 앞의 글, p.98.

읽어주는 사람이 신문을 팔기도 하였다.[14] 이렇듯 소신문에서 행했던 훈독을 병기하는 습관이 『조선일보』가 창간된 1905년 당시에도 남아 있는 듯하여 기사나 논설보다 부녀자나 혹은 한자어에 익숙지 않는 서민층이 주로 즐겨 읽었던 문예란의 후리가나는 음독과 훈독이 혼용되어 있는 경우가 많았다. 「프랑스 기병의 꽃」은 다른 문예물에 비해 훈독이 많은 편은 아니나 그래도 위와 같이 와고 표기가 산재해있는 것으로 미루어 보아 『조선일보』 문예물을 읽었던 독자들은 이 소설을 눈으로 읽는 묵독이 아니라 소리 내서 읽는 음독(音讀)의 습관이 남아있었던 것을 「프랑스 기병의 꽃」 후리가나를 통해서 추측해 볼 수 있다.

또한 「프랑스 기병의 꽃」 독자들이 음독을 했던 흔적은 대화 부분이 이어질 때 그 대화를 발화하고 있는 화자를 대화문 앞에 표기하고 있는 것으로도 확인할 수 있다.

> 龍野『なにをするのです、僕の手に接吻をして』
> 美人『なぜと仰しやいますか、あの惡々敷い嘘吐きの口を捻つて下さつた御手ですもの、(후략)』

위의 예문처럼 대사 앞에 발화자를 표기해 주는 것은 주로 대사로 이야기가 전개되는 고단(講談)이나 라쿠고(落語)의 속기물에서 많이 볼 수 있는데 신문 문예물에서는 특히 고단모노(講談物)에서 주로 사용하는 표기법이다. 즉, 눈으로 문장을 따라가면서 문맥을 이해해가

---

14) 土屋礼子(2002), 『大衆紙の源流』, 世界思想社, p.68.

면 대사의 발화자를 혼동할 일은 없으나 이를 음독할 경우 그 대사가 누구인지를 명기해줌으로써 읽을 때의 톤 등을 변화시키기 용이하기 때문이다.

당시 일본의 대중지라 할 수 있는『요미우리신문(讀賣新聞)』, 『요로즈초호(萬朝報)』 등은 신문의 모든 기사-논설, 기사, 문예물-에 후리가나를 달아 대중지가 등장하기 전에 유행했던 소신문의 강점이자 독자의 범위를 확대할 수 있었던 직접적인 장치라고 할 수 있는 후리가나 병기라는 형태를 계승하였다.[15] 그러나 부산에서 간행된 일본어 민간신문『조선일보』를 개관해보면 후리가나는 문예물, 기행문, 수필 등의 소위 '읽을거리'에만 병기되어 있고 논설(『조선일보』에서는 '言論'이라 함)에는 기본적으로 후리가나를 병기하지 않았다.

즉,『조선일보』는 같은 지면상에서 후리가나가 없는 논설문과 모든 한자에 후리가나가 병기된 문예물이 혼합된 신문 체재였다. 이는 후리가나 없이도 논설 등을 읽어낼 수 있는 지식인 독자층과 후리가나가 없으면 문장을 읽기 어려운 독자층의 두 부류의 독자층을 갖고 있었음을 의미한다. 이처럼 같은 신문지상에서 독자층의 구분은 일본에서는 찾아보기 힘든 예로 일본의 경우 1890년 이전에는 지식인층이 읽은 대신문과 일반 서민들이 읽는 소신문으로 나뉘어져 있었고『국민신문(國民新聞)』(1890), 『요로즈초호』(1892), 『니로쿠신문(二六新聞)』(1893) 등이 발행되면서 소신문과 대신문의 구분이 애매해지고 전술하였듯이 소신문의 장점이었던 총 후리가나, 삽화, 연재물(續き物) 등의 방식을 모든 신문들이 도입하여 대중지의 시기를 맞이하

---

15) 土屋礼子(2002), 위의 글, p.263.

게 된다. 그러면서 후리가나는 기본적으로 모든 기사에 병기되었다.

이처럼 부산의 『조선일보』는 일본의 대중지와 같은 형태의 신문이라고 보기보다는 논설이 메인인 대신문과 읽을거리를 제공했던 소신문의 각각의 특색을 그대로 살려서 합친 형태의 신문으로 볼 수 있다. 이는 부산이라는 개항지에서 일본어 신문 독자층은 매우 제한적이었고 개항지의 일본인 거류민의 구성－주로 무역업자와 부동산업자들이고 청일전쟁 이후 상인들의 유입이 급격히 증가함－[16]을 고려했을 때 '읽을거리'가 없는 신문의 판매는 정보지나 홍보지가 아닌 이상 어려웠을 것으로 추측된다.

4. 맺음말

이상으로 본고에서는 개항지 부산에서 거류일본인이 발행한 일본어 민간신문 『조선일보』의 간판 번역소설로 연재된 코난 도일의 〈제라르 준장〉 시리즈를 번역한 「프랑스 기병의 꽃」의 번역문체 분석과 역자의 검토, 그리고 후리가나를 통해서 『조선일보』의 지면 구성의 특성과 이중 구조의 독자층이 공존해 있었음을 살펴보았다.

코난 도일의 〈제라르 준장〉 시리즈는 '현재'는 퇴역해서 노장이 된 제라르가 파리의 어느 카페에서 손님들(작중에서 '당신들'이라고 부르고 있음)에게 왕년의 자신의 활약상을 과장해서 이야기하는 액자형 1

---

16) 다카사기 소지 저, 이규수 옮김(2006), 『식민지 조선의 일본인들－군인에서 상인, 그리고 게이샤까지』, 역사비평사, pp.42~60.

인칭 서술 구조를 취하고 있다. 그러나 『조선일보』에 연재된 「프랑
스 기병의 꽃」은 이러한 원문의 서술 구조의 특색을 살리지 못하고
3인칭 서술문으로 제라르 중위의 용맹함과 병사로서의 자긍심이 더
욱 부각된 모험담으로 번역되었다.

　이러한 인칭 및 서술에 대한 인식의 결여는 당시의 일본 문단 및
번역소설에서의 1인칭 서술에 대한 관심과 시도[17]와도 거리가 있는
데 이는 「프랑스 기병의 꽃」의 역자가 우료 하지메였기 때문일 수도
있다. 우료는 에도막부 영어학교의 교수로 지내다 메이지 정부의 관
료를 역임하고 1905년 당시에는 시모노세키에서 선박 관련 사업을
했던 인물로 소설 번역과는 거리가 있고 다수의 계몽서, 학술서 등
의 저역서를 남긴 인물이다. 우료의 〈제라르 준장〉 시리즈 번역은
문학적 접근이 아니라 영어 번역자이자 일본 근대 초기의 군사학의
지침서를 다수 집필한 저자로서 러일전쟁의 분위기를 고취시키기
위해서 군사소설 〈제라르 준장〉 시리즈를 번역하기에 이른 것으로
추정된다.

　개항지 부산에서 발간된 민간신문은 동시대의 일본 대중지와 성
격을 달리해서 대중지화하지 못하고 메이지 20년대에 유행했던 소
신문과 대신문을 혼합한 형태의 신문이었다. 이는 후리가나의 병기
를 통해 확인할 수 있는데 『조선일보』의 경우, 논설 기사 등에는 후
리가나가 병기되어 있지 않고 문예물이나 수필 등의 '읽을거리'에만
후리가나가 달려 있다. 이는 개항지 거류일본인이라는 한정된 독자

---

17) 小森陽一(1988), 『構造としての語り』, 新曜社, p.261. 1988년경부터 1인칭 서술에 모
　색과 관심은 모리타 시겐(森田思軒)이나 후타바데이 시메이(二葉亭四迷) 등의 번역소
　설을 통해서 확인할 수 있다.

층의 수요를 모두 충족시키기 위함이었을 것으로 생각되고 당시 다른 근대적 오락거리 혹은 대중문화가 아직 이식되지 이전의 상황에서 신문 문예물은 거류일본인들에게 중요한 '읽을거리'와 '오락거리'로 받아들여졌을 것이다.

『조선일보』에 「프랑스 기병의 꽃」이 연재된 외연과 그 번역 문체, 역자, 독자의 수용 양상 등을 살펴봤을 때 『조선일보』의 문예물은 당시 독자들에게는 중요한 읽을거리였지만, 한편으로는 당시의 러일전쟁이라는 정세로 인한 일본에서의 군사소설의 붐, 신문의 성향, 일본과 달리 소설 번역자 아닌 영어 번역자에 의한 번역소설의 연재 등 일본의 영향과 거류지의 한계라는 자장의 영향을 크게 받는 산물이었음을 확인하였다.

본 논문은 『比較日本學』 제42권(한양대학교 일본학 국제비교연구소)에 수록된 유재진 (2018), 「러일전쟁과 일본어 민간신문 『조선일보(朝鮮日報)』의 문예물 2」를 수정, 가필한 것이다.

참고문헌

• Arthur Conan Doyle, 「How the Brigadier Came to the Castle of Gloom」, 『The Exploits of Brigadier Gerard』, 1896.
• 아서 코난 도일 저, 김상훈 옮김, 『제라르 준장의 회상』, 북스피어, 2015.
• 英國コナン・ドイル作、日本梅村隱士 譯, 「仏蘭西騎兵の花」, 『朝鮮日報』, 1905. 1.20.(1면)
• コナン・ドイル作、佐藤紅綠譯, 『軍事小說 老將物語』, 金港堂書籍, 1904.

• 김상훈, 「해설 어느 가스코뉴인의 초상」『제라르 준장의 회상』, 북스피어, 2015.
• 다카사기 소지 저, 이규수 옮김, 『식민지 조선의 일본인들－군인에서 상인, 그리고 게이샤까지』, 역사비평사, 2006.
• 柄谷行人, 『日本近代文學の起源』, 1988.
• 小森陽一, 『構造としての語り』, 新曜社, 1988.
• 高橋修, 「第一部〈人称〉の翻譯」, 『明治の翻譯ディスクール』, ひつじ書房, 2015.
• 土屋礼子, 『大衆紙の源流』, 世界思想社, 2002.
• 山下英一, 「瓜生寅の英學」, 『若越鄕土研究』 39-1, 1994.
• 綿谷章, 「學制以前の体育―福井藩における瓜生寅の果たした役割―」, 『Proceedings of the Congress of the Japanese Society of physical Education』 30, 1979.
• 渡辺宏, 「瓜生寅の履歷と著作」, 『日本古書通信』 44(2), 1979.

한반도에서 간행된 일본어신문 『경성신보』 문예물 연구

「탐정실화 기이한 인연」을 중심으로

이현희

1. 들어가며

근대의 탐정소설[1] 장르는 도시라는 공간과 함께 발전해왔다. 영국 런던을 배경으로 한 「모르그 가의 살인사건(The Murders in the Rue Morgue)」(애드가 앨런 포, 『그래함 매거진(Graham's Magazine)』, 1841) 이 세계 최초의 탐정소설로 자리매김한 이후, 탐정소설 장르는 근대화된 다양한 도시가 그 배경이 되었다. 동아시아 가운데에서도 발 빠르게 근대 문물을 수용했던 일본은 서구의 탐정소설 장르를 받아들여 독자적인 발전을 한다. 1870년대 이미 일본은 서구의 탐정작품을 '탐정

---

1) 영미의 'detective story'의 번역어로 일본에서는 탐정소설(探偵小說)이라는 용어를 사용하였다. 제2차 세계대전 이후 1948년 11월에 발표된 '당용한자표(当用漢字表)'에서 탐정소설의 '정(偵)'이라는 한자가 제약에 의해 사용이 금지되면서 새로운 용어로 대체되었고, '추리소설(推理小說)'이라는 용어로 정착되어 현재까지 사용되고 있다. 본 논문에서는 연구 대상의 범위가 1910년 이전의 작품이며 일본어로 쓰였다는 점에서 '탐정소설'이라는 당시의 용어를 사용하도록 하겠다.

실화(探偵實話)'라는 표제로 번역·번안하여 유통하였다.[2] 1889년 일본의 최초 창작탐정소설 「무참(無慘)」의 등장[3] 이후, 일본의 탐정소설 장르는 침체기[4]를 지나 1920년대부터 1930년대에 걸쳐 미디어의 발달과 이를 동반한 대중 문학의 발전과 함께 대유행을 하게 된다.

같은 시기 한반도에서는 일본에서 건너온 일본인이 경성, 인천, 부산[5] 등 대도시를 중심으로 거류지를 형성하고 커뮤니티를 조직하여 생활하고 있었다. 조선으로 이동해 온 이들은 도시를 중심 거점으로 일본어로 쓰인 신문이나 잡지를 생산한다. 이러한 미디어는 조선에서 일본인들의 커뮤니티 장을 넓히는 기능을 담당하였다. 재조일본인이라고 부르는 이들을 둘러싼 미디어에는 다양한 문예물이 등장하는데, 근대 탐정소설 장르의 범주에 속하는 작품도 다수 게재된다.

한반도에서는 한글로 쓰인 최초의 탐정소설인 이해조의 「정탐소설 쌍옥적(偵探小說 雙玉笛)」[6]이 1908년 『뎨국신문』에 연재된다. 그러

---

2) 1877년 9월부터 『가게쓰신지(花月新誌)』에 게재된 「욘겔의 기옥(揚牙兒ノ奇獄)」은 탐정소설이라는 장르가 처음 일본에서 번안되어 유통된 작품이다. 中島河太郎(1993), 『日本推理小說史 第1券』, 東京創元社, pp.7~8

3) 일본 최초의 창작 탐정소설은 구로이와 루이코(黑岩淚香)의 「신안의 소설-무참(新案の小說-無慘)」(小說叢, 1889)으로 알려져 있다.

4) 1900년대 일본에서는 자연주의 문학이 유행하였으며 탐정소설은 환영을 받지 못한 채 번역과 번안에 머무르면서 유통되었다. 이 시기를 이토 히데오는 탐정소설의 침체기로 보았다. 伊藤秀雄(1991), 『大正の探偵小說』, 三一書房, p.73.

5) 조선은 일본과의 강화도 조약을 체결함으로써 개항을 시작했다. 부산(1876년)을 시작으로 원산(1897년), 제물포(1883년) 등 차례로 개항한다. 박상하(2008), 『경성상계』, 생각의 나무, p.28.

6) 『쌍옥적』은 1908년 12월 4일부터 1909년 2월 12일까지 『뎨국신문』에 연재되었다. 이후 1911년 보급서관을 통해 단행본으로 출판되었다. 이후 『조선일보』에 1920년 7월 14일부터 작자 미상으로 연재된 「박쥐우산」이 나오기까지 조선에서의 창작 탐정소설 작품은 발견되지 않았다. 창작 탐정소설은 등장하지 않았지만, 1910년에서 20년대의

나 "탐정이라는 표제를 내세운 조선의 탐정소설"[7]은 1920년대 이후
가 되어서야 등장한다. 한반도의 탐정소설 장르는 일본의 탐정소설
장르와 밀접한 관련성이 있다는 점은 일반적으로 알려진 바이다.[8]
이 시기는 "한국어로 쓰인 탐정소설도 존재하지만, 일본어로 쓰인
탐정소설도 확실히 유포되어 수용"[9]되고 있었다. 이는 조선에 거주
하는 일본인의 커뮤니티 매체, 특히 일본어 민간신문에서도 발견할
수 있다.

　동아시아, 특히 일본과 한반도에서의 탐정소설 장르에 관한 연구
는 2000년대 이후가 되어서야 활발하게 이루어지기 시작했다. 이 장
르에 관한 연구가 늦어지는 원인으로는 근래에 와서 탐정소설을 문
학 연구 대상으로 보기 시작했다는 점도 하나의 이유라 볼 수 있다.
이러한 연구 가운데 일본 이외의 나라에서 일본어로 기술된 탐정소
설, 특히 한반도에서 일본어로 쓰인 작품이 존재하고 있지만 이에
관한 연구는 아직까지 미비한 실정이다. 이는 일본과 한국의 탐정소

시기에도 탐정소설은 번역·번안을 통해 수용되었다. 최원식(1997), 「이해조 문학 연
　구」, 『한국근대소설사론』, 창작과 비평사, pp.145~160.
7) 조선에서의 탐정소설은 이해조의 「쌍옥적」의 작품에서처럼 '정탐'이라는 용어를 사용
　했다. 원래 '정탐'은 '몰래 살피다', '비밀스럽게 조사하다'라는 행위의 뜻으로 사용되었
　으며, 이 당시 '정탐'과 '탐정'은 혼용되어 사용되어 왔다. 1918년 '탐정긔담'이라는 표
　제로 코난 도일의 소설 『충복』이 번역된 이래 탐정소설, 탐정극이라는 용어가 자리
　잡게 된다. 김지영(2010), 「'탐정', "기괴" 개념을 통해 본 한국 탐정소설의 형성 과정」,
　『現代文學理論硏究』, 현대문학이론학회, pp.96~99.
8) 1920년 중반 이후 식민지 조선인들의 일본어 능력이 확산되면서 일본어로 된 서적이
　보급되었고, 다양한 소설들 가운데 탐정소설 또한 당시의 조선인들에게 많이 향유되었
　다. 김종수(2010), 「현대문학 : 일제 식민지 탐정소설 서적의 현황과 특징」, 『우리어문
　연구』, 우리어문학회, p.591.
9) 兪在眞(2014), 「植民地朝鮮の日本語探偵小說」, 『跨境/日本語文學硏究』, 高麗大
　學校日本硏究センター, p.281.

설 장르에 관한 연구가 하나의 나라, 즉 일국에 한정하여 이루어져
왔기 때문이다. 그러므로 한반도에서 간행된 일본어로 쓴 탐정소설
이 문학연구에서 누락되었다고 볼 수 있다.

그러나 최근 '일본어문학'이라는 범주에서 한 나라를 월경하는 형
태의 연구가 시도되고 있다. 2010년도에 들어서서 유재진의 식민지
조선에서의 탐정소설 연구[10]와 나카무라 시즈요(中村靜代)의 식민지
조선의 괴담과 탐정소설의 관련성에 관한 연구[11]가 이에 해당한다.
이들 연구는 식민지 조선에서 간행된 일본어 탐정소설을 일본어문학
이라는 범주에 포함시켜서 1920년대 이후 식민지 조선에서 발행된
신문과 잡지를 대상으로 분석했다. 그러나 탐정소설 장르가 아직 시
민권을 획득하지 못했던, 장르의 맹아기로도 불리는 1910년 이전 시
기, 한반도에서 탐정소설 장르로 보이는 작품이 그 수가 많지는 않지
만 일본어신문에 게재된 것을 확인할 수 있다. 예를 들어 1906년 경
성에서 창간된 일본어신문『경성신보(京城新報)』를 살펴보면 '탐정(探
偵)'이라는 용어가 들어간 기사나 문예물을 발견할 수 있다. 특히
1908년 11월에 게재된 히데코(ひで子)의 「탐정실화 기이한 인연(探偵
實話 奇緣)」은 작품 제목에 '탐정'을 사용했다는 점에서 장르성이 표
출된 작품으로 볼 수 있다. 그러나 앞서도 기술했듯이 이 시기의 탐

10) 俞在眞(2014),「韓國人の日本語探偵小說詩論－金三圭杭に立ったメス」,『日本學報』
    98, 韓國日本學會, pp.247~256; 俞在眞(2014), 「植民地朝鮮の日本語探偵小說」,
    『跨境/日本語文學硏究』, 高麗大學校日本硏究センター, pp.281~285; 俞在眞(2015),
    「植民地朝鮮における在朝日本人と探偵小說 1」,『日本學報』104, 韓國日本學會,
    pp.171~181.
11) 中村靜代(2014), 「在朝日本人の怪談と探偵小說硏究 : 怪談における〈謎解き〉と京城
    記者を中心に」,『翰林日本學』, 翰林大學日本硏究所, pp.141~163.

정소설 장르, 특히 일본어문학이라는 범주 안에서 한반도에서 발표된 탐정소설과 관련된 연구는 아직까지 부족한 실정이다.

이에 본 연구에서는 1910년 이전 조선에서 발행된 일본어 민간신문을 대상으로, 당시 신문의 문예물로서의 탐정소설 장르를 고찰하고자 한다. 이를 위해 첫 번째, 1910년 이전 한반도에서 발간된 일본어 민간신문의 문예물 가운데 탐정소설 장르에 해당하는 작품을 조사하고, 당시 한반도에서 일본어 탐정소설 장르의 수용형태를 살펴보고자 한다. 두 번째,『경성신보』의 게재면의 특징과「탐정실화 기이한 인연」이 게재된 지면의 속성을 분석하고자 한다. 세 번째, 작품의 분석을 통해 탐정소설적 요소를 알아보고, 작품의 배경이 된 경성이라는 도시와 그곳에서 삶을 영위하는 등장인물의 직업을 통해 재조일본인의 생활 양상을 고찰하겠다. 이를 통해 1910년 이전 조선에서 쓰인「탐정실화 기이한 인연」의 작품이 탐정소설 장르로서 어떠한 의미를 지니는지 밝히고자 한다.

2. 1910년 이전, 일본어신문과 탐정소설 장르

1900년 전후, 일본인들은 다양한 목적을 가지고 한반도에 들어와 개항장과 거류지를 중심으로 각각의 커뮤니티를 형성하였다. 이러한 일본인 커뮤니티를 축으로 일본어신문, 잡지 등 그들을 위한 미디어가 발행된다. 이 가운데 일본어신문에 한정하여 살펴보면 1906년 9월 1일 조선총독부에서 발행한『경성일보(京城日報)』[12], 1907년 11월 3일 천장절(天長節)에 민간이 발행한『경성신보(京城新報)』가 창간되었다.[13] 이 두 신문은 한반도의 수도인 경성에서 발간된 기관지와 민간인이 발행한 민간지라는 점에서 중요한 비교연구의 대상이다. 그러나 본 논문의 연구 시기인 1910년 이전 두 신문의 보존 상황을 살펴보면 『경성일보』는 1906년 발간 이후, 1910년까지의 신문 자료가 현재 거의 남아있지 않다.[14] 이에 비해 민간신문인 『경성신보』는 1907년부터 1913년 폐간될 때까지 결호는 다수 있지만 상당 부분 지면이 남아있다.[15] 이 두 신문 외에도 이 시기 경성 이외의 지역에서 발행된 일본어 민간신문은 상당수 존재하고 있었으며, 지면이 존재하고 있는 것도 그 수는 적지만 확인할 수 있다.[16]

---

12) 1906년 9월 1일에 창간한 『경성일보』는 기관지로서 일본의 통치정책을 선전하는 역할을 담당했다.

13) 신문 발행 장소는 경성 서소(西署) 서소문 통이며, 사장은 미네기시 시게타로(峰岸繁太郞), 발행인은 야마시타 에이지(山下英爾)이다. 『경성신보』는 창간 후, 세 차례에 걸쳐 다음과 같이 신문명을 변경한다. 처음 발행명은 『경성신보』(1907.11.3.~1908. 6.26.)(177호)로, 통감부의 정책을 반대하는 기사로 인해 발행 정지를 당한다. 그러자 신문명을 『경성신문』(1908.7.5.~1908.12.23.)(142호)으로 변경하여 발행하였지만, 계속되는 통감부에 반하는 기사로 인해 폐간 명령을 받는다. 그 후 『경성신보』 (1909.1.1.~1912.2.29.)(899호)로 다시 신문명을 바꾸어 발행하지만 결국 폐간 처분을 받게 된다. 鄭晉錫(2003), 「解題」, 『朝鮮日報·京城新報』第1卷, 韓國統計書籍센타, pp.1~2.
　　본 논문에서는 신문명을 변경한 3개의 신문을 모두 『경성신보』로 칭하여 기술하기로 하겠다.

14) 1910년 이전 『경성일보』를 조사한 결과, 1907년 1호, 1909년 3호, 1910년 5호만이 현재 남아 있는 상태이다.

15) 『경성신보』는 현재 일본국회도서관과 인천 화도진도서관에 마이크로필름과 한국통계서적센타에서 간행한 영인본으로 복원되어 있다. 정진석은 영인본 해제에서 『경성신보』의 특징을 "한국에서의 침략을 지원하면서도 총감부나 총독부의 정책을 비판한 기사를 게재하는 등 이중적인 태도를 취"한 점이라고 언급했다. 鄭晉錫(2003), 앞의 책, p.2.

16) 1910년 이전 한반도에서 발행된 일본어 민간신문은 경성에서 간행된 『경성신보』 (1907~1912)을 비롯하여, 인천에서 간행된 『조선신보(朝鮮新報)』(1881~1882), 『조선

1910년 이전 민간신문 문예물은 주로 한시, 하이쿠(俳句), 단카(短歌) 등의 운문 장르와 '고단(講談)'을 중심으로 한 산문 장르로 구성되어 있다. '소품(小品)'란에 수필이나 소설이 구성되어 실리기도 하지만, '고단'에 비해 소설은 그 수가 많은 편이 아니었다. 그렇다면 당시 한반도에서 간행된 일본어 민간신문에는 탐정소설 장르의 문예물이 얼마나 존재하고 있었을까. 이를 위해 당시 일본어 민간신문 가운데 현재 지면이 상당 부분 보존되어 있으며, 문예물의 내용이 확인 가능한『조선일보(朝鮮日報)』(부산),『경성신보』(경성),『조선신문(朝鮮新聞)』(인천)의 세 개의 민간신문을 대상으로 문예물을 조사해보았다. 조사 방법은 ①문예물에서 '탐정'이라는 용어가 사용된 작품과 ②탐정소설 작가의 작품, 그리고 ③탐정소설과 연관성이 있는 표제어 '실화', '기담' 또는 '경찰' 등이 등장하는 작품을 선별하여 목록으로 정리하였다. [표 1]은 1910년 이전 한반도에서 발행한 민간신문 가운데 탐정소설 장르로 파악되는 문예물을 조사한 결과이다.

신문(朝鮮新聞)』(1892~1942), 부산에서 간행된『조선일보』(1905) →『부산일보(釜山日報)』(1907~1945),『조선시보(朝鮮時報)』(1894~1941) 등이 있다.

[표 1] 1910년 이전 일본어 민간신문 중 탐정소설 장르 문예물 목록

신문	게재연월일	작품제목	작가
조선 일보	1905. 1. 20~1905. 3. 27	프랑스 기병의 꽃 (佛蘭西騎兵の花)	영국 코난 도일 (英國 コーナン・ドイル) 일본 바이손 인지 (日本 梅村隠士)
경성 신보	1908. 11. 17/18/19	탐정실화 기이한 인연	히데코
	1908. 11. 20/21/22	기이한 인연 그 후(後の奇緣)	히데코
	1908. 11. 26/27/28/29/12. 1	속 기이한 인연(續奇緣)	히데코
	1908. 12. 6/8/9/10/11	실화 지옥계곡(實話 地獄谷)	가에데(かへで)
조선 신문	1908. 12. 1~1909. 4. 16	경찰대신(警察大臣)	포레스(ポレース) 게이요 가이시(藝陽外史)
	1909. 6. 1~1909. 7. 4	소설 코안경(小說 鼻眼鏡)	고쿠초(黑潮) 역
	1909. 7. 6~1909. 8. 5	가짜 강도(僞强盜)	고쿠초(黑潮) 역
	1909. 8. 6~1909. 9. 5	탐정기담 제2의 혈흔 (探偵奇談 第二の血痕)	고쿠초(黑潮) 역

[표 1]을 살펴보면 『조선일보』에서는 1905년부터 코난 도일 원작, 바이손 인지 번역의 「프랑스 기병의 꽃」이 지면 1면에 28회에 걸쳐 연재되었다.[17] 『조선신문』에서는 1909년 6월 1일부터 9월 5일까지 「소설 코안경(小說 鼻眼鏡)」, 「가짜 강도(僞强盜)」, 「탐정기담 제2의 혈흔(探偵奇談 第二の血痕)」이 고쿠초(黑潮)라는 인물의 번역으로

---

17) 코난 도일의 번역 작품인 「프랑스 기병의 꽃(仏蘭西騎兵の花)」과 관련된 선행연구로는 유재진의 논문이 있다. 유재진(2017), 「러일전쟁과 일본어 민간신문 『조선일보(朝鮮日報)』의 문예물 1 : 코난 도일(Conan Doyle) 작 「프랑스 기병의 꽃(仏蘭西騎兵の花)」를 중심으로」, 『비교일본학』, 한양대학교 일본학국제비교연구소, pp.169~189; 유재진(2018), 「러일전쟁과 일본어 민간신문 『조선일보(朝鮮日報)』의 문예물 2 : 코난 도일(Conan Doyle) 작 「프랑스 기병의 꽃(仏蘭西騎兵の花)」를 중심으로」, 『비교일본학』, 한양대학교 일본학국제비교연구소, pp.257~272. 두 논문은 본 연구서 1부 「서구 탐정소설의 유입과 번역공간으로서의 민간신문」에 실려 있다.

세 작품이 연이어 1면에 연재되었다. 이 세 작품은 번역자만 나와 있었으므로 작품의 내용을 파악하여 조사한 결과, 코난 도일의 작품을 번안하여 신문에 게재한 것임을 알 수 있었다.[18] 이외에도 게이요 가이시(藝陽外史) 번역의 「경찰대신(警察大臣)」이 있다. 「경찰대신」은 포레스(ポレース)라는 원작가명이 신문에 게재되어 있으나, 이 정보만으로는 원작을 찾을 수가 없었다. 러시아를 배경으로 한 이 작품에 대한 조사는 차후 연구가 필요하다.

이처럼 1910년 이전 탐정소설 장르는 주로 번역·번안을 통해 재조일본인에게 수용되었다. 이 시기는 일본에서도 창작탐정소설이 활발히 등장하기 이전으로, 번역·번안에 의해 서구의 작품이 유통되었다. 이들 번안·번역 작품은 차후 연구가 필요할 것으로 판단된다.

한편 탐정소설 장르로 번역·번안의 형식이 아닌 창작으로 보이는 작품은 1908년『경성신보』에 게재된 히데코 작「탐정실화 기이한 인연」, 「기이한 인연 그 후(後の奇緣)」, 「속 기이한 인연(續奇緣)」과 가에데(かへで) 작「실화 지옥계곡(實話 地獄谷)」이 있을 뿐이다. 「실화 지옥계곡」은 '실화'라는 표제로 남대문 일대의 '지옥계곡'을 주인공이 탐방한 르포르타주 형식에 근접한 작품으로 파악된다. 이 두 작품 가운데 '탐정'이라는 표제를 사용한 작품은 히데코의 작품밖에 없다. 제목

---

18) 코난 도일의 위 세 작품은 모두 1904년도에 발표한 작품으로, 한반도에서 일본어 민간신문에 실린 시기는 1909년이다. 당시로서는 빠르게 번역·번안되었던 것으로 볼 수 있다. 이들 작품의 서지정보를 기술하면 다음과 같다. 소설「코안경」은「The Adventure of the Golden Pince-Nez」(The Strand Magazine, 1904.7)이며「가짜 강도」는「The Adventure of the Charles Augustus Milverton」(The Strand Magazine, 1904.4) 그리고「탐정기담 제2의 혈흔」은「The Adventure of the Second Stain」(The Strand Magazine, 1904.10)이다.

앞에 붙이는 표제에 관하여 유재진은 당시 탐정소설 작품에는 '탐정실화', '탐정고단(探偵講談)', '탐정기담' 등 다종다양한 표제를 사용했으며, 이러한 표제의 사용은 독자의 호기심을 끌기 위한 미디어의 습성을 따른 것이라고 보았다. 또한 이는 식민지 조선의 일본어 독자 공간에서 탐정 장르의 의식이 정착되지 않은 증거라고 주장한다.[19]

이와 같이 한반도에서는 일본어로 쓰인 탐정소설 장르의 작품은 그 수는 적지만 존재하고 있다는 것이 밝혀졌다. 그 작품들은 주로 번역·번안이라는 형태로 신문이라는 미디어를 통해 재조일본인에게 수용되었다. 이러한 번역 작품들 가운데 1908년 일본어 민간신문인 『경성신보』에 실린 「탐정실화 기이한 인연」은 창작물이라는 점과 '탐정실화'라는 표제로 작품이 실렸다는 점에서 탐정소설 장르로서 다양한 의미부여가 가능하다. 특히 아직 탐정소설 장르가 정착하지 않은 시기에 빠르게 이 장르를 수용하여 창작탐정소설을 시도했다는 점에서 중요한 연구 자료이다.

3. 『경성신보』와 「탐정실화 기이한 인연」

그렇다면 「탐정실화 기이한 인연」이 실린 『경성신보』는 어떠한 신문이었을까. 『경성신보』는 1907년 발간 이후, 폐간되는 1912년까지 제호를 바꾸어가며 발간을 지속한 민간신문이다. 신문 발행부수

---

19) 俞在眞(2015), 「植民地朝鮮における在朝日本人と探偵小説 1」, 『日本學報』 제104집, 韓國日本學會, p.175.

를 살펴보면 1910년 당시 1일 평균 5,137부로, 기관지인『경성일보』
의 19,494부에 비해 많은 숫자는 아니었다. 그러나 경성 지역만 살펴
보면,『경성신보』의 월 평균 발행부수는『경성일보』의 65,232부보
다 많은 75,000부였다.[20) 기관지인『경성일보』와는 달리 민간신문이
라는 점에서『경성신보』와의 비교 연구가 중요하지만,『경성일보』의
지면이 거의 남아 있지 않아서 이 시기의 연구는 현재로서는 불가능
한 점이 아쉬운 부분이다.

『경성신보』의 신문지면 구성을 살펴보면 다음과 같다. 이 신문은
주로 4면 구성으로 되어 있으며, 1면에는 하이쿠의 운문 장르와 고단
또는 소설의 산문 장르, 그리고 광고로 구성된다. 2면은 정치와 경제
기사가 실리며, 3면은 수필이나 사회 관련 기사와 광고를 주로 게재
하고 있다. 4면은 첫 단에 고단이나 라쿠고(落語)가 등장하기도 하지
만, 전면이 광고로 이루어진 경우도 많았다.

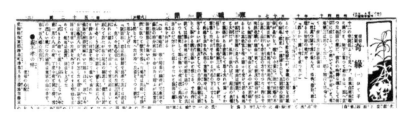

[그림 1]『경성신보』1908년 11월 17일 3면 1단

[그림 1]의 신문 발췌 면에서도 알 수 있듯이 히데코가 집필한「탐
정실화 기이한 인연」은 3면의 제일 첫 단에 배치되었다. 이 작품은

---

20) 김태현(2011),「한국강점 전후『경성신보』와 재한일본인사회의 동향」,『한국민족운
   동사연구』제68집, 한국민족운동사학회, p.6.

1908년 11월 17일부터 19일까지 매회 3면의 1단에서 2단 정도에 할애된 짧은 단편이다. 「탐정실화 기이한 인연」이 처음으로 실렸던 1908년 11월 17일자 3면의 주요기사를 살펴보면 다음과 같다.[21] 「점원평판기(店員評判記)」, 「진귀한 묘령의 여의사(珍しい妙齢の女醫)」, 「부인의 늪에 빠져 죽다(女房溝に落ちて死す)」 등의 기사와 상점 광고들로 매워져 있다. 이런 점에서 「탐정실화 기이한 인연」이 1면이 아닌 3면 첫 단에 실렸다는 것은 앞서 기술한 바 있는 '실화'라는 표제의 사용으로 마치 실제로 일어난 사건인 것처럼 하여 독자의 흥미를 유도하기 위한 방법을 이용했다고 파악 가능하다.

그렇다면 탐정소설이라는 장르가 아직 정립되지 않은 시대적 상황에서 '탐정실화'라는 표제로 신문에 작품을 게재한 히데코라는 작가는 어떤 사람이었을까. 그의 작품이 발표된 『경성신보』를 중심으로 히데코라는 이름으로 게재된 작품을 살펴보면 다음과 같다.

1908년 9월 17일자 독자문예란(讀者文壇欄)에 「가을밤(秋の夜)」, 9월 20일자에는 「아침 다듬이질(朝の砧)」이라는 수필과 9월 27일자 하이쿠란에 「가을 십제(秋十題)」, 9월 30일자에는 「초저녁(宵闇)」이라는 제목의 하이쿠 작품을 발견할 수 있었다. 그리고 「탐정실화 기이한 인연」을 쓴 다음 「기이한 인연, 그 후」(총 3회, 11.20.~11.22.), 그리고 「속 기이한 인연」(총 5회, 11.26.~12.1.)을 게재한다. 이들 세 개의 단편은 제목으로도 알 수 있듯이 후속 작품으로 파악 가능하다. 그 외

---

21) 『경성신보』 1908년 11월 17일자 신문에서 문예물만 발췌해보면 다음과 같다. 1면 : 하이쿠(俳句) 「음광소회집(吟光小會集)」/가와이 유요(川合柳葉)의 「연재소설 장마철의 어둠(連載小說 五月闇)」, 3면 : 「탐정실화 기이한 인연」/도도이쓰(都々逸) 「동가오란(同可娛欄)」, 4면 : 긴고로 고산(禽語櫻小さん)의 라쿠고(落語) 「네코 규(猫久)」

『경성신보』에서 히데코라는 이름으로 게재된 기사나 문예물은 발견할 수 없었다. 동시기에 발간된『조선일보』,『조선신문』에서도 그 이름을 발견할 수 없었다.

따라서 히데코에 대한 정보는 현재로서는 알 수가 없다. 산문과는 다른 하이쿠 장르의 작품을 게재했다는 점에서 동일 인물이 아닐 가능성도 있다. 하지만 동일 이름으로 작가 활동한 시기를 보면 1908년 9월부터 12월까지로 약 4개월에 불과한 점에서 앞서 조사한 문예물은 모두 동일인물로 가정해 볼 수 있다. 지면 3면에 작가미상의 수필도 다수 게재되었다는 점과 1면에 게재된 대부분의 문예물이 유명한 고단나 유명 작가의 소설이 실렸다는 점에서 이 작가는 일본에서 유명한 작가가 아닌 것으로 추정된다. 히데코가『경성신보』에서 독자문예란에 투고하였고 작품이 실림으로써 데뷔했다는 점, 다시 말해 일본어로 쓰인 신문인『경성신보』에 작품을 실었다는 점에서 조선에서 활동하는 일본인 즉, 재조일본인으로 추측할 수 있다. 이는『경성신보』가 재조일본인을 주요 대상으로 한 신문이었고 특히 작품이 발표될 당시는 한일병합 이전의 시기로 한반도에서의 일본어 보급이 적었다는 점을 통해서도 알 수 있다. 나아가 당시 조선에서 탐정소설 장르는 '정탐'이라는 용어를 사용하고 있었으며 '탐정'이라는 말을 쓰기 시작한 것은 1918년 코난 도일의「탐정긔담-충복」이 번안된 이후[22]로 알려졌기 때문에 조선인 또한 아니다. 따라서 히데코가 '탐정'이라는 표제를 사용한 점에서 일본의 탐정소설 장르에 영향을 받은 재조일본인으로 추정 가능하다. 이외에도「기이한 인연」

---

22) 정혜영(2008),『식민지기 문학과 근대성』, 소명출판, p.160.

이 경성을 배경으로 하고 있으며 작품 안에서 경성의 거리의 모습을 묘사한 점도 이를 뒷받침하고 있다. 이와 관련해서는 5절에서 기술하도록 하겠다.

4. 탐정소설로서의 「탐정실화 기이한 인연」

본 절에서는 「탐정실화 기이한 인연」, 「기이한 인연, 그 후」, 그리고 「속 기이한 인연」을 하나의 작품(이후, 「기이한 인연」 3부작으로 칭함)으로 보고 이 작품의 장르적 요소를 살펴보고자 한다.

먼저 「탐정실화 기이한 인연」의 내용을 살펴보면 다음과 같다. 기쿠치 데이조(菊池禎三)와 사카타 다모쓰(坂田保)는 경성 소재의 모 국에서 근무하는 동료이다. 기쿠치는 회사를 그만두게 되고, 송별회에서 동료 사카타에게 사표를 낸 이유를 말한다. 이는 신임 국장의 부인인 쓰유코(露子)와의 기이한 인연 때문이었다. 도쿄에서 게이샤와 손님으로 만났던 쓰유코와 기쿠치의 인연은 도쿄를 시작으로 그가 전근을 간 나고야(名古屋)에서, 그리고 바다 건너 경성으로 이어졌다. 여기까지가 「탐정실화 기이한 인연」의 줄거리이다. 「기이한 인연, 그 후」는 동료 사카타의 이야기로 집에 돌아온 그는 부인인 시즈코(靜子)에게 그녀가 어린 시절 헤어진 언니가 신임 국장 부인인 쓰유코였다는 사실을 기쿠치를 통해 알게 되었다고 말한다. 시즈코는 다음 날 일찍 쓰유코를 찾아 갔지만 그녀는 이미 경성을 떠난 뒤였다. 마지막 「속 기이한 인연」은 남산 뒤편에서 동반 자살(心中)을 결심한 남녀 곁으로 한 남자가 나타나고 그들을 요리점으로 데리고 간다.

얼핏 앞의 두 이야기와 연결되지 않아 보이지만, 자살하려고 한 여성이 남자의 헤어진 여동생임을 알게 된다. 그리고 남자의 이야기에서 조선에서 새로운 삶을 살도록 영향을 준 은인이 쓰유코였다는 사실이 밝혀진다.

이처럼 「기이한 인연」 3부작에는 일반적으로 알려진 탐정소설 장르의 특징 중 하나인 탐정이 등장하지 않는다. 살인사건 또는 실종 등과 같은 탐정소설을 구성하는 사건 및 사고도 발생하지 않는다. 탐정소설의 장치인 트릭 또한 존재하지 않으며, 작품의 제목에서도 나타나듯이 '인연'이라는 우연성을 담보한 조건으로 이야기를 전개하고 있다. 또한 등장인물의 성격묘사 등이 드러나지 않는 점에서 아마추어적인 작품으로 볼 수 있으며, 일견 근대 이전부터 전해져 내려오는 인연담으로도 볼 수 있다.

그러나 「기이한 인연」에는 탐정장르로서의 요소가 포함되어 있다. 우선 작품에 제목에 '탐정실화'라는 표제가 제시되어 있다는 점을 주목하고자 한다. 표제에서 '탐정'이라는 용어의 등장은 2절에서도 밝힌 바 있듯이 본 연구에서 조사한 1910년 이전 민간신문의 문예물에 한정해서 본다면 두 번 등장한다. 번역 작품인 「탐정기담 제2의 혈흔」과 바로 이 작품뿐이다. 특히 창작으로 파악되는 작품은 「기이한 인연」이 유일하다. 물론 '탐정'이라는 용어를 사용했다는 점만으로 전부 이 장르로 수렴될 수는 없지만, '탐정'이라는 용어를 전면으로 내세워서 창작 작품을 집필했다는 점은 새로운 장르의 작품을 시도하고자 한 작가의 의도로 볼 수 있다.

작품의 내용 면에서도 「기이한 인연」 3부작은 이들 작품을 관통하는 수수께끼가 존재한다. 이러한 수수께끼는 탐정소설에서는 없어

서는 안 되는 장치이며, 이를 추리하고 해결하는 과정은 독자에게
흥미를 유발시킨다.

> 국장 부인과 나와의 기이한 운명에 대해 지금부터 이야기해주겠네.
> 하지만 그 전에 8일이라는 날짜에 주의를 기울여주길 바라네. 彼の局
> 長の細君と、僕とに於ける奇しき運命を今話そう併し其前に八日と謂
> ふ日に注意を拂って置いて呉れ[23].

> 기쿠치의 두 시간에 걸친 이야기를, 기이한 남녀의 운명과 8일이라
> 는 날짜가 얼마나 실타래처럼 얽혀있으며 앞으로 어떻게 인연을 끌어
> 당길 것인지 사타카는 잠자리에서 상상해 보았다. 눈은 점점 많이 내
> 리는 듯 했다.(완) 奇しき男女の運命と八日の日とが如何に纏れて尙こ
> の先きに怎糸曳くかと菊地の二時間の物語りを坂田は寢床で想像した
> 雪は益々盛んにの様だ(完)[24].

위의 첫 번째 인용문은 기쿠치가 사카타에게 본인의 이야기를 시
작하는 부분이며, 두 번째 인용문은 작품의 마지막 부분에 해당한다.
첫 번째 인용문에서는 남녀의 '운명'과 '8일'이라는 날짜와의 관계가
'인연'으로 얽혀있음을 말하고 있다. 이는 주인공 기쿠치와 게이샤
쓰유코의 만남과 헤어짐이 언제나 8일이라는 날짜에 발생한다는 사
실을 언급함으로써, 쓰유코의 존재를 통해 이들의 기이한 운명에 대
한 의문과 궁금증을 독자에게 유도하고 추리를 이끌게 하는 요소로
작용하고 있다. 또한 마지막 장면에서도 독자에게 '8일', '운명', '인

---

23) 『경성신문』 1908년 11월 17일자 3면.
24) 『경성신문』 1908년 11월 19일자 3면.

연'이라는 추리적 요소를 다시 한 번 상기시키고 있다. 이는 세 작품 모두 쓰유코가 등장하고 있으며, 등장인물 사이가 유기적으로 얽혀 있다는 점을 통해서도 알 수 있다. 다시 말해 3부작에 등장하는 등장인물이 어린 시절 헤어진 자매(쓰유코-시즈코), 또는 남매(오키쿠-긴타)로 설정됨으로써 '운명'적 만남을 그리고 있다.

작품 표제에서도 장르적 특징을 드러낸 '탐정실화'를 채용하고 있으며, 중요사건이 반드시 '8일'이라는 날에 일어나는 불가사의한 우연성, 그리고 그 날에 만난 사람들과의 인연으로 얽히는 점이 '수수께끼'로 기능하고 있는 점에서 탐정소설적 요소를 담고 있는 작품으로 파악할 수 있다. '수수께끼'가 있다면 탐정소설은 성립한다는 탐정소설의 광의의 정의로 파악했을 때, 이 작품은 탐정소설의 범주에 넣을 수 있다.

「기이한 인연」 3부작은 1908년, 탐정소설 장르에서 트릭으로 기능하는 논리성이나 자연과학적 지식 등 근대의 지(知)가 아직 독자들에게까지 침투되지 않았기 때문에, 논리적 추론을 앞세우는 '탐정'이라는 단어에 논리적 근거를 제시할 수 없는 '기이한 인연'을 결합시켰다. 이러한 점에서 이 작품에 '탐정실화'라는 표제를 사용하여 장르성을 드러냈다고 볼 수 있다. 이렇게 추론하면 「기이한 인연」 3부작은 일본 탐정소설 장르의 한 종류인 변격탐정소설[25]적 요소를 담은 작품으로도 해석할 수 있다.

---

25) 일본탐정소설을 분류하는 명칭으로 범죄수사의 프로세스를 주로 다루는 소설 즉 본격탐정소설 이외의 것에 주안을 둔 탐정소설을 변격탐정소설이라 칭한다. 주로 정신병리적, 변태심리적 측면의 탐색에 중점을 두고 있다. 고려대학교 일본연구센터(2014)『일본 추리소설사전』, 학고방, p.224.

5. 「탐정실화 기이한 인연」과 경성이라는 공간

탐정소설 장르는 주로 대도시를 배경으로 도시의 일각에서 일어나는 '수수께끼'를 푸는 것을 주안으로 한다. 따라서 탐정소설 장르가 묘사하는 도시는 도시 그 자체의 모습뿐만 아니라 그 공간에서 생활하는 사람들의 생활 양상도 살펴볼 수 있는 좋은 연구 대상이다. 따라서 여기서는 「기이한 인연」 3부작의 배경인 경성과 당시 재조일본인의 모습은 어떠했는지 살펴보기로 한다.

먼저 일본에서 건너온 재조일본인이 경성에서 정착하는 지역을 살펴보면 다음과 같다. 일본인들이 경성에 거주하기 시작한 것은 1880년 최초의 외국인 공사관이 설치되고 난 후 부터이다.[26] 그들은 주로 남산 북쪽에 위치한 진고개를 중심으로 거류지를 형성하고 살았다. 1895년 이후, 일본에서 건너온 상인들이 혼마치도오리(本町通), 진고개 일대의 거류지에서 벗어나 남대문 통으로 진출하여 상점을 열기 시작했다. 그 후 일본 영사관도 이 지역으로 이전하면서 현재 신세계백화점 앞 광장 주변으로 일본 건물들이 들어서게 되면서 상권을 형성했다. 이와 함께 그들은 1897년 남산의 왜성대(倭城臺)[27]에 공원을 만들고 신사를 지었다.[28] 러일전쟁을 전후로, 일본인 거류

---

26) 橋谷弘(2004), 『帝國日本と植民地都市』, 吉川弘文館, pp.30~38.

27) 왜성대는 지금의 예장동 일대로 '왜장터', '왜장이'로 불러온 지역이다. 이 지역은 임진왜란 때 일본군의 주둔지였기 때문에 '왜장터'라는 속칭으로 불려 왔다. 일본인들은 이 지역을 왜장(倭將), 또는 왜성(矮城)과 관계있는 곳이라 하여 거류 초기부터 왜성대로 불렀다. 박경용(2004) 「개화기 日帝의 서울 南村 侵奪過程 考察」, 『백산학보』, 백산학회, p.926.

28) 박승찬(2002), 「러일전쟁 이후 서울의 일본인 거류지 확장 과정」, 『지방사와 지방문

지는 남대문 일대에서 용산으로까지 확장되었고 군인, 관공리, 투기
꾼, 작부 등 많은 일본인들이 경성으로 몰려들었다.[29]

그렇다면 「기이한 인연」 3부작에 등장하는 경성은 어떠한 모습일
까. 이 작품에는 남산, 혼마치(本町), 경성신사(京城神社), 남대문역(南
大門驛) 등 경성의 지역명이 등장한다. 먼저 「속 기이한 인연」에서
사랑의 동반 자살을 결심한 남녀가 남산에 올라가서 투신하려는 장
면을 살펴보자.

> 구름 낀 하늘의 초겨울 바람과 소나무와 전나무의 연리의 숲, 찻집
> 의 불빛 잔영이 사라지고, 깊은 겨울 밤 왜성대에서 뒤돌아본 시내의
> 모습은 인가의 불빛들과 빛나며 떠다니는 마을들. 다다른 남녀의 사랑
> 의 미로. 曇りし空の木枯や、松と樅との連理の森、茶屋の火影跡絶へ
> て、冬の夜更けし倭城臺見返る市街は灯火の、光り漂ふ町續き、辿る
> 男女は變の闇,[30]

위의 인용문은 사랑하는 남녀가 왜성대에서 민가의 불빛을 뒤로
하고, 대신궁(大神宮)에 들리고 남산으로 올라가 동반 자살을 하기 전
장면을 묘사하고 있다. 왜성대가 등장하는 남산 주변은 일본인 거류
지가 있던 장소였으며, 여기서 등장하는 대신궁은 1889년 일본거류
민단이 남산 왜성대에 건설[31]한 것으로, 1913년에 '조선신사'가 되었

화』, 역사문화학회, p.123.

29) 전우용(2001), 「종로(鍾路)와 본정(本町) - 식민도시 경성(京城)의 두 얼굴」, 『역사와
현실』, 한국역사연구회, p.175.

30) 『경성신문』 1908년 11월 26일자 3면.

31) 1910년 이전까지 조선에서 건설된 신사는 12개 지역에 있었으며, 그 대부분의 지역은

다.[32] 러일전쟁 직후인 1906년에는 이 지역에 통감부가 설치되었다. 사랑의 동반자살을 하고자 한 남녀가 자살 장소를 남산으로 설정한 것은 이 지역이 재조일본인에게는 성역과 같은 장소였기 때문일 것이다. 남자가 남녀의 자살을 저지하고 그들을 데리고 온 요릿집도 또한 혼마치에 위치하고 있다. 남산, 대신궁 그리고 혼마치라는 공간은 재조일본인의 터전으로 죽음을 결심한 장소 또한 경성의 다른 곳이 아닌 남산 주변으로 설정한 점에서 당시 재조일본인이 거류지에 한정된 삶을 살고 있었다는 것을 알 수 있었다.

그렇다면 이 지역에서 그들이 어떠한 직업을 가지고 살고 있었는지 살펴보자. 이는 조선으로 넘어온 일본인, 즉 재조일본인의 직업을 통해 당시의 생활 양상을 엿볼 수 있기 때문이다. 「기이한 인연」에 등장하는 인물은 전부 일본에서 조선으로 넘어온 일본인으로 설정되어 있다. 작품의 등장인물을 남녀로 나누어 경성에서의 직업과 결부시켜 정리해보면 다음과 같다.

개항지에 위치하였다. 최진성(2006), 「일제강점기 조선신사의 장소와 권력」, 『한국지역지리학회지』, 한국지리지역학회, p.48.

32) 김백영(2013), 「조선신궁과 식민지 동화주의의 공간정치」, 『제국 일본과 식민지 조선의 근대도시 형성』, 심산, p.208.

[표 2] 등장인물의 직업

작품	남성		여성	
	이름	직업	이름	직업
기이한 인연	기쿠치	모 국의 직원	쓰유코 원명 : 미에코(美惠子)	전: 게이샤 현: 모 국장의 부인
기이한 인연 그 후	사카타	모 국의 직원	시즈코	전: 게이샤 현: 사카다의 부인
속 기이한 인연	남성	상점 고용인	오키쿠(お菊)	게이샤
	긴타 (金田)	조선 사업가		

[표 2]에서 남성 등장인물은 모 국의 직원, 상점 고용인, 사업가로 조선에서 일정한 경제 활동을 영위하는 직업으로 등장한다. 그러나 여성 등장인물의 직업을 살펴보면 게이샤로 설정되어 있다는 점이 흥미롭다. 일본에서 게이샤가 되어, 조선으로 넘어온 쓰유코와 시즈코, 그리고 어떠한 경위로 게이샤가 되었는지 작품에는 나와 있지 않지만 현재 경성의 주고야(十五屋)에서 일하는 게이샤 오키쿠가 등장한다. 「기이한 인연」 3부작을 관통하는 열쇠를 쥔 인물은 3절에서도 언급했듯이 쓰유코이다. 쓰유코는 도쿄의 가구라자카(神樂坂)에서 일했던 게이샤로, 이 시절 기쿠치와 만난다. 그리고 기쿠치가 전근을 가는 나고야(名古屋) 행 기차 안에서 팔려가는 쓰유코와 두 번째 재회를 한다. 그 후 기쿠치가 경성의 모 국에서 일할 때, 새롭게 부임한 국장의 부인으로 쓰유코가 등장한다. 쓰유코의 이주 경로는 도쿄에서 나고야 그리고 경성으로 이어지고 있으며, 여성의 직업이 게이샤라는 점은 당시 조선에 머문 재조일본인의 범주 안에서 여성의 실상을 엿볼 수 있다.

실제로 1900년대 경성의 재조일본인의 직업상이 어떠했는지 알기 위해 1910년에 조사된 재조일본인의 직업 통계를 통해 알아보면 다음과 같다. 아래의 [표 3]은 1910년 한반도에서의 일본인 직업 구성을 나타낸 것이다. 이 표에서 당시 일본에서 조선으로 건너온 일본인 가운데 특히 여성의 직업에서 1위가 예기, 창기로, 당시 약 4,000명의 여성들이 한반도에서 활동하고 있었다. 이 비율은 전체 여성 직업의 50%를 넘어선다.[33]

[표 3] 조선거주 일본인 주요 직업(1910년)[34]

	여성			남성	
	직업	명		직업	명
1	예기 창기	4,093	1	상업	15,877
2	잡업	1,517	2	잡업	12,336
3	상업	1,048	3	공무원	9,341
4	육체노동	578	4	공업	6,520
5	농업	261	5	육체노동	6,251
6	어업	213	6	농업	2,518
7	조산원	171	7	어업	2,125
8	공업	137	8	교사	676
9	교사	93	9	의사	397
10	공무원	5	10	신문 잡지 기자	186
	전종사자 수	8,157		전종사자 수	56,493

33) 橋谷弘, 앞의 책, p.98.

34) 이 표는 1910년 일본이 한국을 강제병합 한 이후 한반도 내 재조일본인 직업과 그 수를 통계를 낸 것이다.(朝鮮總督府(1912), 『朝鮮總督部統計年報』, 권숙인(2014), 「식민지 조선의 일본인 화류계 여성－한 게이샤 여성의 생애사를 통해 본 주변주 여성 식민자」, 『사회와 역사』, 한국사회사학회, p.171.)

이들이 주로 활동했던 장소는 일본인 거류지에 형성된 유곽이었
다. 경성의 유곽은 1905년부터 형성되었고, 이후 일을 찾아 많은 일
본 게이샤들이 한반도로 넘어왔다. 이러한 점은 장기체류지로 인식
되었던 한반도가 1905년 러일전쟁 이후, 장기적으로 생활이 가능한
거류지로 인식이 변화된 것과 맞물려있다. 결국 많은 일본인들이 조
선으로 넘어오면서 재조일본인을 위한 여가생활의 일부분으로 유곽
이 형성되었던 것이다.[35]

1908년에 게재된「기이한 인연」3부작에서 시즈코와 오키쿠는 게
이샤로 한국으로 넘어왔다. 그러나 쓰유코에 관해서는 국장의 부인
으로 조선에 나타났기 때문에 일본에서 결혼해서 남편과 함께 조선
으로 왔다는 추측이 가능하다. 게이샤 쓰유코의 이동경로, 도쿄에서
경성으로 이어지는 공간은 당시 조선으로 건너온 게이샤의 이동경로
와 중첩되어 있으며, 만남과 이별을 반복할 수 있는 게이샤라는 직업
여성과의 사랑이야기는 '인연'과 '우연'성을 장치시킬 수 있는 유효
한 직업이었다. 이는 이 당시 많은 유곽물이 등장한 것을 통해서도
알 수 있다.

일본의 식민지 도시에는 반드시 '신사·유곽·군대'가 설치되었
다.[36]「기이한 인연」3부작에 등장하는 재조일본인 여성이 모두 게이
샤로 설정되었다는 점은 실제로 경성에서 제일 비율이 높은 여성의

---

35) 당시 신문과 잡지 등에는 유곽과 관련된 다양한 기사가 등장하고 있다. 이가혜(2015),
「초기 재조일본인 사회에서의 재조일본인 유녀의 표상-『조선지실업(朝鮮之實業)』,
『조선(급만주)(朝鮮(及滿洲))』의 기사 및 유곽물(遊廓物)을 중심으로」, 『인문학연구』,
조선대학교 인문학연구소, p.346.
36) 橋谷弘, 앞의 책, p.81.

직업이 게이샤였다는 점과 함께 당시 재조일본인 여성의 모습을 충실하게 묘사하고 있다. 1910년 이전의 민간신문의 문예물에 한반도의 도시, 경성을 배경으로 한 문예물, 특히 소설은 찾아보기 힘들다. 경성에서 발행된 『경성신보』에 경성을 배경으로 한 창작물의 등장 자체로도 큰 의미를 지닌 작품으로 볼 수 있다. 「기이한 인연」 3부작의 작자인 히데코는 재조일본인 특히 게이샤의 실상을 잘 알고 있다는 점에서 쓰유코나 시즈코처럼 게이샤로 조선에 넘어온 경력을 지는 자, 또는 게이샤와 실제로 이러한 인연이 있었던 사실을 작품화한 재조일본인으로 추측할 수 있다.

6. 맺음말

이상으로 본 연구에서는 1910년 이전 한반도에서 발행된 일본어 민간신문의 문예물에서 탐정소설 장르의 문예물을 파악하고, 이들 작품 가운데 창작 탐정소설인 『경성신보』의 「탐정실화 기이한 인연」을 중심으로 당시 신문에서의 문예물의 구성과 이 작품이 가지는 탐정소설적 요소, 그리고 작품의 배경이 된 경성이라는 도시 공간에 관해 분석해 보았다.

먼저 『조선일보』, 『경성신보』, 『조선신보』에서 탐정소설 장르의 문예물을 파악한 결과, 번역·번안으로 유통된 작품들이 존재하고 있다는 것을 알았으며, 창작으로 보이는 탐정소설도 존재하고 있음을 발견했다. 이는 1910년 이전 탐정소설이 일본에서도 정착되지 않은 이른 시기에 장르적 시도를 했다는 점에서 커다란 의의를 지닌다.

1908년에 게재된 창작물인 히데코 작「기이한 인연」3부작은 재조일본인, 특히 게이샤라는 특수 직업을 가진 일본 여성이 한반도까지 건너 온 경위가 잘 드러나고 있으며, 당시의 한반도에 거주하고 있는 여성들의 생활 양상을 엿볼 수 있는 작품이다. 또한 창작 문예물이 많지 않는 이 시기에 경성이라는 도시를 배경으로 당시 재조일본인의 주요 거류지역을 묘사했다는 점에서 이 작품이 재조일본인이 집필한 작품으로 주요한 의미를 가지고 있다는 것을 알 수 있었다. 한반도에서 간행된 일본어 민간신문의 문예물은 통감부, 조선총독부의 기관지와는 별도로, 지역별로 재조일본인 사회의 형성과 제국일본의 식민지배의 경과, 제국과 식민지 문화접촉과 변용의 양상 등을 생생하게 재현하고 있다. 따라서 재조일본인에 의한 일본어문학의 실상이나 식민지일본어문학의 전체상을 입체적으로 규명하는데 절대적으로 필요한 연구 자료이다.

그러므로 1910년 이전 탐정소설 장르가 변역과 번안으로 수용되던 상황 속에서 탐정소설 장르로서「기이한 인연」3부작은 경성으로 건너온 재조일본인의 생활 양상을 살펴볼 수 있는 귀중한 작품이며, 1910년 이전 일본어로 쓰인 일본어문학으로서 일본어 창작 탐정소설로 자리매김할 수 있을 것이다.

본 논문은『일본학연구』제55권(단국대학교 일본연구소)에 수록된 이현희(2018),「한반도에서 간행된 일본어신문『경성신보(京城新報)』문예물 연구-「탐정실화 기이한 인연(探偵實話 奇緣)」을 중심으로」를 수정, 가필한 것이다.

참고문헌

- 고려대학교 일본연구센터, 『일본 추리소설사전』, 학고방, 2014.
- 권숙인, 「식민지 조선의 일본인 화류계 여성-한 게이샤 여성의 생애사를 통해 본 주변주 여성 식민자」, 『사회와 역사』, 한국사회사학회, 2014.
- 김백영, 「조선신궁과 식민지 동화주의의 공간정치」, 『제국 일본과 식민지 조선의 근대도시 형성』, 심산, 2013.
- 김종수, 「현대문학 : 일제 식민지 탐정소설 서적의 현황과 특징」 『우리어문연구』, 우리어문학회, 2010.
- 김지영, 「"탐정", "기괴" 개념을 통해 본 한국 탐정소설의 형성 과정」, 『現代文學理論硏究』, 현대문학이론학회, 2010.
- 김태현, 「한국강점 전후 『경성신보』와 재한일본인사회의 동향」, 『한국민족운동사연구』 제68집, 한국민족운동사학회, 2011.
- 박경용, 「개화기 日帝의 서울 南村 侵奪過程 考察」, 『백산학보』, 백산학회, 2004.
- 박상하, 『경성상계』, 생각의 나무, 2008.
- 박승찬, 「러일전쟁 이후 서울의 일본인 거류지 확장 과정」, 『지방사와 지방문화』, 역사문화학회, 2002.
- 유재진, 「韓國人の日本語探偵小說詩論-金三圭 杭に立ったメス」, 『日本學報』 98, 韓國日本學會, 2014.
- _____, 「植民地朝鮮における在朝日本人と探偵小說1」 『日本學報』 104, 韓國日本學會, 2018.
- _____, 「러일전쟁과 일본어 민간신문 『조선일보(朝鮮日報)』의 문예물 1 : 코난 도일(Conan Doyle) 작 「프랑스 기병의 꽃(仏蘭西騎兵の花)」를 중심으로」, 『비교일본학』, 한양대학교 일본학국제비교연구소, 2018.
- 이가혜, 「초기 재조일본인 사회에서의 재조일본인 유녀의 표상-『조선지실업(朝鮮之實業)』, 『조선(급만주)(朝鮮(及滿洲))』의 기사 및 유곽물(遊廓物)을 중심으로」, 『인문학연구』, 조선대학교 인문학연구소, 2015.
- 전우용, 「종로(鍾路)와 본정(本町)-식민도시 경성(京城)의 두 얼굴」, 『역사와 현실』, 한국역사연구회, 2001.
- 정진석, 「解題」, 『朝鮮日報・京城新報』 第1卷, 韓國統計書籍센타, 2003.

• 정혜영, 『식민지기 문학과 근대성』, 소명출판, 2008.
• 최원식, 「이해조 문학 연구」『한국근대소설사론』, 창작과 비평사, 1997.
• 최진성, 「일제강점기 조선신사의 장소와 권력」, 『한국지역지리학회지』, 한국 지리지역학회, 2006.
• 伊藤秀雄, 『大正の探偵小說』, 三一書房, 1991.
• 中島河太郎, 『日本推理小說史 第1券』, 東京創元社, 1993.
• 中村靜代, 「在朝日本人の怪談と探偵小說研究 : 怪談における〈謎解き〉と京城 記者を中心に」, 『翰林日本學』, 翰林大學日本研究所, 2014.
• 橋谷弘, 『帝國日本と植民地都市』, 吉川弘文館, 2004.
• 兪在眞, 「植民地朝鮮の日本語探偵小說」, 『跨境/日本語文學研究』, 高麗大學校 日本研究センター, 2014.

한반도에서 서양 탐정소설의
일본어 번역과 수용

1910년 이전 『조선신문』에 게재된 번역 탐정소설을 중심으로

이현희

1. 들어가며

1880년대 한반도로 일본이 진출한 이후, 일본인은 한반도 각지에 일본인 거류지를 형성하였고, 이 지역을 중심으로 100종류가 넘는 다양한 신문을 간행했다. 한반도에서 간행된 최초의 일본어신문은 1881년 12월 10일부터 약 6개월간 부산에서 간행된 『조선신보(朝鮮新報)』이다. 이 신문이 간행된 이후 한일병합(1910년) 이전까지 한반도에서 발행된 일본어 민간신문은 현재 약 10종류 실물 확인이 가능하다.[1] 이와 같은 일본어 민간신문은 당시의 시대상을 반영하는 다양한 정보가 유통되는 장으로 기능하였고, 당시 재조일본인 사회의 실상

---

[1] 현재 지면이 보존된 일본어 민간신문은 『경성신보(京城新報)』(1907~1912), 『조선신보(朝鮮新報)』(1892~1908), 『조선신문(朝鮮新聞)』(1908~1942), 『조선일보(朝鮮日報)』(1905~?), 『부산일보(釜山日報)』(1907~1945), 『조선시보(朝鮮時報)』(1894~1941) 등이다.

을 살펴볼 수 있는 귀중한 자료이다. 이러한 일본어 민간신문에는
독자의 흥미를 끌기 위해 다양한 문예물이 게재되었으며 이들 문예
물 가운데 당시로써는 새로운 장르였던 탐정소설 또한 발견할 수 있
다. 1910년 이전은 서구로부터 동아시아로 탐정소설 수용이 이루어
지고 있던 시기이다. 한반도에서 간행된 일본어 민간신문에서 탐정
소설과 밀접한 관련이 있는 작품을 조사하면 현재까지 약 10 작품
정도 확인할 수 있다. 이들 작품을 정리하면 아래의 [표 1]과 같다.

　[표 1]에 언급된 작품들 가운데 1909년 8월부터 『조선신문(朝鮮新
聞)』[2]에 게재된 고쿠초(黑潮) 역 「탐정기담 제2의 혈흔(探偵奇談 第二の
血痕)」은 '탐정'이라는 표제를 통해서도 알 수 있듯이 번역 탐정소설
로써 한반도에 유통되었음을 알 수 있다. 고쿠초는 비슷한 시기 같은
신문에 「소설 코안경(小說 鼻眼鏡)」(1909.6.1.~1909.7.4.)과 「가짜 강도
(僞强盜)」(1909.7.6.~1909.8.5.), 두 작품을 번역하여 게재하였다. 고쿠
초가 번역한 위의 세 작품은 1909년 6월부터 9월에 걸쳐 약 3개월간
연재되었는데, 아직 탐정소설 장르가 널리 알려지지 않은 당시의 한
반도에서 이처럼 한 사람의 번역가가 신문 문예물로서 세 편의 번역

---

2) 인천에서 발행된 이 신문은 1890년 1월 28일 『인천경성격주상보(仁川京城隔週商報)』
　로 창간하여, 1891년 8월 15일부터 제호를 변경하여 『조선순보(朝鮮旬報)』, 1892년
　4월 15일에 『조선신보(朝鮮新報)』로 다시 제호를 변경했다. 그리고 1908년 12월 1일부
　터 『조선신문(朝鮮新聞)』으로 새롭게 발행되었다. 그 후, 『조선신문』은 1919년 12월
　18일, 인천에서 경성으로 본사를 이전한다.(정진석(2008), 「일본인 발행신문의 효시,
　조선신보 - 조선신문」, 『조선신보』 제1권, pp.9~11.) 1909년 당시 같은 민간신문인 『경
　성신보』의 발행 부수는 총합 480,000부수였으며, 『조선신문』은 1,623,960부수를 발행
　하고 있었다. 이는 민간신문으로서 가장 많이 발행했다는 것을 시사한다. 市川まりえ
　(2009), 「1905~1910년 재한일본인(在韓日本人) 민간언론(民間言論) 통감부정치관
　(統監府政治觀)」, 『한국사론』 55권, 서울대학교 국사학과, p.353.

탐정소설을 연속하여 게재했다는 점은 드문 일이라 할 수 있다.

[표 1] 1910년 이전 일본어 민간신문에서 탐정소설 장르로 보이는 작품 일람[3]

신문명	게재 기간	작품 제목	작가명
조선 일보	1905.1.20~1905.3.27	프랑스 기병의 꽃 (佛蘭西騎兵の花)	영국 코난 도일 (英國 コーナン・ドイル) 일본 바이손 인지 (日本 梅村隱士)
	1905.1.24~1905.2.20	러시아 스파이 색출(露探狩り)	고쿠초(黑潮)
경성 신보	1908.11.17/18/19	탐정실화 기이한 인연(探偵實話 奇緣)	히데코(ひで子)
	1908.11.20/21/22	기이한 인연 그 후(後の奇緣)	히데코(ひで子)
	1908.11.26/27/28/29/12.1	속 기이한 인연(續奇緣)	히데코(ひで子)
	1908.12.6/8/9/10/11	실화 기옥계곡(實話 地獄谷)	가에데(かへで)
조선 신문	1908.12.1~1909.4.16	경찰대신(警察大臣)	포레스(ポレース) 게이요 가이시(藝陽外史)
	1909.6.1~1909.7.4	소설 코안경(小說鼻眼鏡)	고쿠초 역(黑潮譯)
	1909.7.6~1909.8.5	가짜 강도(僞强盜)	고쿠초 역(黑潮譯)
	1909.8.6~1909.9.5	탐정기담 제2의 혈흔 (探偵奇談 第二の血痕)	고쿠초 역(黑潮譯)

이 글에서는 [표 1]에서 언급된 작품 가운데 1909년 6월부터 10월
에 걸쳐 『조선신문』에 연재된 고쿠초의 번역 탐정소설 세 작품을 대
상으로 하여 당시의 번역 탐정소설의 수용 양상을 살펴보고자 한다.

---

3) 1910년 이전 일본어 민간신문에서 탐정소설 장르로 보이는 작품을 정리한 것이 [표
1]이다. [표 1]은 현재 지면이 보존되어 있는 『조선일보(朝鮮日報)』(1905~?), 『경성신
보(京城新報)』(1907~1912), 『조선신보(朝鮮新報)』(1892~1908), 『조선신문(朝鮮新
聞)』(1908~1945) 4개의 신문을 대상으로 1910년 이전 시기로 한정하여 조사하였다.
졸고(2018), 「한반도에서 간행된 일본어신문 『경성신보(京城新報)』 문예물 연구-「탐
정실화 기이한 인연(探偵實話奇緣)」을 중심으로」, 『일본학연구』, 단국대학교 일본연
구소, pp.226~227.에서 추가 정리하였다.

이를 위해 먼저 세 작품의 원작을 조사하고, 번역 사정을 고찰한 후, 원작과 비교분석을 하고자 한다. 더불어 새로운 장르였던 번역 탐정소설이 한반도에서 일본어 민간신문에 게재된 의미를 고찰하고자 한다.

2. 『조선신문』의 번역 탐정소설 원작과 일본어 수용

1) 「소설 코안경」, 「가짜 강도」, 「탐정기담 제2의 혈흔」의 원작

「소설 코안경」, 「가짜 강도」, 「탐정기담 제2의 혈흔」은 1909년 6월 1일부터 9월 5일까지 일본어 민간신문인 『조선신문』에 게재되었다. 이들 작품 제목 옆에는 고쿠초 역이라고 쓰여 있으며 번역된 작품으로 파악할 수 있다. 그러나 원작의 작가명이 함께 쓰여 있지 않기 때문에 원작은 표면적으로 파악할 수 없다. 이들 작품의 제1회 첫머리에는 원작을 추측할 수 있는 등장인물과 관련된 간략한 정보가 서술되어 있다.

　　① 「소설 코안경」
　　아마추어 탐정 아사이와 데쓰조(淺岩徹三)와 구도 겐지로(工藤源次郎)는 고메야 초(米屋町)의 한 저택 2층을 빌렸다. 그리고 그들은 독신이라서 한 노파에게 집안 살림을 맡겼다.
　　素人探偵淺岩徹三と工藤源次郎は二人共獨身者であるから、米屋町に一軒の二階を借って、一人の老婆に炊事をさせているのである。(「小說鼻眼鏡」第1回, 『朝鮮新聞』 1909年6月1日, 一面, 밑줄 인용자)

② 「가짜 강도」

아마추어 탐정으로 유명한 아사이와 데쓰조가 구도 의학사와 함께 산책에서 돌아와 보니, 책상 위에 명함 한 장이 놓여있었다.

素人探偵で有名な淺岩徹三は工藤医學士と二人で散歩から歸って見ると机の上に一つの名刺が乘って居る。(「僞强盜」第1回, 『朝鮮新聞』1909年7月6日, 一面, 밑줄 인용자)

③ 「탐정기담 제2의 혈흔」

아마추어 탐정계의 챔피언인 아사이와 데쓰조는 의학사 구도 겐지로의 도움으로 각종 탐정 사건을 성공시켰다. 자전거 탄 소녀를 엄청난 운명으로부터 구해준 후, 수십 건의 크고 작은 사건을 의뢰받았던 가운데 지금 이야기하는 것은 제2의 혈흔 또는 사랑의 죄라고 명명할 만큼 교묘한 탐정 기담이다.

素人探偵界のチャンピオンなる淺岩徹三は医學士工藤源次郎の助けを以て種々なる探偵事件に成功した、彼の自轉車乘りの少女を不思議の運命から救出した以來、數十の大事件を引受けた內に、今茲に記さうとするのは第二の血痕或は愛情の罪と題す可き巧妙な探偵奇談である。(「第二の血痕」第1回, 『朝鮮新聞』1909年8月6日, 一面, 밑줄 인용자)[4]

위의 인용문 ①, ②, ③에서 등장인물에 해당하는 부분을 밑줄로 표시했다. 이를 살펴보면 아마추어 탐정 '아사이와 데쓰조(淺岩徹三)'와 의학사 '구도 겐지로(工藤源次郎)'가 주인공으로 등장하는 탐정소설임을 알 수 있다. 또한, 세 작품의 주인공이 인용문 ①, ②, ③에서

---

[4] 본 논문의 인용문에 관한 번역은 인용자가 했으며, 원작이 아닌 『조선신문』에 실린 고쿠초의 세 작품을 저본으로 삼았다.

알 수 있듯이 동일 인물이라는 점에서 이들 작품은 시리즈물로 판단
할 수 있다. '탐정'과 '의사'가 등장하는 탐정소설이라는 정보만으로
도 현재에도 많은 인기가 있는 '셜록 홈스 시리즈(Sherlock Holmes
Series)'와 비슷하다는 가정하에 코난 도일(Arthur Conan Doyle : 1859~
1930)의 작품과 비교 조사를 해보았다. 그 결과 ①은 「The Adventure
of the Golden Pince-Nez」, ②는 「The Adventure of the Charles
Augustus Milverton」, ③은 「The Adventure of the Second Stain」
이라는 제목으로 1904년 영국 『스트랜드 매거진(Strand Magazine)』에
게재된 코난 도일의 '셜록 홈스 시리즈' 가운데 단편 세 편임을 확인
할 수 있었다.

당시 『조선신문』에 게재된 문예물은 재조일본인이 쓴 창작물도
없지는 않지만 일본에서 발표된 문예물을 그대로 가져와 한반도의
신문에 싣는 경향이 강했다. 그러므로 이 작품 또한 일본에서 먼저
번역되어 한반도에 소개되었을 가능성을 바탕으로 일본에서 이들 작
품이 언제 번역되었는지 조사해보았다. 그 결과 나라별, 시기별로
원작과 번역 작품을 정리한 것이 [표 2]이다.

[표 2]에서도 알 수 있듯이 코난 도일의 세 작품은 고쿠초가 『조선
신문』에 게재하기 이전, 시기는 다르지만 이미 일본에서 번역되어
잡지와 신문을 통해 유통되었다.[5] 가와토 미쓰아키(川戸道昭)는 일본
에서의 '셜록 홈스 시리즈' 수용에 대해서 탐정소설을 애호하는 대중
작가에 의한 소개라는 흐름과 함께 '영어를 가르치는 교육자들에 의

---

5) 일본에서 코난 도일의 '셜록 홈스 시리즈' 번역은 1894년 1월부터 2월에 걸쳐 「The
Man with the Twisted Lip」이 잡지 『일본인(日本人)』에 「걸식도락(乞食道樂)」이라는
제목으로 연재된 것이 처음이다.

한 소개'라는 흐름이 있다고 언급한다.[6] 실제로 1908년 잡지 『에이가쿠카이(英學界)』에 실린 구보타 마사지(久保田正次)가 번역한 「폭풍우의 밤(あらしの夜)」의 지면 구성을 보면 한 면을 둘로 나누어 원작 영문과 일본어 번역문이 나열되어 있었으며, 하단부에는 영어단어의 일본어 뜻이 적혀 있는 점을 통해서도 위와 같은 흐름을 엿볼 수 있다.

[표 2] 작품별 영국·일본·조선에서의 번역 시기

나라	연월	게재지	작품명	작가·번역가
영국	1904.4.	The Strand Magazine	The Adventure of the Charles Augustus Milverton	코난 도일
일본	1908.7.	에이가쿠가이 (英學界)	폭풍우의 밤 (あらしの夜)	구보타 마사지 (久保田正次)
조선	1909.7.6.~8.5.	조선신문	가짜 강도 (僞强盜)	고쿠초(黑潮)
영국	1904.7.	The Strand Magazine	The Adventure of the Golden Pince-Nez	코난 도일
일본	1908.2.	분게이구락쿠부 (文芸倶樂部)	탐정소설 코안경 (探偵小說 鼻眼鏡)	가쓰마 센진 (勝間船人)
조선	1909.6.1.~7.4.	조선신문	소설 코안경 (小說 鼻眼鏡)	고쿠초(黑潮)
영국	1904.12.	The Strand Magazine	The Adventure of the Second Stain	코난 도일
일본	1905.11.8./12.8.	일러전쟁사진화보 (日露戰爭寫眞畵報)	기담 외교문서 분실 (奇談 外交文書の紛失)	지바 시소 (千葉紫草)
	1907.4.21.~5.4.	시즈오카 민유(靜岡民友)신문	두 개의 흔적 (二つの汚点)	바이스이로 (梅水郎)
조선	1909.8.6.~9.5.	조선신문	탐정기담 제2의 혈흔 (探偵奇談 第二の血痕)	고쿠초(黑潮)

---

6) 川戶道昭(2001), 『明治翻譯文學全集新聞雜誌編 8 ドイル集』, 大空社, p.344.

그렇다면 한반도에서는 어떠한 흐름 속에서 '셜록 홈스 시리즈'를 수용했을까. 여기서 확인할 수 있는 것은 고쿠초가 번역한 '셜록 홈 스 시리즈' 작품 모두 이미 일본에서 번역되어 소개된 작품이었다는 것이다. 또한, 원작이 게재된 후 약 5년 사이 일본과 조선에서 일본 어로 번역되어 유통되었다. 그러나 한반도의 고쿠초의 번역작품이 일본에서 이미 번역된 것을 그대로 수용했다고 보기는 힘들다. 일본 에서 번역된 작품 가운데 역자 고쿠초가 등장하지 않기 때문이다. 이들 번역 시기를 살펴보면『일러전쟁사진화보』의「기담 외교문서 의 분실」은 원작과의 시간 차가 1년도 되지 않게 빠르게 번역되어 수용되었음을 알 수 있다. 한반도에서는 코난 도일의 작품이 한국어 로 최초로 번역된 것은 1918년『태서문예신보』에 실린「탐정긔담— 충복」이다. 이 작품의 원작은 1904년 6월『스트랜드 매거진』에 실린 「The Adventure of the Three Students」이다.[7] 이보다 10년이나 앞선 시기에 한반도에서 고쿠초의 작품이『조선신문』에 게재되었으 며, 이는 한반도에서 '셜록 홈스 시리즈'의 최초의 일본어 번역본일 가능성이 크다.

2) 번역가 고쿠초

'셜록 홈스 시리즈' 가운데 세 작품을 번역한 고쿠초는『조선신문』 에서 번역 작품을 게재한 이후, 다른 문예물이나 기사에서 그 이름을 발견할 수 없었다. 그러나 [표 1]을 살펴보면 고쿠초라는 같은 이름 으로『조선일보』에「러시아 스파이 색출(露探狩り)」(1905.1.24.~2.20)

---

7) 정혜영(2008),『식민지기 문학과 근대성』, 소명출판, p.160.

이라는 작품이 게재된 것을 알 수 있다. 이 작품을 연구한 유재진에
의하면 고쿠초는 1905년「러시아 스파이 색출」이외에도 동일 신문
에 창작소설「전승(戰勝)」(1905.1.15.~1.22)을 연재하였고, 하이쿠와 논
설을 쓰는 등,『조선일보』의 기자로 활동했으며, 이 당시 부산에 거
주하고 있다고 기술하고 있다.[8]

　위의 정보를 바탕으로 고쿠초와 관련한 자료를 조사한 결과, '고
쿠초'라는 호를 사용하고, 유재진의 연구와도 상응하는 인물로 '우에
다 쓰토무(上田務)'를 언급할 수 있다. 히타카 요시키(日高佳紀)에 의
하면 우에다 쓰토무 즉 고쿠초는 1910년 캐나다의『대륙신문(大陸新
聞)』에서 주필을 하면서 장편소설「마적왕(馬賊王)」(1910.4.14.~6.29)을
쓴 인물이라고 주장한다. 그러나 캐나다로 이주하기 이전의 경력에
대해서는 불분명한 점이 많다[9]고 기술했다. 그는 나카야마 진시로(中
山訒四郎)의「귀국하는 선배 유지의 내력(歸國せる先輩有志の事歷)」을
인용하여, 우에다 쓰토무와 관련된 기술을 하고 있다.[10] 이를 정리하
면 우에다 쓰토무는 호는 고쿠초였으며, 후쿠오카 슈유칸(福岡修猷
館) 출신으로 도쿄에서 전기공업을 전공하고, 후쿠오카 중학교에서
교편을 잡았다고 한다. 그리고 타이완으로 건너가 1895년 타이완과
남청(南淸) 지역을 유랑했다. 그 후『규슈히노데신문(九州日之出新聞)』
에서 외교 기자가 된다. 1902년에 도쿄로 상경하여 흑룡회(黑龍會)의

---

8) 유재진(2018),「「러시아 스파이 색출(露探狩り)」연구-구한말 거류일본인의 정체성
　　형성과 일본어 민간신문 문예물」,『인문사회』21, 아시아문화학술원, pp.360~361.
9) 日高佳紀(2008),「カナダで滿州馬賦小說を讀むということ-初期『大陸日報』と文學」,
　　『奈良敎育大學國文：硏究と敎育』, p.1.
10) 日高佳紀(2008), 위의 논문, pp.4~5. 中山訒四郎(1919),「歸國せる先輩有志の事
　　歷」,『加奈陀同胞發展大鑑』의 附錄을 재인용.

기관 잡지인『흑룡(黑龍)』의 편집을 담당했다. 그리고『사세보군항신문(佐世保軍港新聞)』[11]을 만든다. 나아가『조선일보』,『중국민보(中國民報)』,『니로쿠신보(二六新報)』,『만주일일신문(滿州日日新聞)』,『안동타임즈(安東タイムズ)』등에서 집필을 한다. 1909년 캐나다로 넘어가『대륙일보(大陸日報)』에 입사하여「마적왕(馬賊王)」을 연재하였다. 북미에서 귀국한 이후, 만주와 조선 등지에서 언론 활동을 했다고 한다. 우에다 쓰토무는 1925년 사망하기 전, 조선에서『조선통치론(朝鮮統治論)』(安東印刷所, 1920)을 출판한다.『만주일일신문(滿洲日日新聞)』을 연구한 송원(榮元)은 고쿠초와 관련하여 1907년 10월 도쿄의『만주일일신문』에 입사하여, 1908년 1월에는 동 신문의 봉천(奉天)지국의 통신원으로 활동했다[12]고 기술하고 있다.

이러한 경력으로 보았을 때 고쿠초인 우에다 쓰토무는 일본에서 만주, 조선, 그리고 캐나다에 이르기까지 장을 넓혀 활약한 저널리스트이자 작가임을 알 수 있다. 그리고 국수주의단체인 흑룡회의 잡지『흑룡』을 편집했다는 점에서 그의 언론인으로서의 입장을 엿볼 수 있다. 그러나 조선에서의 상세한 이력은 아직까지 불분명한 점이 많다. 특히 그가 캐나다에 있었던 시기는 1909년은 6월부터 9월까지로 이들 세 작품을『조선신문』에 게재한 시기와 중첩된다. 조선에서의 활동이 명확하게 파악이 되지 않기 때문에, 그가 1908년에 중국

---

11) 유재진에 의하면,『사세보군항신문』의 사장은 시다 소이치(志田宗一)로, 이 신문이 폐간될 때까지 변동사항이 없었음을 확인하고, 시다 소이치와 우에다 쓰토무는 같은 인물로 볼 수 없음을 주장하였다. 유재진(2018), 앞의 논문, p.361.

12) 榮元(2016),「租借地大連における日本語新聞の事業活動－滿州日日新聞を中心に」, 總合研究大學院大學文化科學研究科, 博士論文, pp.201~205.

에서 통신원으로 활동하고, 1909년에는 캐나다로 넘어갔다고 한다
면『조선신문』에 게재된 세 작품의 번역작이 중국에서 통신원을 하
면서『조선신문』에 보냈던 것인지, 그 사이 그가 조선으로 건너와서
번역을 한 것인지 그 사정을 알 수가 없다. 이에 관해서는 추가 조사
가 필요할 것이다.

세 작품의 번역가인 고쿠초의 조사를 통해 중요한 사실을 한 가지
파악할 수 있었다.「귀국한 선배 유지의 내력」에 고쿠초와 관련하여
"그는 태어날 때부터 영특하고 학식이 깊으며, 특히 영문 일역에 탁
월하다"[13]고 기술하고 있는 점이다. 이를 통해 고쿠초가 영문 번역이
가능한 인물이었음을 유추할 수 있었다. 이는 곧 고쿠초가 코난 도일
의 원작을 저본으로 하여 번역작업을 했을 가능성이 크다고 말할 수
있다.

3) 일본·조선의 번역 관련성

앞에서도 기술했듯이 [표 2]에서 일본에서 번역된 세 작품에서는
고쿠초라는 번역가의 이름을 찾을 수 없기 때문에 일본에서의 번역
작과 한반도의 번역작의 영향 관계가 불문명하다. 그러나 이 당시
외국 원작을 일본에서 번역하고 이 번역 작품을 가지고 다시 각색했
을 경우도 있을 것으로 가정하고 원작과의 관련성을 주요 등장인물
'셜록 홈스'와 '왓슨'의 번역명을 통해 구체적으로 살펴보고자 한다.
원작과 번역작의 주요 등장인물의 이름을 정리하면 [표 3]과 같다.

---

13) 日高佳紀(2008), 앞의 논문, p.2.

[표 3] 작품별 주요 등장인물

나라	작품	등장인물	
영국	세 작품	Sherlock Holmes	John H. Watson
일본	폭풍우의 밤(あらしの夜)	아이마(相馬)	와다(和田)〈私〉
	탐정소설 코안경(探偵小說 鼻眼鏡)	혼다(本田)	와타나베(渡邊)〈私〉
	외교문서의 분실(外交文書の紛失)	나余(私)	등장하지 않음
	두 개의 흔적(二つの汚点)	호리에 무소(堀江無双)	와토(和藤)〈自分〉
조선	세 작품	아사이와 데쓰조(淺岩徹三)	구도 겐지로(工藤源次郎)

[표 3]을 살펴보면 일본과 조선에서도 등장인물이 모두 일본 명으로 번역되었다. 그리고 주인공인 두 명의 이름은 번역가에 따라 각각 다른 이름으로 번역되어 있다. 일본판의 번역에서는 원작의 'Watson'과 가까운 발음인 '와다(和田)', '와타나베(渡邊)', '와토(和藤)' 등의 'W'로 시작하는 이름을 사용하고 있었다. 'Holmes' 또한 예외는 있지만, '혼다(本田)', '호리에(堀江)'의 'H'로 시작하고 있다. 단, 「외교문서의 분실(外交文書の紛失)」에서는 '왓슨'에 해당하는 인물이 등장하지 않으며, '홈스'는 이름조차 나오지 않고 '나'로 등장하는 예도 있다. 일본판과는 달리 조선판에서는 세 작품 모두 원작과는 연관성이 없는 '아사이와(淺岩)', '구도(工藤)'로 설정하고 있으며, 일본의 번역판과도 다른 이름을 사용하고 있었다. 이러한 차이는 작품의 배경이 되는 지명을 통해서도 알 수 있다. 세 작품의 배경이 되는 지명 또한 일본 번역판에서는 원작에 충실하게 외래어 표기인 가타카나로 명기하고 있다. 예를 들면 원작의 「The Adventure of the Second Stain」에서는 살인현장과 관련하여 신문기사를 삽입한 부분이 있는데, 그 신문기사의 제목이 「MURDER IN WESTMINSTER」이다. 이를 일본 번역작인 「기담

외교문서의 분실」에서는 '웨스토 민스타의 살인!!(ウヰストミニスターの
殺人!!)', 「두 개의 흔적(二つの汚点)」에서는 '웨스토 민스타의 살인(ウェ
ストミンスターの殺人)'이라고 번역했다. 즉, 원작에 충실하게 지명을
가타카나로 외래어 표기를 한 것이다. 이에 반해 고쿠초의 번역에서
는 '가미야 초의 살인사건(紙屋町の殺人事件)'으로 즉 '웨스트민스트'
지역을 '가미야 초'로 일본 가공의 지명으로 번역하고 있다.

여기서 문제점은 고쿠초의 작품이 번역으로 봐야 할지 번안으로
봐야 할지의 여부이다. 이름과 지명을 원작에 충실하게 외래어 표기
인 가타카나 명보다 일본 명으로 바꾸어 번역한 것은 "당시 독자에게
이 작품이 친근감을 가지게 하기 위함"[14]으로 볼 수 있다. 그러나 일반
적으로 번안 소설이라고 하면, 인물, 지명, 풍속 등 작품을 수용하는
나라의 실정에 맞게 바꾸는 것이다. 고쿠초가 번역한 세 작품은 등장
인물이나 익숙하지 않은 지명은 일본 명으로 바꾸었지만, 그 이외의
부분에서는 변화를 찾아볼 수 없었다. 그 일례로 작품의 배경이 되는
나라는 '영국(英國)イギリス'으로, 등장인물이 사는 도시 또한 '런던(倫敦)ロンドン'으
로 명기하고 위에 가타카나로 덧말을 붙인 점을 통해서도 번안과 번
역의 혼재를 보여주고 있다. 1900년 전후의 번역 사정은 번역과 번안
과의 경계가 불분명했다.[15] 따라서 고쿠초는 이해하기 힘든 인명이나
지명 등을 일본 명으로 바꾸고 상대적으로 독자에게 많이 알려진 '영
국', '런던'과 같은 지명은 그대로 사용함으로써 외국의 풍취를 부과했

---

14) 小林司, 東山あかね(2012), 『裏讀みシャーロック・ホームズ ─ドイルの暗号』, 原書房,
　　p.204.
15) 堀啓子(2008), 「明治期の翻譯・翻案における米國廉価版小說の影響」, 『出版硏究』,
　　日本出版學會, p.29.

을 것으로 추측할 수 있다. 번안이라는 방식이 완전한 일본화로 각색하는 것이라고 정의 내린다면, 고쿠초의 세 작품은 번안의 방식보다는 번역에 가깝다고 보아야 할 것이다.

이상과 같이 한반도에서 번역된 코난 도일의 세 작품에는 이미 번역된 일본에서의 번역작의 영향은 보이지 않는다. 고쿠초의 작품이 번역된 1909년은 한반도가 완전히 식민지화되기 이전 시기이며, 탐정소설이라는 장르가 대중에게 아직까지 친밀하지 않던 시기였다. 그러므로 이 시기에 일본에서 간행된 번역작과도 전혀 관계가 없는 서구의 탐정소설 작품이 독자적으로 번역되어 한반도의 일본어 민간신문인『조선신문』에 실렸다는 점만으로도 이 작품은 커다란 의의를 가진다. 나아가 대부분 동시기 일본과 한반도에서 소개된 코난 도일의 작품은 탐정소설이라는 장르의 동아시아 수용의 단면을 보여주고 있다.

3. 고쿠초가 번역한 탐정소설의 특징

1) 형식으로 본 번역작

『조선신문』에 연재된 이들 작품에는 앞서 기술했듯이 번역자에 의한 작품 주인공의 이름 및 배경이 되는 장소의 번역이 원작과는 다르다. 그리고 고쿠초가 우에다 쓰토무로 추정했을 때, 지금까지의 번역을 참고한 것이 아닌 원작을 그대로 번역을 했을 것으로 추측할 수 있다. 따라서 여기서는 원작인 코난 도일의 세 작품과 한반도에서 고쿠초가 번역한 번역작을 비교 분석하고자 한다. 고쿠초가 번역하는 과정에서 어떠한 부분을 어떤 방식으로 변용했는지, 특히 원작과 번역작에서 크게 차이가 드러나는 시점에 초점을 맞춰 살펴보고자 한다.

코난 도일의 원작과 고쿠초가 번역한 작품에는 가장 두드러지게 다른 점이 있다. 그것은 '화자'가 다르다는 점이다.

> ① It was a wild, tempestuous night towards the close of November. Holmes and I sat together in silence all the evening, he engaged with a powerful lens deciphering the remains of the original inscription upon a palimpsest, I deep in a recent treatise upon surgery.(「The Adventure of the Golden Pince-Nez」 『The Strand Magazine』 1904.7, p.3. 밑줄 인용자)
>
> ② 今宵も先日海藻邊矢郎の家に忍入った時の様に風の烈しい晩で、十一月も最早暮れやうとするのである。淺岩と工藤は二人とも同じ居間で勉強している。淺岩は强度の凸鏡で古文書の抹殺してあるのを調べている。工藤は外科病の最新學術を研究しているのであった。(「小說鼻眼鏡」 第一回 『朝鮮新聞』 1909年6月1日, 一面. 밑줄 인용자)
>
> 미루베 하치로(海藻邊八郎) 저택에 몰래 들어갔던 어젯밤처럼 오늘밤도 거센 바람이 불었다. 11월도 벌써 끝나가고 있었다. 아사이와와 구도는 거실에서 함께 공부하고 있었다. 아사이와는 고문서에서 삭제된 부분을 도수 높은 돋보기로 조사하고 있었고 구도는 외과 병상 관련의 최신 학술자료를 연구하고 있었다.

위의 인용문은 「The Adventure of the Golden Pince-Nez」과 「소설 코안경」의 도입 부분에 해당한다. 인용문 ①의 원작에서는 'I'인 'Watson'의 시점으로 'Holmes'를 묘사하고 있다. 즉 'Holmes'가 사

건을 해결하는 과정을 동료인 'Watson' = 'I'가 이야기하는 1인칭 관찰자 시점으로 이야기를 전개하고 있다. 일본에서의 번역작에서는 [표 3]에서 살펴봤듯이 원작에 따라 'Watson'을 '나' 또는 '자신'으로 한 1인칭 시점으로 번역하였다. 다시 말해 「폭풍우의 밤(あらしの夜)」, 「탐정소설 코안경(探偵小說 鼻眼鏡)」, 「두 개의 흔적(二つの汚点)」에서는 왓슨의 번역명인 와다(和田), 와타나베(渡邊), 와토(和藤)의 시점으로 사건을 설명하고 있다. 그러나 「외교문서의 분실(外交文書の紛失)」만은 왓슨 자체가 등장하지 않기 때문에 '나'인 홈스만 등장하는 1인칭 주인공 시점으로 번역되었다.

이에 반해 인용문 ②에서는 고쿠초는 '아사이와'와 '구도'라는 등장인물을 설정하고 3인칭 시점으로 변용하여 번역을 했다. 이는 다른 두 작품도 마찬가지이다. 그렇다면 고쿠초가 화자의 시점을 바꿔서 번역한 이유는 무엇일까.

고쿠초의 번역판이 연재될 당시 서구는 물론 일본에서도 1인칭 소설은 다수 존재했다. 특히 원작인 1인칭 관찰자 시점은 화자인 '왓슨'의 시점으로 '홈스'가 사건을 해결하는 과정을 즐기는 데 가장 효과적인 방법이며, 독자 또한 '왓슨'의 시점을 따라 탐정소설이 감추어둔 트릭 등의 추리를 하면서 읽어나가는 데 최적의 수법이다. 그러나 고쿠초의 세 작품은 주인공 시점이 아닌 작품 외부에서 바라보는 3인칭 가운데에서도 관찰자 시점을 채택하고 있다. 게다가 세 작품의 등장인물의 대사 부분을 제외한 지문에서는 인물을 지칭하는 'I'나 'He·She'의 인칭대명사 대신 인물명으로 바꾸어 번역을 진행했다.

① She looked back at us from the door, and I had a last

impression of that beautiful haunted face, the startled eyes, and the drawn mouth. Then <u>she</u> was gone.(「The Adventure of the Second Stain」『The Strand Magazine』1904.12, p.609. 밑줄 인용자)

<u>望月伯爵夫人</u>は是にて<u>淺岩</u>が室を離し去らうとして、戸口の所で後を振り返った、其美しい顔と物に驚いた眼と締まった口とは再び<u>淺岩等</u>を眼に映ったが、其儘<u>夫人</u>の姿は見えなくなって終わった。(「第二の血痕」『朝鮮新聞』1909年8月19日，밑줄 인용자)

<u>모치즈키 백작 부인</u>은 <u>아사이와</u>의 방을 나가려는 찰나 문 앞에서 뒤를 돌아보았다. 그 아름다운 얼굴과 놀란 눈과 다문 입술이 <u>아사이와와 구도</u>의 눈에 들어왔다. 그리고 <u>부인</u>의 모습은 보이지 않게 되었다.

② A cigarette glowed amid the tangle of white hair, and the air of the room was fetid with stale tobacco-smoke. As <u>he</u> held out his hand to <u>Holmes</u> I perceived that it also was stained yellow with nicotine. "A smoker, Mr. Holmes?" said <u>he</u>, speaking Well-chosen English With a Curious Little Mincing accent.(「The Adventure of the Golden Pince-Nez」『The Strand Magazine』1904.7, pp.10~11. 밑줄 인용자)

そして室内は煙草の香に満ちて居る、<u>博士</u>が<u>淺岩</u>と握手せんとして差出した手の指のまた煙草のヤニが爲に黄色になっている、<u>博士</u>は非常な喫煙家だ。<u>博士</u>は一瞬奇妙な音調で淺岩に向ひ。「煙草はお好きですか,(後略)」(「鼻眼鏡」第13回『朝鮮新聞』1909年6月17日，밑줄 인용자)

그리고 방안은 담배 연기로 자욱했다. <u>박사</u>가 <u>아사이와</u>와 악수하고자 내민 손도 담뱃진으로 누렇게 변색되어 있었다. <u>박사</u>는 골초였던 것이다. 박사는 기묘한 어조로 아사이와를 향해 말했다. "담배를 좋아하시오?(후략)"

③ He shrank away and then fell forward upon the table, coughing furiously and clawing among the papers. Then he staggered to his feet, received another shot, and rolled upon the floor. "You've done me." he cried and lay still. (「The Adventure of the Charles Augustus Milverton」『The Strand Magazine』1904.4, p.381. 밑줄 인용자)

拳銃の彈丸四發を受けた海藻邊八郎は身を縮まして、卓の上に掛向けに倒れ烈しく咳嗽をして書類を攔み廻っていたが、それから一度身を起こして突っ立ったけれども、夫人が又もや殘りの一發を喰はせたので八郎は「うね、遣ったな」と唸って床の上に轉がり倒れたまま最早身動きもしなくなった。(「僞强盜」第22回『朝鮮新聞』1909年8月1日, 밑줄 인용자)

권총의 탄구 4발을 받은 미루베 하치로는 몸을 웅크리고, 테이블 위로 고꾸라지더니 격렬하게 기침을 하면서 서류를 움켜쥐었다. 그러다 한번 몸을 일으켜 섰지만, 부인이 다시 남은 한 발을 쏘자 하치로는 "윽, 한 방 먹었구나."라고 외치고 넘어져 쓰러진 것을 마지막으로 결국 꼼짝도 하지 않았다.

인용문 ①에서는 'she'에 해당하는 부분을 '모치즈키 백작 부인(望月伯爵夫人)' 또는 '부인(夫人)'으로 번역했으며, ②도 'he'에 해당하는 부분은 전부 '다카하시 박사(高橋博士)', 또는 '박사(博士)'로, ③의 'he'는 '마루베 하치로(海藻邊八郎)' 또는 '하치로'로 바꾸어 번역하고 있는 것을 알 수 있다. 이처럼 나, 또는 그에 해당하는 인칭대명사 대신, 등장인물의 이름이나 직업 등을 사용하여 번역하는 것은 근대 이후의 일본어 번역 작품에 자주 등장하는 수법이다. 이들 세 작품의 일본에서의 번역작에서도 동일한 수법을 사용하고 있다는 점을 통해서도 알 수 있다.

이처럼 1인칭을 배제하고 3인칭으로, 즉 '왓슨'='나'라는 화자를 3인칭으로 만듦으로써 1인칭 소설이 가진 특징은 반감되는 것은 사실이다. 게다가 1인칭 관찰자 시점의 화자인 'I'에 해당하는 '구도'를 원작과 마찬가지로 '나'로 변경해도 내용적으로 문제가 생기지 않는다. 그렇다면 고쿠초는 어째서 1인칭 소설이 가진 특징과 장점을 배제하면서까지 3인칭 시점으로 바꿔서 번역을 시도한 것일까. 이는 '왓슨'에 의한 1인칭 화자에서 3인칭 관찰자 시점으로 변경함으로써 번역자의 개입을 가능하게 만들 수 있기 때문으로 보인다.

① 호시 탐정은 다카하시 박사의 하녀 다키구치 사다가, 서기 시미즈 이사무가 죽어 있는 현장을 발견했을 때의 이야기를 아사이와와 구도에게 이야기했다.

星探偵は高橋博士邸の下女瀧口サダが同家書記清水勇の死んで居た現場を見出した時の話を淺岩等に物語るやう。(「鼻眼鏡」『朝鮮新聞』1909年6月5日)

② 명탐정인 아사이와 데쓰조도 미루베 하치로의 앞에서는 몸이 움츠러드는 것 같다고 말한다. 이 공갈 협박의 왕을 아사이와가 초대를 했다는 것은 대체 무슨 일 때문일까. 구도 의학사가 이상한 생각이 들어서 그 이유를 물어본 것은 당연하다.

流石の名探偵淺岩徹三も彼の海藻邊八郎の前では身が縮まる様に覺へると云うそのモグリの親玉を淺岩の方から招いたと云ふのは抑々何の爲だろう。工藤医學士が不審に思ふて其の理由を尋ねたのは当然である。(「僞强盜」第三回『朝鮮新聞』1909年7月9日)

③ 이 나라를 위해 일하는 대신 두 명이 육군이나 경찰의 힘을 빌리지 않고 일개 아마추어 탐정인 아사이와 데쓰조의 기량을 빌리고자 한다는 것은 대체 무슨 큰일이 일어난 것일까.

此國務大臣二人が陸軍や警察の力を借らないで一個の素人探偵たる淺岩徹三の技量に求むる所があるのは抑々何事であらう。(「第二の血痕」第一回 『朝鮮新聞』 1909年8月6日)

인용문 ①은 「코안경」 5회, ②는 「가짜 강도」 3회의 모두 부분으로 이전 회까지의 내용을 개략적으로 정리한 부분에 해당하며 원작에는 찾아볼 수 없는 부분이다. 인용문 ③은 「제2의 혈흔」에서 사건 의뢰인에 관해 이야기하는 장면으로 이 부분 또한 원작에는 존재하지 않는다. 작품 속에서 일어나는 사건의 개요를 다시 정리하여 설명함으로써 내용을 이해하기 쉽게 하도록 하는 번역자의 개입은 작품의 다른 부분에서도 찾아볼 수 있다. 예를 들어 「코안경」에서는 11회에 "이 이야기는 실로 이미 다른 제목으로 번역한 적이 있다."[16]는 지문이 나온다. 이 부분은 고쿠초의 적극적인 개입으로 보아야 할 것이다.

이처럼 원작인 1인칭 시점에서 3인칭 시점으로 화자를 바꿈으로써 탐정소설에서의 사건의 진상은 객관적으로 설명할 수 있다. 이는 아직 익숙하지 않은 장르였던 탐정소설을 소개할 때, 독자가 스스로 추리하면서 범인을 추측하는 탐정소설이 가진 본래의 즐거움보다는 내용을 전달하는 점에 주력했기 때문으로 볼 수 있다. 이는 당시 『조선신문』 지면 구성을 통해서도 확인할 수 있다. 고쿠초의 세 작품은

---

16) 黑潮譯, 「小說鼻眼鏡」, 『朝鮮新聞』(1909.6.13).

모두 신문 제1면에 구성되어 실린 점에 주목할 필요가 있다.

[그림 1] 『조선신문』 「코안경」 제1회 6月1日   [그림 2] 『조선신문』 「가짜 강도」 제8회 7月15日

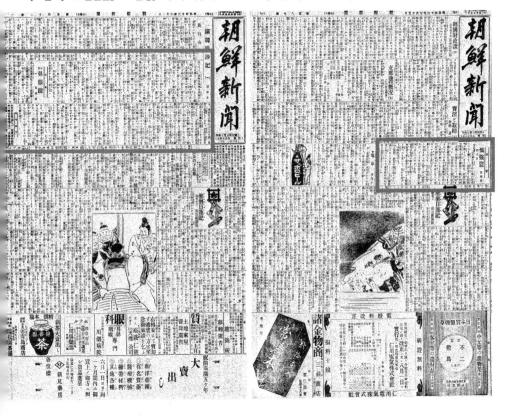

『조선신문』의 지면의 제1면은 [그림 1]과 [그림 2]를 보면 알 수 있듯이 대부분 8단에서 9단으로 구성되어 있다. 제일 아래 2단은 광고를 싣고 있으며, 그 위로 3단은 대부분 고단이 연재된다. 원작은 잡지 『스트랜드 매거진』에 작품 전편이 실린 것에 반해, 고쿠초의 작품은 신문 연재물로서 한 회에 2단 또는 1단으로 끝나는 경우도

많았다. 고쿠초가 저널리스트로서 일본, 조선, 만주, 캐나다의 신문과 관련을 맺었다는 경력으로 보았을 때 신문이라는 미디어의 특성을 잘 파악하고 있었으며, 한 회 실리는 분량이 적다는 점을 알고 있었다. 그러므로 고쿠초는 원작처럼 한 번에 읽을 수 없는 점을 간파하고 작가의 개입을 통해 독자가 작품을 이해할 수 있도록 3인칭으로 인칭을 변경한 것으로 볼 수 있다.[17]

이상과 같이 고쿠초가 코난 도일의 세 작품에서 '왓슨'에 의한 '1인칭 관찰자 시점'을(번역자라고 할 수 있는) '3인칭 관찰자 시점'으로 변경한 것은 두 가지 이유로 볼 수 있다. 첫 번째는 '왓슨'의 입장에 따라 다양한 힌트를 바탕으로 독자 각자의 상상력을 불러일으켜 범인을 추측하는 탐정소설 장르가 가진 본래의 즐거움에 익숙하지 않은 당시의 독자 대중을 배려한 것으로 볼 수 있다. 또 한 가지는 작품 전체를 한 번에 통독 가능한 잡지와는 달리 20회 이상에 걸쳐 조금씩 읽어나가는 '연재소설'이라는 신문 미디어의 환경을 고려한 결과로 볼 수 있다.

2) 내용으로 본 번역작

고쿠초가 번역한 세 작품에서 각각 사건의 의뢰 내용을 간략하게 소개하면 다음과 같다. 먼저 「코안경」은 다카하시(高橋) 박사의 저택 서재에서 그의 서기인 시미즈(淸水)가 칼에 찔려 사망한 사건을 함께 해결해달라는 호시(星) 형사로부터의 의뢰로 사건을 접하게 된다. 「가

---

17) 일본의 신문에서 게재된 「두 개의 흔적」(1907)의 경우, 같은 신문 미디어지만 1면에 2단 또는 3단을 할애하고 있으며, 전12회로 작품 연재를 끝내고 있다.

짜 강도」에서는 결혼을 앞둔 귀족 아가씨로부터 예전 자신이 쓴 연서를 쥐고 큰 금액을 지불하라는 협박을 받게 되었고, 런던에서 유명한 공갈 협박 왕으로 불리는 미루베 하치로와 협상을 해달라는 의뢰는 받는다. 마지막 「제2의 혈흔」은 극비 외교문서가 사라진 사건으로, 그 문서의 행방과 문서를 찾아와 달라는 의뢰를 받는다. 이들 사건의 뢰를 응한 아사이와와 구도는 사건을 훌륭하게 해결한다.

탐정소설이라는 장르는 서구의 민주주의 제도, 즉 만민평등의 사상을 바탕으로 하고 있으며 과학적 조사나 이성적 추리에 따른 범인 체포가 그 근원이 된다. 이러한 작품을 읽는 독자들은 영국 런던을 무대로 활약하면서 사건을 해결하는 홈스=아사이와를 통해 어떤 쾌감을 느꼈을 것이다. 그리고 이러한 홈스=아사이와라는 탐정은 사회를 불안한 요소로부터 지키고, 정의를 실현시켜 독자로 하여금 안심감을 주는 존재였음이 틀림없다.

그렇다면 고쿠초가 번역한 세 작품에서 사회를 불안으로 빠트린 자는 누구였을까.

〈번역작〉
① "저는 이 사람의 아내입니다.(다카하시 박사를 가리키며) 이 사람은 영국인이 아닙니다. 러시아인입니다. 이름은 말씀드리지 않겠습니다." 다카하시 박사로 불렀던 이 저택의 주인은 처음으로 입을 열었다. "제발 그만, 그 이상은 말하지 마오. 하나코, 부탁하오, 부탁이야."
「妾は此人の妻です。(高橋博士を指して)此人は英國人ではありません、露西亞人です。」高橋博士と呼ばれた此家の主人は初めて口を開き「どうか言って暮れるな、お花、頼む頼む」(「小說鼻眼鏡」第23回『朝鮮新聞』1909年6月31日)

② 어제에 이르러 파리의 시내 오스테를리츠 거리의 작은 별장에 사는 후루나에 미쓰코(古苗ミツ子)라는 부인이 발광하고 있다는 호소가 있었다.

作日に巴里の市內のオースツツ街の小さき別莊に住せる古苗ルミ子と云へる婦人が發狂せりとの訴えあり。(「第二の血痕」第15回『朝鮮新聞』1909年8月23日)

인용문 ①, ②는 작품에서 사람을 살해한 범인이 처음 등장하는 장면이다. 「코안경」에서는 러시아인 여성인 '오하나(お花)-하나코', 「제2의 혈흔」에서는 프랑스인 여성인 '후루나에 루미코(古苗ルミ子)'가 범인으로 등장한다. 여기서 범인이 영국인이 아닌, 러시아와 프랑스 국적 사람임에 주목하고자 한다. '셜록 홈스 시리즈'에서는 외국에서 영국으로 유입된 물건에 의해 사건이 일어나고, 그 위험에서 영국을 지키기 위해 홈스가 활약하는 유형이 있다.[18] 이러한 유형은 세 작품에서도 발견할 수 있다. 예를 들어 「제2의 혈흔」에서 사용된 살인 흉기는 '인도 제품인 단도(印度製の短刀)'이었으며, 사건의 실마리가 되는 것도 '외국에서 온 편지'였다. 즉 사회를 불안으로 빠트리는 것은 '외부인' 또는 '외부에서 온 물건'이다. 나아가 이렇게 '외부'와 '외부에서 온 물건'을 단서로 탐정 아사이와가 범인을 찾아내어 사건을 해결하는 데 '애국심(patriotism)'을 부여하고 있다. 특히 「제2의 혈흔」에서는 외국에서 보내온 한 통의 편지로 영국은 물론 유럽 전체가 전쟁의 소용돌이에 빠질 수 있다는 설정으로 애국심을 강조하고 있다.

18) 여기서 말하는 외국은 식민지뿐만이 아니라 영국을 제외한 나라를 대상으로 하고 있다. Rosemary Jann(1990). Sherlock Holmes Codes the Social Body, ELH 57, pp.692~693.

이는 다음 인용문인 사건 의뢰자인 모치즈키(望月) 백작이 편지 내용
을 말하기 전 아사이와에게 말하는 대사를 통해서도 잘 드러난다.

> "그렇다면 저는 아사이와 씨 그리고 동료인 구도 씨를 믿고 이야기
> 하겠습니다. 또한, 당신들의 애국심에 기대어 말할 테니 절대로 비밀
> 로 해주시길 바랍니다. 만약 이 사건이 세상에 알려진다면 우리나라는
> 커다란 불행을 맞이하게 될 테니까요."
> 　然らば私は淺岩君及び其の同僚の工藤君の名譽に信賴してお話しを
> するが, 私は又兩君の愛國心に訴へて此事を絶對の秘密として貰はな
> ければならぬ. 若し其事が社會に漏るれば我國に大なる不幸が降りか
> かるのだからな. (「第二の血痕」『朝鮮新聞』 1909年8月10日)

모치즈키 백작은 탐정 아사이와와 구도에게 영국 국민으로서 편지
의 내용이 바깥으로 흘러가지 않게 '애국심에 호소(I may appeal to your
patriotism also)'하는 장면이 위의 인용문이다. "식민지 개척 시대의
제국의 수도, 산업화 시대의 런던 시내 한복판에서 일어난 사건을
해결하기 위해, 과학적 논증과 합리주의 정신으로 무장한 탐정"[19]이
아사이와, 원작에서는 'Holmes'라 할 수 있다. 다시 말해 사회 외부로
부터의 위기를 훌륭하게 해결하고 영국 사회를 지키는 것으로 탐정의
존재가치가 있는 것이다. 「가짜 강도」에서는 영국 제일의 악당이 등장
하고, 그자가 협박한 사람으로부터 살해당함으로써 자연스럽게 사건
이 해결되므로 사회를 지키는 큰 틀에서의 의미로서는 변함이 없다.
　앞서 기술했듯이 고쿠초는 지문에 의한 이전 회의 사건 개요 및

---

19) 박진영(2009), 「천리구 김동성과 셜록 홈스 번역의 역사」, 『상허학보』, 상허학회,
　　p.308.

부과 설명 등이 첨가되어 있지만, 그 외의 내용에서는 원작에 충실하게 번역되어 있다. 세 작품이 게재된 1909년의 조선은 식민지화되기 직전의 시기였으며, 일본으로부터 건너온 재조일본인이 세력을 확장했던 시기이기도 하다. 『조선신문』의 발행지는 인천이다. 인천은 입지조건이 좋은 지역으로 인천항이 있어서 일찍부터 외국 문물이 들어왔으며, 경성과도 인접해 있다. 『조선신문』은 발행지인 인천 이외 한반도 각 지역을 비롯하여 일본은 물론 타이완, 중국에 이르기까지 널리 읽혔던 신문이다.[20] 위와 같이 당시 많이 읽혔던 『조선신문』에 탐정소설을 게재한다는 것은 재조일본인에게 서구의 새로운 문물에 대한 호기심과 동경에 상응한 것이다. 나아가 아사이와의 행동에 따라 작품을 읽는 동안 영국 사회의 안녕을 지키기 위해 동분서주하는 아사이와의 애국심을 엿볼 수 있었다.

3) 『조선신문』에 실린 '셜록 홈스'

'셜록 홈스' 시리즈가 연재된 1910년 이전 『조선신문』에 한정하여 지면 구성을 살펴보면 전체 4면 구성으로 문예물은 1면과 3면에 주로 게재되었다. 고쿠초가 번역한 세 작품이 게재된 1909년 6월부터 9월에 걸쳐 1면 문예물을 조사하면 문예란이 개설되어 있다. 그 문예란에는 하이쿠(俳句), 수필 등이 게재되어 있으며, 그 아래 단에는 고

---

20) 『조선신문』의 1909년 발행부수는 인천 499,200부이며, 인천을 제외한 조선 각 지역에 1,006,360부, 일본 100,800부, 타이완 5,600부, 중국 12,000부로 합계 1,623,960부이다. 이 통계는 조선총독부 『조선총독부통계연보』(제2차, 제3차), 『조선총독부통계연보』를 이치가와 마리에(市川まりえ)가 정리한 논문에서 인용했다. 市川まりえ(2009) 앞의 논문, p.353.

단(講談)이 실려 있다. 당시 신문에는 작품 관련 예고가 종종 등장한다. 그 예고에는 작품명이나 작가, 그리고 작품의 간략한 내용 설명이 게재되어 있다. 고쿠초의 세 작품과 관련된 광고를 조사해보니, 「코안경」의 최종회인 1909년 7월 4일 「코안경」을 게재하면서 그 아래 단에 다음 연재될 작품인 「가짜 강도」와 관련된 예고가 실려 있는 것을 발견할 수 있었다.

가짜 강도(僞强盜)
소설 코안경은 상당한 환영을 받으며 완결했다. 코안경의 뒤를 이어 내일 지면에는 새로운 작품, 즉 가짜 강도 그 내용은 말하지 않는 편이 더 좋을 것이다. 여름철 더위를 잊을 수 있는 좋은 읽을거리가 될 것이다.

小說鼻眼鏡は非常なる歡迎を受けて完結す、鼻眼鏡に次い明紙上よりあらはるるもの卽ち僞强盜、其內容は云はぬが花、夏季消夏の好讀み物なり。

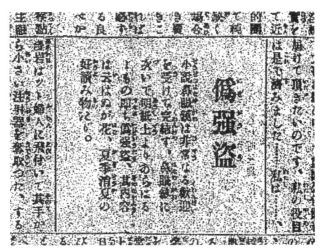

[그림 3] 『朝鮮新聞』 1909年7月4日. 1面.

세 작품 가운데 예고를 실은 작품은 이것뿐이다. 「가짜 강도」의 예고를 보면, 「코안경」이 "상당한 환영을 받"았다는 부분에서 꽤 인기가 있었음을 알 수 있다. 그리고 다음 작품인 「가짜 강도」는 "여름철 더위를 잊을 수 있는 좋은 읽을거리"라고 예고하고 있다. 결국 이 작품은 여름을 대상으로 기획된 작품으로, 전편의 호평을 받아 더욱 인기가 있을 것으로 사료되는 후속작을 게재하고자 한 것으로 파악할 수 있다. 그리고 내용면에서도 탐정소설이 풀기 어려운 사건을 추리하여 범인을 잡고 해결할 때의 짜릿함과 마지막까지 읽었을 때의 쾌감이 있으므로 여름철용 작품으로 선택된 것으로 볼 수 있다. 이처럼 고쿠초의 세 작품의 오락성을 전면으로 내세워 독자의 흥미를 이끌기 위한 읽을거리로 취급되었다고 할 수 있다. 그러나 [그림 3]의 예고에서는 작품의 정보로서 원작이나 번역한 사람에 대한 설명은 없으며 여름철용의 읽을거리라는 점, 즉 오락성만을 강조하고 있다. 신문에서의 '소설'의 역할은 많은 독자를 끌어들이기 위해 오락성을 추구해왔다. 물론 이들 작품 또한 탐정소설로서 오락적 요소가 포함되어 있다. 그러나 이러한 부분만을 목적으로 게재되었다고는 보기 어렵다.

일본의 경우 1900년대 신문소설 가운데 서양으로의 번역을 통해 수용된 탐정소설은 정치소설과 밀접한 관련을 맺고 있다. 그것은 러일전쟁 전후, 러시아의 상황을 소재로 한 스파이, 암살, 폭동, 사건, 사고 등 번역 소설이 많이 연재된 것을 근거로 제시할 수 있다. 더불어 번역작은 아니지만 고쿠초가 창작 작품으로 1905년 1월 24일부터 『조선일보』에 게재한 「러시아 스파이 색출」이라는 러시아 탐정 관련 스파이 물을 쓴 것을 통해서도 확인 가능하다. 『조선신문』의 지면 구성과 관련해서도 관련 담론을 엿볼 수 있는 부분이 있다. 1909년 8월 8일 제1면 구성을 살펴보면, 문예물로는 「탐정기담 제2의 혈흔」 3회와 그 아랫단에 고단 이토 조교쿠(伊藤潮玉) 강연 「미토코몬기(水戶黃門記)」 6회가 게재되어 있다. 이 고단은 8월 3일 「가짜 강도」의 연재가 끝나기 전 연재가 시작되었다.

여기서 주목할 것은 지면 제일 상단에 게재된 신문기사이다. 8월 8일 「한국사법제도(韓國司法制度)」(上)이 게재된 후 8월 10일부터 12일까지 「신조약 제2조와 제국헌법(新協約第二條と帝國憲法)」(1), (2), 「한국의 사법제도(韓國司法制度)」(中), (下)가 문예물인 「탐정기담 제2의 혈흔」과 「미토코몬기」의 윗단에 배치되어 구성되었다. 이처럼 '사법제도'나 '제국헌법'이라는 법률적 담론과 '탐정기담'이라는 표제의 서구 탐정소설을 싣고 다시 아랫단에 일본의 고전인 죄를 저지른 자를 심판하는 내용의 「미토코몬기」를 배치하여 구성한 점에서 『조선신문』의 지면에서 문예물이 담당한 역할이나 기능을 엿볼 수 있다.

실제로 1909년 7월 12일 조선에서는 사법권과 관련하여 커다란 변화가 일어났다. 이는 〈한국사법 및 감옥 사무 위탁에 관한 각서(司法及監獄事務委託に關する覺書)〉라는 한일 협정이다. 즉, 조선의 사법이나 감옥 사무에 관한 모든 것을 일본에 위탁하는 협약이다. 그 사건을 둘러싼 다양한 기사가 『조선신문』에서도 계속해서 등장하고 있었다. 이 사건과 함께 1면에 게재된 '탐정기담'으로 시작하는 서구의 번역 탐정소설은 그 자체로 의미 부여가 가능하다. 일본에서의 탐정소설이 "청일전쟁 이후 분출한 사회적 악을 폭로하는 사회적 프레임"[21]으로 기능했다고 한다면 한반도에서의 번역탐정소설은 당시 한반도로 건너온 일본인이 일으키는 범죄에 대한 『조선신문』의 편집

의도로도 볼 수 있다. 다시 말해 당시 탐정소설 장르는 탐정소설을 통해 서구의 민주적 제도, 만민의 평등을 체현하는 제판, 과학적 조사 등을 독자에게 맛보게 할 수 있다. 그리고 탐정소설에서 이러한 계몽적 입장은 의도적으로 볼 수 있다. 실제로 당시 조선에 건너온 사람들이 여러 사건을 일으키는 것이 종종 신문기사에 게재되었다. 따라서 『조선신문』에 게재된 세 작품은 오락성과 함께 사회적 도덕성이 결합된 것으로 파악 가능하다. 이는 「가짜 강도」의 작품을 통해서도 엿볼 수 있다. 아사이와가 악당인 미루베의 저택에 침입하려는 장면에서 "가령 법률상 죄인이 되지 않는다 하더라고 도덕적으로 정당한 행동이라면 자네라도 용서해주겠지"[22]라고 말하고 악당을 붙잡고 법의 심판을 받겠다고 말하는 대목이 그것이다.

　이상과 같이 당시 신문소설은 독자의 흥미를 유발시키기 위한 오락적 요소가 풍부한 작품을 선택하여 게재하였다. 『조선신문』의 광고에서도 '홈스 시리즈' 세 편이 오락성을 추구하며 독자층을 늘리기 위한 장치인 것은 당연하다. 그러나 당시 일본에서도 코난 도일의 작품은 현재와 마찬가지로 인기 있는 읽을거리가 아니었고, 코난 도일 작품이 유행한 것은 탐정소설이 다루는 법률제도와 범죄행위를 파헤치는 근대 과학적 지(知)를 수용할 수 있었던 다이쇼 시대로 넘어가면서부터다. 이러한 관점에서 『조선신문』의 지면 구성은 법이라는 주제를 바탕으로 구성되었다고 할 수 있다. 조선과 일본의 법에 관한 담론을 실은 바로 아래 단에 범죄를 단죄하고, 범인을 반드시

---

21) 최범순(2015), 「일본 신문소설의 역사적 전개와 일본 근대문학사의 간극」, 『日本語文學』, 日本語文學會, p.534.
22) 『朝鮮新聞』 1909.7.18.

처벌하는 선악의 논리를 부여하는 논리적 구조를 반복해서 보여주고
있다. 그리고 「미토코몬기」라는 전통적인 도덕의식과 새로운 형식
을 조합하여, 근대적 법률로의 원만한 이행을 하고자 한 것으로 볼
수 있다.

4. 맺음말

이 글에서는 한반도에서 발행된 일본어 민간신문인 『조선신문』에
게재된 번역탐정소설 「소설 코안경」, 「가짜 강도」, 「탐정기담 제2의
혈흔」의 원작과 이를 번역한 고쿠초를 조사하였고, 이와 함께 원작
과 번역작의 번역양상을 고찰하였다. 그 결과 고쿠초가 번역한 세
작품의 원작은 1904년에 발표된 코난 도일의 '셜록 홈스 시리즈'의
단편임을 확인했다. '셜록 홈스 시리즈'가 한반도에 한국어로 번역된
시기는 1918년으로, 고쿠초가 번역한 세 작품은 한반도에서 일본어
이지만 코난 도일의 '셜록 홈스 시리즈'가 등장한 작품으로 최초 소
개되었다고 사료된다.

고쿠초가 번역한 이들 작품은 등장인물 모두 일본인 명으로 번역
하여 일본인화시키는 번역방법을 사용함으로써 새로운 문학 장르를
친근감 있게 다가갈 수 있도록 노력했다. 그리고 원작에서의 '1인칭
관찰자 시점'을 '3인칭 관찰자 시점'으로 시점을 바꿈으로써 신문연
재소설이 가진 지면의 한계를 뛰어넘고자 시도했다. 이러한 화자의
변화는 고쿠초라는 번역자의 개입도 가능하게 만들었다. 추리를 동
반하는 복잡한 사건의 진상을 작품 안에서 부대 설명 부분을 삽입하

는 것으로 당시의 독자에게 익숙하지 않은 탐정소설이라는 장르를 즐기게 노력했다고 볼 수 있다. 세 작품은 아직 식민지화되지 않은 1909년 아직 식민지화되지는 않았지만, 그 기운이 만연한 조선반도에서 그 소용돌이 속에 있던 재조일본인을 대상으로 민간신문에서도 발행 부수가 많은『조선신문』에 게재했다.

　제국 영국, 그리고 그 수도인 런던을 배경으로 한 이들 작품은 탐정소설만의 추리를 즐기는 데 충분하다. 그리고『조선신문』에 이들 번역탐정소설을 게재하는 것으로 당시 독자가 가지고 있던 서양의 새로운 문물에 대한 호기심과 동경에 응하지만, 명확한 선악 구조를 통해 근대적 사회의 변화에 적응하고자 했다고 볼 수 있을 것이다.

본 논문은『跨境』第8號(高麗大學グローバル日本硏究院)에 수록된 이현희(2019),「朝鮮半島における西歐探偵小說の日本語飜訳と受容－1910年以前、『朝鮮新聞』に掲載された飜譯探偵小說を中心に」를 수정, 가필한 것이다.

참고문헌

- Arthur Conan Doyle, 「The Adventure of the Charles Augustus Milverton」, 『The Strand Magazine』, 1904.4.
- Arthur Conan Doyle, 「The Adventure of the Golden Pince-Nez」, 『The Strand Magazine』 1904.7.
- Arthur Conan Doyle, 「The Adventure of the Second Stain」, 『The Strand Magazine』 1904.12.
- 黒潮譯, 「小說鼻眼鏡」, 『朝鮮新聞』 1909.6.1.~7.4.
- 黒潮譯, 「僞强盜」, 『朝鮮新聞』 1909.7.6.~8.5.
- 黒潮譯, 「第二の血痕」, 『朝鮮新聞』 1909.8.6.~9.5.

- 市川まりえ, 「1905~1910년 재한일본인(在韓日本人) 민간언론(民間言論) 통감부정치관(統監府政治觀)」, 『한국사론』 55권, 서울대학교 국사학과, 2009.
- 小林司, 東山あかね, 『裏讀みシャーロック・ホームズ─ドイルの暗号』, 原書房, 2012.
- 川戶道昭, 「明治時代のシャーロック・ホームズ─ドイルの紹介と初期の探偵小說」, 『明治翻譯文學全集新聞雜誌編8・ドイル集』, 大空社, 2001, p.344.
- 榮元, 「租借地大連における日本語新聞の事業活動─滿州日日新聞を中心に」, 總合研究大學院大學文化科學研究科博士論文, 2016.
- 日高佳紀, 「カナダで滿州馬賊小說を讀むということ─初期『大陸日報』と文學」 『奈良教育大學國文; 研究と教育』, 奈良教育大學國文學會, 2008.
- 堀啓子, 「明治期の翻譯・翻案における米國廉価版小說の影響」, 『出版研究』 38, 2008.
- Rosemary Jann, Sherlock Holmes Codes the Social Body, ELH 57. 1990.
- 박진영, 「천리구 김동성과 셜록 홈스 번역의 역사」, 『상허학보』 27집, 2009.
- 이현희, 「한반도에서 간행된 일본어신문 『경성신보』 문예물 연구─「탐정실화 기이한 인연(探偵實話 奇緣)」을 중심으로」, 『일본학연구』 55, 단국대학교 일본연구소, 2018.
- 유재진, 「「러시아 스파이 색출(露探狩り)」 연구─구한말 거류일본인의 정체성 형성과 일본어 민간신문 문예물」, 『인문사회』 21, 아시아문화학술원, 2018.

• 정진석, 「일본인 발행 신문의 효시, 조선신보-조선신문」, 『朝鮮新報』 제1권, 2008.

• 정혜영, 『식민지기문학과 근대성』, 소명출판, 2008.

• 최범순, 「일본신문소설의 역사적 전개와 일본 근대문학사의 간극」, 『日本語文學』 68집, 2015.

제2부

연재소설의 역할과
호출되는
내지의 작가들

근대 초기 일본어 민간신문 『조선시보』의 연재소설 연구

나승회

1. 들어가며

　세계사의 대변혁기인 1910년을 전후하여 경성, 부산, 인천 등 조선 내 주요도시에서 약 32종의 일본어 신문이 발간되어 일본제국의 이데올로기를 확산하는 식민지 정책의 담론을 형성하기 시작하였다. 1800년대에 이미 조선에는 최초의 근대 신문인 『한성순보(漢城旬報)』(1883.1.1.~1884.10.9.)가 발행되었으며, 뒤를 이어 『한성주보(漢城週報)』(1886.1.25.~1888.7.7.), 『한성신보(漢城新報)』(1895.2.16.~?), 『독립신문(獨立新聞)』(1896.4.7.~1899.12.4.), 『매일신문(每日新聞)』(1898.4.9.~1899.4.3.), 『제국신문(帝國新聞)』(1898.8.10.~?), 『대한매일신보(大韓每日申報)』(1904.7.18.~1910.8.28.), 『매일신보』(1910.08.30.~1945.08.14.) 등이 발간되었다. 하지만, 1910년의 한일합방과 1911년 일본인의 조선 이주 모집을 시작으로 조선의 국권 상실과 일본의 조선 지배체제가 가시화되고, 1904년에 일어난 러일전쟁 이후에는 일본인 경영의 한국어 또는 일본어 신문이 늘어나게 된 것이다.

이후 1910년 한일합방을 계기로 대부분의 민간신문은 폐간되며, 1910년을 전후로 확산된 언론 통제 속에서 1910년대 유일한 한글 중앙지이자 조선총독부 기관지인 『매일신보(每日申報)』가 창간되어 1910~20년대의 관제여론을 주도하게 된다. 1919년 3.1운동 이후인 1920년대에는 이른바 문화 통치라는 새로운 통치 방식에 의해 주로 친일단체가 주축이 된 『조선일보(朝鮮日報)』, 『동아일보(東亞日報)』, 『시사신문(時事新聞)』 등의 신문이 창간되지만, 조선총독부가 1907년 7월 신문지법을 제정하여 모든 일간지를 폐간시킬 때 일본계 신문사에게는 보상을 지불하여 근대 초기 조선의 각 지역에 약 32종의 일본어 신문이 지속적으로 배포되었다.

일제강점기를 전후하여 발행된 이러한 일본어 민간신문은 지역 신문의 성격이 강하여, 부산에서 발간된 『조선신보(朝鮮新報)』(1881. 12.10.~1882.5.15.)를 필두로 『조선시보』(1894.11.21.~1940.8.), 『부산일보(釜山日報)』(1907.10.~1944.3.31.), 인천의 『인천경성격주상보(仁川京城隔週商報)』[1](1890.1.28.~1891.8.15.), 경성의 『경성일보』(1906.9.1.~1945.10.), 전라도 지역의 『전남신보(全南新報)』(1909.5.9.~1946.3.16. 호남신문으로 개칭.), 『목포신보(木浦新報)』(1899.6.16.~1941.2.11.), 경성 이북 지역의 『평양매일신문(平壤每日新聞)』(1928.5.1.~?), 『원산매일신문(元山每日新聞)』(1909.1.1.), 『북한신보(北韓新報)』[2](1907.4.1.1.~1912.) 등

---

1) 『인천경성격주상보』는 이후 『조선순보(朝鮮旬報)』(1891.9.1.~1892.4.5.) 『조선신보(朝鮮新報)』(1892.4.15.) 『조선신문(朝鮮新聞)』(1906.9.~1921.3)으로 제호를 바꾸었다. 『인천경성격주상보』의 후신(後身)인 『조선신보』는 부산 발행의 『조선신보』와 별개의 신문이다.

이 간행되어 조선 내 주요도시에 배포되었다.

당시 발행된 민간신문 중 경성의『매일신보』와 진주에서 발행된 『경남일보(慶南日報)』[3](1909.10.15.~1915.)는 한글신문이었으나, 인구 1,240만의 조선인을 위한 한글신문은 2곳뿐이었으며 발행부수도 각각 3,000부 정도에 불과하였다. 이와 비교하여 일본어 민간신문은 종류와 수량에서 압도적으로 우위를 점하고 있었으며, 이주 일본인을 위한 생활정보지로서의 역할을 수행하면서 동시에 선진 매체에 영향을 받을 수밖에 없는 근대 초기 조선의 각 지역에 일본의 정서와 문화를 확산시키는 기능도 겸하고 있었다. 조선의 주요도시에서 발행되는 일본어 신문이 조선인에 대한 정치적, 경제적, 문화적 우월감을 발현하는 수단으로 활용되고 있었음을 추측해볼 수 있는 것이다. 특히 이 시기의 신문은 독자의 이목을 집중시키기 위해 지면에 연재소설을 게재하는 경우가 많았는데, 신문이라는 매체를 통해 여론을 통제하고 주도하던 근대 초기의 정치적 상황을 고려할 때 일본어 민간신문의 연재소설은 일제강점기의 언론정책과 문화의 양상을 살피는데 매우 유용하다.

따라서 본 연구에서는 기존의 신문연재소설에 대한 선행연구에서 본격적으로 다루어지지 않았던 부산지역 일본어 신문『조선시보』와 『부산일보』에 주목하여 근대 초기 부산의 문화적 양상을 추론해 보

---

2)『북한일보』는 당초 거류 일본인이 100명 정도였던 개항 전의 청진에서 1906년 7월 '북관신일본(北關新日本)'이라는 제호의 석판 인쇄로 출발하였다. 1907년 4월 11일 제호를『북한신보』로 변경하였다. 1912년 무렵에는 다시 제호를『북한일보』로 변경한다. 정진석(2011.2.22)「일제 강점기의 일본인 발행 신문들」[현대사 속의 언론①](언론도서관, kpfbooks.tistory.com/687) 참조.

3) 경상권역의『경남일보』는 지방신문 중 유일한 한글신문이다.

고자 한다. 즉 부산 발행 일본어 신문『조선시보』와『부산일보』의
연재소설을 고찰하여 일본어 신문연재소설의 특징과 양상을 파악하
고 일본어 신문을 기반으로 전개되는 근대도시 부산의 문화적 이중
성을 살펴보려는 것이다. 기존의 신문소설 관련연구의 대부분이 기
사의 해독이 용이한 한글신문이나 훼손이 적은 총독부 기관지『매일
신보』와『경성일보』를 연구대상으로 하고 있으나[4], 근대 초기 신문
소설의 전체상을 이해하기 위해서는 동시대에 발행된 지역신문에 대
한 연구도 폭넓게 이루어져야 할 것으로 생각된다.

2. 근대 초기의 신문연재소설

　　근대 초기의 신문 중 처음으로 소설 지면을 구분한 것은『한성신
보』이다. 개화기 초기인 1883년에『한성순보』가 창간되고, 이어서
1896년에 한글신문인『독립신문』이 창간되지만 이들 신문에는 별도
로 소설 지면이 구분되지 않았으며, 중국의 고전소설을 게재하거나
신문 투고용 원고를 실은 '기서(奇書)'란만 구성되어 있었다.『한성신

---

4) 1910~20년대 신문연재소설과 관련된 선행연구는 한글 중앙지인『매일신보』를 중심
　으로 이루어져 왔다. 한국 개화기 신문소설에 대해서는 이재선(1985)의『한국 개화기소
　설 연구』(일조각, 1985, p.40.) 이후, 한원영(1996)이『한국 근대 신문연재소설 연구』
　(이회문화사, pp.53~159.)에서 개화기 이래의 신문연재소설을 개관하여 근대 초기
　신문연재소설이 지속적으로 이어지는 양상을 밝히고 있으며, 박철우(2002)의「신문연
　재소설 100년, 그 의미와 과제」(『한국문예창작』 1권1호, 한국문예창작학회, pp.135~
　156.)로 이어지면서 많은 연구자들이 신문연재소설의 역사와 변천을 고찰하고 있다.
　이러한 대부분의 연구는『매일신보』를 비롯한 근대 초기의 한글신문을 기반으로 심화
　되어 왔다.

보』를 시작으로 1906년 전후로 발행된 신문에서부터 대체로 소설 지면이 고정으로 자리 잡게 되는데, '소설'란(欄)에 게재된 최초의 신문 연재소설은 1897년『한성신보』에 연재된「상부원사해정남(孀婦寃死 害貞男)」(1897.1.12.~1.16.)으로 알려져 있다.[5]

이후 1906년 7월 22일『만세보(萬歲報)』(1906.6.17.~1907.6.29)에 연재된 이인직의「혈(血)의 누(淚)」, 1907년 6월 5일『제국신문』에 게재된 이해조의「고목화(枯木花)」등을 비롯하여 주로 계몽성과 대중성이 부각된 작품이 1900년대 초의 신문연재소설로 발표되었다.『한성신보』나『만세보』이후에는 국, 한문판『대한매일신보』가 지면을 구별하여 한글전용의 서사문학 작품을 실었으며, 1912년『매일신보』 3면에 우리나라 최초의 희곡인 조일재의「병자 삼인(病者三人)」이 연재된다. 1917년에는 한국 최초의 근대 장편소설인 이광수의「무정(無情)」(1917.1.1.~6.14.)이 126회에 걸쳐『매일신보』의 '신소설'이라는 지면에 연재되어 신문소설이 근대 문학의 초석을 다지고 있다.[6]

1910년 전후 한글신문의 연재소설은 민족 문학의 정체성을 지키기 위해 개화, 계몽, 자주독립, 애국 등 근대 지향적인 주제를 지향하였으며, 고전소설에서 신소설을 거쳐 근대소설로 이행하고 있었으나, 기관지를 제외한 모든 신문이 강제로 폐간되고 소규모 잡지들만

---

5) 최초의 신문소설은 1896년『한성신보』에 발표된「신진사 문답기(申進士問答記)」 (1896.7.12.~8.27)로 추정된다. 한원영(1988),「한국개화기 신문소연재소설의 태동과 특성」,『국어교육』63권, 한국어교육학회, p.70. p.72.

6) 김영민(2005)은 1910년대 전반기의『매일신보』는 길이가 짧은 작품은 단편소설로, 길이가 긴 작품은 신소설로 달리 표기하기도 했다고 지적한다.(「1910년대 신문의 역할과 근대소설의 정착과정-매일신보를 중심으로」,『현대문학의 연구』25권, 한국문학연구학회, p.262.)

간행되던 시기에『매일신보』는 계몽성보다는 오락성, 대중성을 중시
하여 초기에는 이해조, 조중환 등의 서사문학이나 대중적인 연애소
설을 주로 실었다. 그러나 1917년『매일신보』에 이광수의「무정」이
연재되면서 신문소설은 '한글로 본격적인 지식인 문학의 길'[7]을 열어
간다. 이전까지의 신문 소설이 평면적인 이야기 중심의 고전, 기담,
전기이거나 계몽소설에 가까운 신소설이었던 것에 반해,「무정」은
국한문 혼용체 문장을 구사하면서 구체성을 띤 시간적, 공간적 배경
속에서 근대적 자아를 지닌 인간형을 그려낸 점에서 근대문학으로
한걸음 더 나아간 것으로 볼 수 있다. 이어서 이해조, 조중환, 이효
석, 염상섭, 김동인, 이상, 채만식 등 1910~20년대에 활동한 주요작
가들이『매일신보』의 지면을 통해 소설을 발표하면서 한글신문의 연
재소설이 한국 근대문학의 지평을 넓혀간다.『매일신보』가 조선총독
부의 기관지였으나, 한글로 창작을 발표할 수 있는 유일한 일간지였
으므로 근대 초기의 많은 문인과 예술가들이『매일신보』를 통해 작
품 활동을 펼쳤던 것이다.

한편 신문연재소설과 관련하여『매일신보』1919년 5월 29일자 1
면에는 현상소설 모집광고(신춘문예의 효시)가 실리기도 하는데, 1920
년『조선일보』와『동아일보』가 창간되면서 신문연재소설은 점차 민
간지인『조선일보』와『동아일보』로 이행하여 전성기를 맞이하게 된
다[8]. 이후 본격적으로 신문소설이 문학작품으로서 등장하고 대중소

---

7) 김영민(2005), 앞의 논문, p.286.
8) 서영인(2018),「일제말기「매일신보」연재 장편소설 연구」,『열린정신 인문학연구』,
   원광대학교 일문학연구소, pp.215~216. 민간신문의 창간과 더불어『매일신보』의 소
   설 지면은 축소되고 있으나, 시(詩)를 연재한 〈사조(詞藻)〉, 〈문원(文苑)〉, 〈현대시단

설도 인기를 끌었다. 이들의 활약으로 근대 초기의 신문소설은 고전, 기담, 전기에서 신소설, 근대소설로 이행하게 되는데, 1910년 이전의 한글신문의 소설이 민족 문학의 정체성을 지키기 위해 개화, 계몽, 자주독립, 애국 등의 주제를 주로 내포하고 있었다면, 신문소설이 고정지면으로 자리 잡게 되면서부터는 발행주체의 성격에 따라 내용면에서 점차 계몽적인 내용의 문장에서 대중적이고 오락성을 띤 작품으로 옮겨간다. 일제의 문화정치가 체제 지속을 위해 지식인과 일반대중의 통합을 지향하고 있었기에, 한글신문은 총복부의 언론통제 속에서도 지적인 문학청년들의 근대 지향적인 작품을 연재하여 지식인과 일반대중 모두를 만족시키는 문학의 길로 나아갈 수 있게 된 것이다.[9]

3.『조선시보』의 연재소설

1910~20년대 한글신문의 연재소설이 흥미 본위의 내용에서 점차 근대 지향적인 주제의식을 담은 문학작품으로 발전해 간 것과 대조적으로, 부산지역의 일본어 신문『조선시보』와『부산일보』는 일본

(現代詩壇)〉,〈매신시단(每申詩壇)〉 등의 문예란은『매일신보』가 종간될 무렵까지 유지되는데, 같은 시기의 일본어 신문에서도 일본의 시 장르인 와카(和歌)나 단가(短歌), 하이쿠(俳句)의 비중이 높았다.

9)『조선일보』와『동아일보』가 창간되면서 홍명희의「임꺽정」(『조선일보』 1928. 11. 21. ~1939. 7. 4.), 염상섭의「삼대」(『조선일보』 1931. 1. 1. ~9. 17.), 이광수의「흙」(『동아일보』 1932. 4. 12. ~1933. 7. 10.), 심훈의「상록수」(『동아일보』 1935. 9. 10. ~1928. 11. 21.) 등의 연재소설이 본격적으로 등장했으며, 김내성, 김말봉, 방인근 등의 대중소설도 인기를 끌었다.

전통예능에 뿌리를 둔 영웅담(談)과 남녀의 연애담을 중심으로 한 풍속소설을 주로 연재하였다. 실제로 1910~1920년대의 『조선시보』에 연재된 문예물 중 산문 문예물을 살펴보면, 『조선시보』의 1면의 연재소설 란(欄)에는 남녀의 연애담을 중심으로 한 풍속소설이 게재되어 있으며, 4면(1935년 이후에는 6면)에는 일본 전통예능에 뿌리를 둔 강담이 정기적으로 연재되어 있다.

1910~30년대에 『조선시보』는 4면의 신문을 발행하였는데, 1면에는 논설과 연재소설, 2면에는 정치와 상황(商況)[10], 3면에는 사회와 문화, 4면에는 강담풍의 소설과 광고를 주로 실었던 것이다. 현재 남아있는 1914년 11월~1920년대 『조선시보』의 지면을 살펴보면 1면과 4면에 약 40여 편의 소설과 20여 편의 강담풍(風) 소설이 연재되어 있다. 당시의 신문이 대체로 하루 한편의 연재소설을 게재했던 것에 비해, 『조선시보』는 1면에 소설을 연재하고 4면에도 강담을 소설로 각색하여 연재하는 경우가 많아 동시대의 다른 신문에 비해 연재소설의 비중이 높음을 알 수 있다.

1면에 게재된 연재소설에는 제목 앞부분에 작품의 내용을 암시하는 신소설(新小說), 역사소설, 괴담(怪談), 탐정(探偵)소설, 성애(性愛)소설, 신작(新作)소설 등의 흥미를 자극하는 세부장르명이 붙은 경우가 많았다. 대체로 신문물의 유입으로 근대화되어 가는 당시의 일본

---

10) 『조선시보』는 당초 1892년 12월 5일 『부산상황(釜山商況)』으로 창간하여 이후 『동아무역신문(東亞貿易新聞)』으로 제호(題號)를 바꾸었으나, 경영난으로 잠시 휴간되었다가 1894년 11월 21일 『조선시보』라는 이름으로 재창간된 상업 일간지이므로 조선의 대표적인 미곡항(米穀港)인 부산의 특수성을 반영하여 '상황'이 별도의 지면으로 구분되어 있다.

인의 생활상과 문화를 담고 있으며, 「역사소설 사나다 유키무라(歷史小說 眞田幸村)」, 「탐정소설 적성단(探偵小說 赤星團)」, 「신작소설 새들의 노래(新作小說 千鳥の曲)」, 「신소설 독사는 미치다(新小說 毒蛇は狂ふ)」, 「성애소설 독장미(性愛小說 毒薔薇)」 등과 같은 세부장르명이 가미된 연재소설의 제목은 한글 중앙지인『매일신보』, 『경성일보』나 같은 지역에서 발행된『부산일보』를 비롯한 각종 지방지와의 경쟁 속에서 구독자를 확보하기 위한 것으로 추측된다.

또한 4면에 연재된 강담 및 활극(活劇) 풍의 소설에서도 무사, 협객의 영웅적인 활약상을 연상시키는 문구(catch phrase)를 덧붙여서 독자의 이목을 집중시키고 있다. 「신강담 히몬야 다쓰노스케(新講談 碑文谷辰之助)」, 「협객 구니사다 추지(俠客 國定忠次)」, 「세계적 탐정활극 명금(世界的探偵劇活劇 名金)」, 「무도의 신 가네마키 지사이(武道の神 鍾捲自齋)」, 「괴걸 지라이야(怪傑 自來也)」, 「막부 말 검극비화 피의 광채(幕末 劍戟秘話 血の輝き)」, 「에도 비장홍원비록 지옥가도(江戶悲壯紅怨秘錄 地獄街道)」 등 1면의 연재소설과 마찬가지로 제목의 앞부분에 소설의 분위기를 유추할 수 있는 신강담, 협객, 탐정활극, 무도의 신, 괴걸, 검극비화 등의 강렬한 단어를 덧붙여서 신문 구독자들의 흥미를 유발시키고 있는 것이다. 당시 부산의 영화계에서는 일본을 거쳐 조선에 소개된 서구의 활극이 크게 유행하였는데, 『조선시보』에도 「활극 명금」을 싣고 있으며, 중세, 전국시대, 에도시대 등을 배경으로 한 무인(武人)들의 영웅적인 활약을 그린 작품이 많아 식민지 시기 문화의 양상을 표상하는 신문 연재소설의 일면으로 파악할 수 있다.

1910~20년대『조선시보』소재 연재소설 및 강담을 정리한 목록[11]을 참고하여『조선시보』의 소재 연재소설을 살펴보면 다음과 같은

특징이 드러난다.

첫째, 『조선시보』에 게재된 연재소설의 작가와 강담풍 소설의 강담사(講談師)가 모두 일본인이다. 『조선시보』뿐만 아니라 같은 시기에 부산에서 발행된 일본어 신문 『부산일보』에도 일본인 작가의 소

---

11) 〈1910~20년대 『조선시보』 소재 연재소설 및 강담〉

소설		강담 및 활극	
작품명(연재시기)	작가명	작품명(연재시기)	작가명(강담사)
悔恨 (1914.11.04.~1914.11.28.) 26~56회(전후 지면유실)	三島霜川	箱崎文庫 (1915.07.30.~1915.09.30.) 62~107석(전후 지면유실)	松林伯知
義人と佳人 (1915.02.05.~1915.03.31.) 1~45회(이후 지면유실)	小栗風葉	俠客 國定忠次 (1916.07.01.~1916.07.30.) 153~189석(전후 지면유실)	眞龍齊貞水 (述)
魔の女 (1915.08.01.~1915.09.29.) 43~96회(전후 지면유실)	大平野虹	俠客 旗本權三 (1917.08.25.~1918.04.28.) 1~170석(이후 지면유실)	淡路呼潮 (述)
歷史小說 眞田幸村 (1916.07.02.~1916.08.30) 21~68회(전후 지면유실)	鶯里山人	新講談 碑文谷辰之助 (1917.07.01.~1917.08.18.) 75~112석(완결, 이전지면유실)	松林伯知 (述)
かわかぬ袖 (1917.07.02.~1917.10.31.) 46~156회(전후 지면유실)	篠原嶺葉	辛舘の上場 世界的探偵劇活劇 名金(1916.07.22.~1916.08.31.) 1~40회(이후 지면유실)	미국 유니버셜사 제작
あだなさけ (1918.02.11.~1918.04.13.) 45~100회(전후 지면유실)	北島春石	武道の神 鍾捲自齋 (1918.08.03.~1918.09.29.) 50~90석(전후 지면유실)	小金井蘆洲 (述)
同胞 (1918.04.29.~1918.08.24.) 1~107회(중간 지면유실, 완결)	柳川春葉	俠客 嵐山花五郎 (1920.03.01.~1920.04.30.) 3~39회(전후 지면유실)	眞龍齊貞山 (述)
憂き身 (1918.09.02.~1918.09.30.) 2~29회(전후 지면유실)	小栗風葉	細川血達磨(講談) (1921.04.01.~1921.06.30.) 84~156석(전후 지면유실)	猫遊軒伯知 (述)
雛の聲 (1920.03.15.~1920.04.30.) 1~43회(이후 지면유실)	倉富砂邱	仙石騷動 鶴の巢ごもり (1921.09.04.~1921.10.30.) 41~63회(전후 지면유실)	錦城齋貞水 (述)
義理盡め (1921.03.01.~1921.06.30.) 66~156회(전후 지면유실)	篠原嶺葉	講談 磐若小町 (1922.11.02.~1923.05.12.) 145~195회(전후 지면유실)	旭亭櫻山 (述)
小說 夕化粧 (1921.05.21.~1921.09.21.) 1~122회(완결)	前田曙山	講談 佐倉義民傳 (1923.08.03.~1923.09.18.) 68~106회(전후 지면유실)	坂本富岳 (述)

설이 주로 연재되어 있는데, 이러한 일본인 작가의 편중은 총독부의
언론통제 속에서도 『매일신보』를 비롯한 1910~20년대의 한글신문
에서 근대 초기의 전도유망한 조선출신 청년작가들이 작품 활동을

小說 飛行娘 (1921.09.22.~1921.09.30.) 1~9회(이후 지면유실)	江見水蔭	講談 北越孝子傳 (1924.02.01.~1924.02.27.) 40~82석(전후 지면유실)	기재사항 없음
こぼれ咲き (1923.04.29.~1923.04.30.) 1~103회(이후 지면유실)	島川七石	新講談 巴の小萬 (1924.02.28.~1924.06.28.) 1~100회(이후 지면유실)	南海夢樂 (述)
夜明けの唄 (1924.01.01.~1924.05.28.) 24~150회(완결, 이전 지면유실)	楠田敏郎	新講談 武士魁間玉垣半蝶 (1925.05.01.~1925.05.29.) 53~77회(전후 지면유실)	鎌倉浪人
惠まれぬ愛 (1924.05.28.~1924.10.30.) 1~131회(이후 지면유실)	森曉紅	春駒大五郎 (1926.03.25.~1926.09.04.) 1~145회(완결)	판독불가
黒蝶の舞 (1925.05.01.~1925.07.17.) 99~164회(완결)	中川雨之助	怪傑 自來也 (1926.09.05.~1927.02.28.) 1~156회(이후 지면유실)	中村兵衛
探偵小說 赤星團 (1925.07.18.~1925.10.31.) 1~101회(이후 지면유실)	島川七石	幕末 劍戟秘話 血の輝き (1927.05.01.~1927.06.30.) 19~76회(이후 지면유실)	菊地曉汀
小說 山の一族 (1926.01.01.~1926.04.09.) 9~100회(완결, 이전 지면유실)	西口紫溟	講談 忠孝兩全毛谷村六助 (1929.05.02.~1929.08.19) 67~170회(완결)	神田伯海
新作小說 千鳥の曲 (1926.04.10.~1926.09.29.) 1~170회(완결)	島川七石	幕末秘錄 劍俠艶魔 (1929.08.20.~1929.12.28.) 1~115회(이후 지면유실)	渡邊默禪
新作小說 光明を認めて (1926.09.30.~1927.05.13.) 1~200회(완결)	鳥山香葉	おくみ法界坊 (1930.09.02.~1930.10.31.) 129~185회(완결, 이전지면유실)	大河內翠山
血潮は燃ゆる (1927.05.14.~1927.06.30.) 1~47회(이후 지면유실)	鳥山香葉	血繩妖呪 (1930.11.02.~1931.02.28.) 2~106회(전후 지면유실)	香川春夫
新小說 リラの花 (1928.01.01.~1928.07.31.) 85~287회(전후 지면유실)	大平野虹	소설		
		작품명(연재시기)	작가명
新作小說 燃ゆる瞳 (1928.08.02.~1928.12.16.) 1~130회(완결)	平野止夫	新小說 光明の礎 (1929.08.07.~1929.12.30.) 1~138회(이후 지면유실)	山田旭南
新小說 毒蛇は狂ふ (1928.12.17.~1929.08.06.) 1~224회(완결)	秋津太郎	性愛小說 毒薔薇 (1930.09.02.~1930.12.13) 219~316회(완결)	羽太鋭治

펼쳤던 점[12]과 크게 비교된다.

둘째, 『조선시보』 소재 연재소설 작가들 중 오자키 고요(尾崎紅葉)의 문하생(門下生)이 많았다. 알려진 바와 같이 오자키 고요는 일본 메이지기(明治期)에 의고전주의(擬古典主義) 문학을 표방하며 야마다 비묘(山田美妙), 이시바시 안(石橋思案) 등과 함께 이른바 겐유샤(硯友社) 문학 동인을 설립한 작가이다. 야나가와 슌요(柳川春葉)를 비롯하여, 미시마 소센(三島霜川), 오구리 후요(小栗風葉), 기타지마 슌쇼쿠(北島春石), 마에다 쇼잔(前田曙山), 에미 스이인(江見水蔭) 등, 1910~1920년대 『조선시보』의 연재소설을 집필한 주요 작가들이 오자키 고요의 문하에서 겐유샤의 동인으로 활동하였다.

셋째, 『조선시보』의 연재소설을 집필한 작가들의 대다수가 일본 내에서 활동할 당시 성공을 맛본 적이 있었으나, 점차 문단의 주류에서 멀어져서 작가로서 부침을 겪었다. 특히 겐유샤 문학 동인이었던 작가들은 한때 일본 문단을 장악했던 겐유샤의 문학이 러일전쟁 이후 자연주의문학운동의 여파와 다이쇼(大正)시대의 새로운 문학풍토에 밀려나면서 점차 일본 내 독자들의 관심에서 멀어지게 된다. 이후 기자로 전직하거나 동화작가, 대중소설작가 등으로 변신하는 등의 변화가 있었다. 이들이 문단의 주류에서 벗어나 일본 내에서 작가로서 주목받지 못하게 되면서 『조선시보』의 소설을 담당하게 되는데, 이러한 작가들이 『조선시보』에 새롭게 연재한 작품이 일본에 거의 소개되지 않았다는 점도 특기할만하다.

---

12) 『매일신보』 연재소설 총 목록 참조. 이희정(2008), 『한국근대소설의 형성과 『매일신보』』, 소명출판, pp.321~360.

넷째, 『조선시보』에는 1면과 4면에 소설과 강담풍 소설이 배치되었으며, 연재물이 게재된 각각의 지면에 사실적으로 그려진 삽화가 큼직하게 덧붙여져 있다. 「회한(悔恨)」, 「의인과 가인(義人と佳人)」, 「마르지 않는 소매(かわかぬ袖)」, 「풋사랑(あだなさけ)」, 「의리를 다하다(義理盡め)」 등 당시의 일본인의 생활과 연애, 의리, 인정을 강조한 풍속소설 풍의 현대물(現代物)과 「협객 하타모토 곤자(俠客旗本權三)」, 일본 센고쿠 시대의 전설적인 무장을 그린 「역사소설 사나다 유키무라(歷史小說 眞田幸村)」, 전국시대의 검객이야기 「무도의 신 가네마키 지사이(武道の神鍾捲自齋)」 등 일본 무인들의 무용담으로 이루어진 시대물(時代物) 모두 삽화로 일본인의 생활과 풍속을 자세하게 묘사하고 있으며, 이를 통해 일본의 문화와 정서가 시각적으로 강렬하게 각인되었다.

아래의 인용에서 보는 바와 같이, 시대물에는 무사의 일본식 복장과 전투장면 등이 상세하게 그려져 있으며, 현대물에서도 등장인물의 의복(기모노, 하오리 하카마, 유카타), 머리모양(일본식 올림머리), 가옥 및 방의 구조(후스마, 병풍), 이동수단 등 당시 일본인의 면모와 생활상이 자연스럽게 묘사되어 있다.

「고달픈 신세(憂き身)」(1918.09.26. 1면)[13]

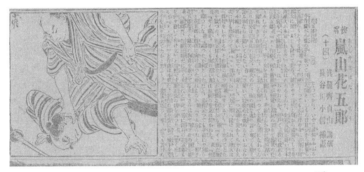

「협객 아라시야마 하나고로(俠客 嵐山花五郎)」(1920.03.13. 4면)[14]

위의 삽화를 통해 알 수 있듯이, 1918년 9월에 연재된 오구리 후요의 「고달픈 신세」에서는 1910~20년대 일본인의 생활과 가치관을 크게 변모시킨 다이쇼 데모크라시의 영향을 받은 서양식 신문물(양산, 학생복, 서구식 남녀 양장, 수영복, 카페, 신여성, 여급, 타이피스트 등의 직업군)이 반영되어 있으며, 일본의 전통과 근대의 신문화가 혼재되어 있

13)『朝鮮時報』, 1918年9月26日字, 朝鮮時報社, 국사편찬위원회 한국사데이터베이스 (http://db.history.go.kr)

14)『朝鮮時報』, 앞의 신문, 1920年3月13日字.

는 당시의 일본사회가 그대로 표현되어 있다. 강담사 신류사이 데이스이(眞龍齊貞山)가 1920년 2월 말부터 구술(口述)한 「협객 아라시야마 하나고로」에는 일본 무인의 머리 모습과 복장, 칼로 상대를 제압하는 장면 등이 인상적으로 그려져 있다.

다섯 째, 연재소설의 제목 뒤에 '무단 상연 상영 금지(禁無斷上演上映)' 또는 '무단 상연 영화화 금지(禁無斷上演映畫化)'라는 문구가 붙어 있는 경우가 많다. 「신소설 독사는 미치다」, 「신소설 사랑을 갉아먹다(愛を蝕む)」, 「에도 비장홍원비록 지옥가도」 등 다수의 연재소설에 무단으로 상연, 상영을 금지한다는 주의(主意) 문구를 제시하고 있어, 당시 일본의 연극 및 영화산업이 일제강점기의 조선에 진출해 있음을 알 수 있다. 실제로 야나가와 슌요의 「동포(同胞)」와 「협객 아라시야마 하나고로」를 비롯하여 『조선시보』에 연재된 다수의 소설과 강담이 신파 연극 및 영화로 각색되어 극장에서 상연 또는 상영되었다.

4. 근대 초기 부산 발행 일본어 민간신문 연재소설의 특징

현재 남아있는 『조선시보』의 지면 중 가장 오래된 1914년 11월 4일자의 지면을 찾아보면, 1면 5단에 현대물인 신소설 「회한(悔恨)」[15]이

---

15) 1910년대 초기의 지면은 유실된 부분이 많아 「회한」의 최종회를 알 수 없으며, 1914년 12월과 1915년 1월의 지면이 남아 있지 않아 11월 28일 1면의 56회까지 확인된다. 「회한」은 『매일신보』와 마찬가지로 1면에 배치되어 있고, 대부분의 연재 지면에 삽화가 곁들여져 있다.

게재되어 있다. 저자는 겐유샤 동인인 미시마 소센이다. 소센은 오자키 고요를 사사하고, 한때 「해부실(解剖室)」(1907), 「평민의 딸(平民の娘)」(1907) 등의 소설을 발표하면서 일본에서 중견작가로 자리를 잡았으나 이후 계속된 부진으로 가정소설, 통속소설을 옮겨갔다. 『조선시보』에 「회한」을 연재할 무렵 소센의 일본 내에서의 활동은 두드러지지 않으며, 1920년대에 아동용 역사소설, 연극평론 등의 작품을 남겼을 뿐이다.

한편 『조선시보』 1915년 2월 3일자 2면과 2월 4일자 2면에는 "연재소설 「회한」이 독자들의 박수갈채 속에서 대단원을 고하고 이번에는 현대소설의 대가"[16] 오구리 후요의 「의인과 가인」을 연재할 것이라는 "신소설 예고"[17] 기사를 싣고 있다. 하지만 1915년 2월 5일 1면부터 「의인과 가인」[18]의 연재를 시작한 후요 역시, 한때 일본의 유명작가였으나 그 무렵 일본에서는 두각을 나타내지 못하고 있었다. 새로운 문학사조의 유행과 신진작가들의 출현으로 후요는 1910년 이후에는 도쿄를 떠난 상태이다. 「의인과 가인」에 이어 1918년 9월에 『조선시보』에 「고달픈 신세(憂き身)」를 연재하지만 일본에서는 작가로서의 활동이 드러나지 않는다.

1929년 8월 『조선시보』에 「광명의 해변(光明の磯)」을 연재한 소설가 야마다 교쿠난(山田旭南)도 한때는 일본 신소설 제5회 현상소설(1899)에 최고점으로 입선하지만 『조선시보』에 연재소설을 발표하는

---

16) 『朝鮮時報』, 앞의 신문, 1915年 2月 3日 字.

17) 『朝鮮時報』, 앞의 신문, 1915年 2月 4日 字.

18) 1915년 4월의 지면은 4월 14일의 지면 중 일부만이 남아있어 「의인과 가인」 역시 「회한」과 마찬가지로 최종회를 확인할 수 없다.

1920년대 후반에는 일본에서 두각을 나타내지 못하고 있다. 이외에도 『조선시보』에는 일본에서 크게 알려진 바 없는 무명에 가까운 오리 산진(鶯里山人)과 구라토미 사큐(倉富砂邱)가 각각 「역사소설 사나다 유키무라」와 「히나의 목소리(雛の聲)」를 연재한다. 1920년대 중반 이후 『조선시보』에 소설을 연재한 시마카와 시치세키(島川七石), 도리야마 가요(鳥山香葉), 오히라 야코(大平野虹), 아키쓰 다로(秋津太郎) 등도 크게 알려진 바가 없으며 일본 근대문학사에서 특별히 주목받지 못한 것 같다. 그리고 1917년 7~10월에 「마르지 않는 소매」와 「의리를 다하다」를 쓴 시노하라 레요(篠原嶺葉)는 일본에서 오락 본위의 통속소설을 쓰던 작가이다. 「풋사랑」을 연재한 기타지마 슌쇼쿠도 『규슈일보(九州日報)』에 「소망(望)」을 게재한 바 있지만, 이후 대필 작가로 생활을 이어갈 정도로 작가로서 힘든 삶을 살았다.

이러한 『조선시보』 연재소설의 내용 및 작가 선정과 관련된 특징은 1910~20년대의 『부산일보』 소재 연재소설에서도 찾아볼 수 있다. 『조선시보』와 마찬가지로 부산지역에서 발행된 일본어신문인 『부산일보』는 현재 남아 있는 1914년 12월 1일~1944년 3월 31일의 총 기사 약 429,603건 중 3,338건이 소설 지면이다. 『조선시보』에서는 시대물과 현대물을 구분하여 현대물은 1면, 시대물은 4면에 연재하였으나, 『부산일보』는 내용이나 장르의 구분 없이 주로 4면에 소설을 싣고 있다는 차이점도 보인다. 하지만 『부산일보』에 연재된 소설의 내용 역시 일본의 무사, 협객들의 영웅담 또는 전투장면 중심의 활극이거나, 통속적인 연애 이야기가 다수를 차지한다.

현재 확인할 수 있는 『부산일보』의 가장 오래된 지면인 1914월 12월 1일자 조간에는 전국시대(戰國時代)의 무사 스스키다 하야토노쇼

(薄田隼人正)의 전기(傳記)를 강담사(講談師) 쇼린 하쿠치(松林伯知)가 소설풍으로 각색한 작품을 연재하고 있다. 1915년 7월 2일에는 일본의 만담(落語)을 각색한 강담「실화 새벽에 우는 까마귀(明鳥)」시리즈가 시작되고,「해마(龍のおとし子)」라는 강담 풍의 단편소설이 이어진다. 이후에도「다치바나 가문의 세 무사(立花三勇子)」,「나니와의 세 협객(浪花三俠客)」,「막부 말 비화 해가 저물다(幕末秘談 天日闇し)」,「질풍무도(疾風武道)」,「자객 지라이야(兒雷也)」,「역사소설 반야히메(歷史小說般若姬)」,「호걸 검술가 구메노 헤나이(豪傑粂の平內)」,「의협 검객 고토 한시로(義俠劍士後藤半四良)」등 무사, 협객, 검객들의 영웅담을 싣고 있으며,『부산일보』의 마지막 연재소설인 노무라 고도(野村胡堂)의「곤 추스케(金忠輔)(73회)」(1944.3.31. 조간 4면)에 이르기까지 강담, 만담, 전기, 가부키 등을 각색한 영웅담의 비중이 높다. 현대물 역시『조선시보』와 마찬가지로「남자 출입금지(男きんせい)」,「결혼까지(結婚まで)」,「생각하는 가운데(思ふなか)」,「사랑은 슬프다(愛は悲し)」,「사랑과 연애(愛と戀)」,「사랑의 소용돌이(戀の渦卷)」,「유부녀(人妻)」등 불륜, 연애와 같은 사랑이야기를 주로 담고 있다. 또한 일본에서 대중문학의 새로운 영역을 개척한 노무라 고도(野村胡堂)의 소설이 이 시기에『부산일보』에 연재되기도 한다.

한편『조선시보』와『부산일보』는 비슷한 시기에 동일한 작가의 작품을 각각 연재하거나, 유사한 내용의 강담을 두 신문에서 각각 각색하여 싣고 종종 있다. 현대물에서는 1916년에『부산일보』에서「남자 출입금지」를 연재한 에미 스이인이 1921년에는『조선시보』에서「소설 비행소녀(小說 飛行娘)」를 연재하였다. 에미 스이인의「소설 비행소녀」는 그가 기존에 발표한「飛行の女」(1912)를 전재(轉載)한 것으로 추정되나, 전성기 이후의 작품인「飛行の女」가 일본에서 인기를 끌었던 흔적은 찾기 힘들다. 통속소설 작가인 기타지마 슌세키는 1918년 1~4월에 걸쳐「소망(望)」과「풋사랑」을 각각『부산일보』와『조선시보』에 실었다. 시대물에서도 같은 작가가 비슷한 시기에『부산일보』와『조선시보』에 각각 강담을 연재하는 경우가 많은데, 강담사 사카모토 후가쿠(阪本富岳), 묘유켄 하쿠치(猫遊軒伯知)가 동일한 내용을 각색한「신강담 소용돌이 속의 고만」,「자객 지라이야」,「역사소설 반야히메」등의 작품을 두 신문에서 각각 연재하였다.

　이와 같이 전성기가 이미 지났거나 일본 내에서 크게 주목받지 못한 일본작가들이 1910~20년대에 '식민지'에서 발행하는 일본어 신문의 연재소설 작가로 활동하게 된 점에 대해서는 일제강점기의 정치적인 상황이 작용하고 있음을 알 수 있다. 알려진 바와 같이『조선시보』의 발행사인 조선시보사(朝鮮時報社)는 일본의 우익 정치결사인 구마모토국권당(熊本國權黨) 계열의 지방신문인『규슈일일신문(九州日日新聞)』에서『조선시보』의 편집자로서 파견된 아다치 겐조(安達謙藏)가 만든 한성일보사(漢城日報社) 계열의 합자회사이므로 구마모토국권당이 근대 초기 부산의 언론에 직, 간접으로 영향을 미치고 있었을 것으로 추량할 수 있는 것이다. 이른바 구(舊) 문학에 속하는 겐유샤 동인 작가들이 집필한 풍속소설 풍의 소설을 연재함으로써『조선시보』의 주된 독자층인 부산거주 일본인들의 향수를 자극하고 고국인 일본의 정취를 전해주고 있기 때문이다. 부산에 이주한 일본인들이 생활의 터전인 조선과 거주지 부산의 문화와 풍속을 외면하는 경우가 많은데 이와 더불어 조선인에 대한 정치적, 경제적, 문화적 우월감을 느끼는 수단으로써 일본작가들의 '소설'이 활용되고 있었던 것이다. 그 연장선상에서 앞서 언급한 1918년 4월『조선시보』의 '소설'란의 연재된 야나가와 슌요의 「동포」는 조선으로 이주한 부산 거주 일본인 '동포'들의 향수를 불러일으키기에 충분하다.

이들 부산 거주 일본인 '동포'들은 1910년 일제 식민정책의 일환으로 시행된 일본인의 조선 이주정책으로 부산에 정착하였다. 총독부가 주축이 되어 일본인의 조선 이민을 장려한 결과 부산의 일본 이주민 수가 크게 증가하게 되는데, 당시 부산은 경성, 인천 등과 다른 독특한 이중도시의 구조를 띠고 있어 다른 도시보다 일본인 거류민의 비율이 훨씬 높아졌다.[19] 이들 부산 거주 일본인과 일본어 독해가 가능한 자가『조선시보』와『부산일보』의 주된 독자층을 이루게 되고, 신문연재소설을 매개로 일본정서를 향유하고 널리 퍼트림으로써, 일제강점 초기 모던도시 부산은 조선의 전체 이주지 중에서 두드러지게 일본에 대한 향수를 불러일으키는 도시로서의 이중성을 내포하게 된 것이다.

5. 맺음말

이와 같이『조선시보』와『부산일보』 소재 연재소설을 비교해 보면, 공통적으로 일본에 대한 향수와 정서적 동경이 강하게 표출되어

---

19) 1924년의『釜山府勢要覽』을 살펴보면, 이 시기 부산 거주 일본인의 수도 증가하여 1912년(大正元年) 공식적으로 부산에는 2만 6천 5백여 명의 일본인들이 거주하고 있었다. 한때 부산 전체 인구의 절반가량을 차지하기도 하였으나, 점차 증가세가 둔화하여 1930년 무렵에는 전체 인구의 1/3 정도를 차지하였다. 釜山府(1924),『釜山府勢要覽』, 釜山府廳, pp.6~8. 조선총독부(1924),『朝鮮に於ける內地人』, pp.6~19.

있으며, 낭만적이고 풍속적인 작풍의 겐유샤 동인 작가들과 통속소
설 작가들의 진출이 두드러진다는 점을 알 수 있다. 또한 『부산일보』
와 『조선시보』에 연재된 소설과 강담 중 여러 작품이 신파조의 연극
및 영화로 각색되어 극장에서 상연되었는데, 이러한 사실은 당시 일
본의 연극 및 영화산업이 부산에 진출하여 일본의 정서와 문화를 확
산시키고 있었던 것과 연결해서 생각해 볼 수 있다.

일례(一例)로 1918년 4~8월에 『조선시보』에 연재된 「동포」가 일
본의 근대극 형식인 신극(新劇)으로 각색되어 그 해 9월 6일부터 부
산좌(釜山座, 1907년 개관)에서 상연된다는 기사가 등장하기도 한다.

1918년 9월 5일자 『조선시보』 3면 기사 일부

위의 예시에서 보는 바와 같이, 1918년 9월 5일자 『조선시보』 3면
의 4단에는 일본의 신극 극단 사사나미카이(漣會)가 9월 6일, 7일 이
틀 동안 "본지 연재소설 동포 6일부터 부산좌에서(同胞劇上演 本紙連
載小說 六日より釜山座へ) 연극공연"[20]을 시작한다는 안내 기사가 실려

---

20) 『朝鮮時報』, 앞의 신문, 1915年2月3日字.

있다. 당시 부산에서는 일본 거류민 지역을 중심으로 상권이 형성되었는데, 이러한 상업 지역에 세워진 부산좌, 욱관(旭館), 행관(幸館), 보래관(寶來館), 상생관(相生館) 등의 극장에서는 대부분 일본의 문예물을 각색한 신파극, 신극, 가부키(歌舞伎) 위주로 상연이 이루어졌다. 활동사진의 시대가 열리면서 일본의 연쇄극을 비롯한 영화 상영도 빈번해지지만, 1910~20년대 부산의 상연관 중 대다수가 일본 자본으로 건축 또는 경영되었으므로 문예를 비롯한 연극 및 영화산업에서도 일본의 입김이 거세게 작용할 수밖에 없었다. 같은 시기 일본에서는 신극이 다이쇼기(大正期)의 이른바 '희곡시대(戲曲時代)'를 구가하면서 근대문학에 기반을 둔 근대창작극의 기틀을 다져가고 있었다는 점을 상기하면, 대중 통속소설 및 강담을 각색한 부산에서의 상연극의 양상은 일본에 의해 조선(부산)의 문화구조가 철저하게 통제되고 있음을 나타내고 있다.

한편 1910~20년대 신문연재소설과 관련하여, 동시대의 일본에서는 자연주의문학을 비롯한 서구의 문학사조가 실시간으로 유입되어 신문의 연재소설 지면에도 큰 변화를 보이고 있다. 같은 시기 『조선시보』와 『부산일보』에 전성기가 지난 겐유샤 출신 일본인 작가나 대중 통속소설 작가의 작품이 소개되고, 강담 풍의 소설 연재가 끊이지 않았던 것과 대조적으로, 당시 일본의 신문 지면에는 이미 근대 작가로서 독자적인 길을 지향하는 나쓰메 소세키(夏目漱石), 모리 오가이(森鷗外), 아쿠타가와 류노스케(芥川龍之介) 등이 다양한 작풍의 소설을 『요미우리신문』 『아사히신문』 등 주요일간지에 실리고 있었기 때문이다.[21] 한글 중앙지인 『매일신보』도 1920년대에는 한국 근대문학의 초석을 다질만한 작품이 발표되기 시작하는데, 부산지역 일본어

신문『부산일보』와『조선시보』는 여전히 일본의 구시대적인 정서를
대변하는 작품들을 연재하고 있어 동시대의 문학적, 문화적 흐름과
대비되는 전근대적인 방향성을 보이고 있다.

앞서 언급한 바와 같이『조선시보』는 조선 최대의 미곡항이자 문
화의 거점인 식민 근대 도시 부산의 특수성을 반영한 상업 일간지이
다. 특히『조선시보』는 상업 경제지의 성격이 강하여 근대 초기 신문
물의 유입을 잘 알 수 있으며, 경제·상업기사, 생활정보·광고기사
를 통해 식민제국 건설에 도움이 되는 근대도시 부산의 일면이 부각
되어 있다. 하지만 신문연재소설 속의 세상은 일본의 전통과 근대가
어우러진 일본 출신 이주민들의 향수어린 공간이었다. 일본적인 정
취가 신문이라는 근대적인 매체를 통해 부산 거주 일본인은 물론,
일본어 독해가 가능한 부산의 지식층에게 확산되고 있어 시사(示唆)
하는 바가 크다. 즉『조선시보』의 지면에는 근대 물질문명의 이입과
수용을 통해 발전하는 1910~20년대의 모던도시 부산과, 제국주의
이데올로기가 반영된 이(異)문화를 수용하게 된 식민문화도시 부산
이 공존하고 있어 근대 초기 부산의 문화적 이중성을 여실히 드러내
고 있는 것이다.

---

21) 메이지 말에서 다이쇼 초기에 걸쳐『아사히신문』에 나쓰메 소세키의「춘분 지나고까
지(彼岸過迄)」,「행인(行人)」,「마음(こゝろ)」,「명암(明暗)」이 연재되었으며, 도쿠다
슈세(德田秋聲)의「짓무름(爛)」(1913),「난폭함(あらくれ)」(1915), 아쿠타가와 류노스케
의「지옥변(地獄変)」(1918), 시마자키 도손(島崎藤村)의「신생(新生)」(1918~1919),
모리 오가이의「시부에 추사이(澁江抽齋)」(1916)가『도쿄니치니치신문(東京日日新
聞)』『오사카마이니치신문(大阪毎日新聞)』등에 연재되었다.

본 논문은 『일본어교육』 제98집(한국일본어교육학회)에 수록된 나승회(2019), 「1910~20년대 부산지역 일본어 신문에 대한 고찰-「조선시보」「부산일보」 소재 연재소설과 근대 초기 부산의 문화적 양상」을 수정, 가필한 것이다.

참고문헌

• 김영민, 「1910년대 신문의 역할과 근대소설의 정착과정-매일신보를 중심으로」, 『현대문학의 연구』 25권, 한국문학연구학회, 2005.

• 박철우, 「신문연재소설 100년, 그 의미와 과제」, 『한국문예창작』 1권1호, 한국문예창작학회, 2002.

• 釜山府, 『釜山府勢要覽』, 釜山府廳, 1924.

• 서영인, 「일제말기 「매일신보」 연재 장편소설 연구」, 『열린정신 인문학연구』, 원광대학교 일문학연구소, 2018.

• 이재선, 『한국 개화기소설 연구』, 일조각, 1985.

• 이희정, 『한국근대소설의 형성과 『매일신보』』, 소명출판, 2008.

• 조선총독부, 『朝鮮に於ける內地人』, 1924.

• 한원영, 「한국개화기 신문소연재소설의 태동과 특성」, 『국어교육』 63권, 한국어교육학회, 1988.

• _____, 『한국 근대 신문연재소설 연구』, 이회문화사, 1996.

• 정진석, 「일제 강점기의 일본인 발행 신문들」[현대사 속의 언론①], 언론도서관 (kpfbooks.tistory.com/687), 2011.2.22.

• 『朝鮮時報』, 1915年2月3日字, 1915年2月4日字, 1918年4月28日字, 1918年9月5日字, 1918年9月26日字, 1920年3月13日字, 朝鮮時報社, 국사편찬위원회 한국사데이터베이스(http://db.history.go.kr)

식민지신문『조선시보』의 연재소설 작가 연구

메이지 유행 작가 오구리 후요(小栗風葉)를 중심으로

이지현

1. 들어가며

최근 식민지 일본어신문 연구의 중요성에 대한 자각과 함께『경성일보(京城日報)』(1906~1945),『부산일보(釜山日報)』(1907~1945),『조선신문(朝鮮新聞)』(1892~1942),『조선시보(朝鮮時報)』(1892~1940) 등의 일본어 신문이 다각도로 주목을 받고 있는 가운데 특히 민간신문으로서 부산지역에서 발행되었던『부산일보』『조선시보』등의 자료적 가치가 평가받고 있다.

이들 민간신문은 총독부 기관지였던『경성일보』가 언론을 통해 식민정책을 펼치는 역할을 했던 것과 달리 지역 언론으로서 식민성, 지역성, 다양성, 다층성을 띄며 현지에서의 식민지 생활상을 구체적으로 드러낸다. 또한 식민지 현장에서 일본인 사회의 동향과 식민지 정책이 어떻게 실현되는지 검토할 수 있는 귀중한 자료이기도 하다.

그중에서도『조선시보』는 일제강점기 부산의 거대 언론이었던『부산일보』에 가리워 그동안 주목받지 못한 편이었지만 이주 초『부산일보』보다 먼저 발간되어 이미 부산 지역에서 자리를 잡고 있었던 초기 식민지 연구에 있어 매우 중요한 자료라 할 수 있다. 그러나 지역 민간신문인『조선시보』에 대해서는 중앙에서 발행된『경성일보』나 지방에서 발행된 타 신문 등에 비해 연구가 미비하여 아직 기초적 단계라 할 수 있다.

본 연구에서는 신문 발행 수 증대에 중요한 역할을 했던『조선시보』의 문예란에 대해 주목하고자 한다.[1] 이는 식민지 문화 정책을 위한 목적을 가진 기관지 신문에 비해 주제 선정이나 기대 역할에 있어 자유롭고, 민간신문인 특징으로 인해 연재 소설을 신문의 발행 부수와 관련한 경제적 이익의 측면에서 살펴볼 수 있다는 점에서 구별된다고 할 수 있다.

한편, 일본에서 신문소설이 열광적 인기를 얻었던 1900년 전후는 신문소설의 시대라 할 만큼 소설이 융성하던 시기로 신문사들은 단순한 예술과 지식의 향유의 측면에서가 아니라 신문 독자를 끌어들여 발행 부수를 늘리기 위한 수단으로 연재소설을 적극 활용하였다.

『조선시보』또한 발행 부수를 늘려 지역의 영향력 있는 언론으로 자리 잡기 위해 인지도 있는 유행 작가를 섭외하는 등 문예란에 공을

---

1) 지금까지『조선시보』및 지역 민간신문의 문예란에 대한 연구는 홍선영(2003)「일본어신문『조선시보(朝鮮時報)』와『부산일보(釜山日報)』의 문예란연구-1914년~1916년」『日本學報』57, 한국일본학회, pp.543~552. 유재진(2017),「러일전쟁과 일본어 민간신문『조선일보(朝鮮日報)』의 문예물1-코난 도일 작「프랑스 기병의 꽃」을 중심으로」,『比較日本學』41, 한양대학교 일본학 국제비교연구소, pp.169~184. 등 외 극히 소수이다.

들인 것으로 보인다. 특히『조선시보』의 연재 소설란에, 메이지 시대 일본 중앙 문단에서 활약했던 유행 작가 오구리 후요(小栗風葉)의 알려지지 않은 소설이 발견되어 주목을 끈다. 이에 일본의 대표적 신문 소설 작가인 오구리 후요가 지역의 상업신문이었던『조선시보』에 게재한 사실과 관련하여 연재소설을 둘러싼 신문의 언론 상황 및 작가의 사정 등에 대해 고찰해 보고 오구리 후요가 연재한 소설「고달픈 몸(憂き身)」(1918.9.1.~1918.9.30.?)의 고찰을 통해 일본에서 발신된 신문 소설의 문화가 식민지 조선에서 어떻게 수용되고 이어졌는지 살펴보도록 하겠다.

『조선시보』는 1894년부터 발간되었지만 보존되어 있는 지면은 1914년 11월부터이며 초기에는 곳곳에 결호가 발생하고 가독성도 좋지 않아 자료로서 완전하지는 않은 편이다. 그러나『조선시보』가 영향력 있는 신문으로 성장하기 위해 발돋움을 하던 1910년대에서 1920년대 초가 중요한 시기인 만큼 이 시기 연재 소설란을 중심으로 고찰해 나가고자 한다.

2. 근대 신문과 연재소설의 역할

1900년도 전후는 일본『요미우리신문(讀賣新聞)』을 비롯해 신문소설이 융성을 이루던 시대였다. 독자들에게 알려진 유명한 근대 소설들, 즉 오자키 고요(尾崎紅葉)의「금색야차(金色夜叉)」(1897~1902,『讀賣新聞』) 고스기 덴가이(小杉天外)의「악마의 바람 연애 바람(魔風恋風)」(1903,『讀賣新聞』), 나쓰메 소세키(夏目漱石)의「마음(こゝろ)」(1914,『朝

日新聞)』)과 같은 소설 등은 대부분 신문 연재로 발표된 것이었다.

당시의 신문들은 상업적 기반을 구축하여 대량의 정보를 발신하는 매스미디어로 성장해 가려는 목표를 가지고 있었다. 그를 위해서는 고정적으로 신문을 구독하는 많은 독자들이 필요시 되었다. 청일전쟁을 보도하면서 각 신문사는 발행 부수를 증가시켰으나 그 후 발행 부수를 유지시키기 위한 수단으로 매일 연재되며 독자의 흥미를 끌 수 있는 신문소설이 중요한 역할을 했다.[2] 신문사는 광고를 마다하고 매일 많은 양의 소설을 연재했다. 신문 연재소설로 많은 작품은 발표한 기구치 간(菊池寬)은 신문소설의 존재 의의를 다음과 같이 설명하고 있다.

현재 신문 저널리즘에 있어서의 신문 소설의 존재 의의는 실로 절대적인 것이다. 신문 소설이 독자를 흡인하는 매력은 실로 우리가 상상하는 이상으로 위대한 역할을 하고 있다. 오늘날 신문 독자들은 하루라도 신문 소설을 떠날 수 없는 듯 보인다.[3]

메이지 시대 신문소설의 최고 베스트셀러인 오자키 고요의 「금색야차」는 『요미우리신문』에 연재되어 독자의 열렬한 지지를 받았다는 것은 널리 알려진 사실이다. 「금색야차」 때문에 『요미우리신문』을 구독하는 독자들이 늘어나 신문 발행 수 증가에 큰 기여를 하고 신문의 지방 구독자들도 증가하는 현상을 낳았다고 한다.[4] 또, 고요

---

2) 關肇(2007), 『新聞小說の時代』, 新曜社, p.231.

3) 菊池寬(1995), 「連載小說論」, 『菊池寬全集』22, 高松市菊池寬記念館, p.239.

4) 關肇(2007), 전게서, p.57.

의 뒤를 이어 고스기 덴가이가 연재한 청춘 소설「악마의 바람 연애 바람」의 경우 그 열렬한 인기로 인해 신문의 재판을 찍는 사태도 일어났을 정도였다.

한편, 대외 팽창 정책, 제국의 확장과 함께 일본인들은 식민지인 조선, 만주 등으로 건너가 정착하여 살면서 신문을 발행하게 된다. 1892년 7월 11일 식민지 지역 도시 부산의 거류 일본인들을 대상으로 발간된『조선시보』는 일제강점기 기간에 발행된 일본어 신문 중 발행부수 2위를 자랑했던『부산일보』[5]보다 1910년대까지 발행부수 및 경영 규모에서 앞서 초기에는 미디어로서 영향력도 컸던 것으로 보인다. 1910년 말 1일 평균 발행 부수는『조선시보』가 2,412부로『부산일보』의 2400부 보다 앞서고 있으며[6] 상업, 무역 및 경제 관련 기사 중심의 상업신문으로 출발하여 해외소식, 일본 내 소식, 부산의 정치, 경제, 사회, 문화, 사건 등을 다루고 있었다.

또한 상업신문임에도 하루 1회, 혹은 2회씩 연재소설이 꾸준히 게재되고 있었으며, 〈독자 문예(読者文芸)〉〈시보 배단(時報俳壇)〉〈시보 시림(時報詩林)〉〈단가(短歌)〉 등도 다루고 있어 문예적인 면이 상당히 활성화 되어 있는 것을 볼 수 있다. 또 당시 신문의 연재 소설란에서 독자의 주목을 끄는데 중요한 역할을 했던 삽화를 빠뜨리지 않고 곁들이고 있어『조선시보』가 문예란에 공을 들이고 있었음을 알 수 있다.

앞서 언급했듯 이러한 연재소설은 단지 지식과 문화의 향유나, 계

---

5) 일제강점기 기간『부산일보』는 발행부수 3위, 광고수 2위의 거대 언론이었다. 홍순권, 전성현(2013),『일제시기 일본인의『釜山日報』경영』, 세종출판사 p.7, 53.

6) 조선총독부(1910),『조선총독부통계연보』, p.656.

몽의 역할 등을 넘어서 신문의 고정 독자들을 확보하여 발행 부수를
유지시켜 기반을 구축하는데 있어 중요한 역할을 하였다. 신문사들
마다 신문명은 달라도 정치, 경제, 사회 등의 기사가 거의 동일했던
상황에서, 신문의 연재소설이 어떻게 독자를 더 강하게 흡인하는지
에 따라 신문의 판매고가 달라졌던 것이다.[7] 신문사는 이러한 분명
한 목적의식에 따라 연재소설을 게재했으며 독자를 끌어들일 수 있
는 소설을 필요로 했다.

　　신문 연재소설의 융성기였던 1910년대는 한국 강제 병합 후『조선
시보』가 본격적으로 성장하는 시기였는데 이 시기『조선시보』의 연
재소설은 신문 미디어의 양적 성장에 있어 더욱 중요한 의미를 가졌
던 것으로 보인다.

3. 정착기의 『조선시보』와 연재소설 작가

　　그러면 연재소설이 신문 독자를 끌어들이는데 중요한 역할을 했
다면『조선시보』의 연재 소설란에는 어떤 작가들의 소설이 게재되었
을까. 1900년대 일본에서는 신문 소설이 융성기를 맞아 신문사마다
독자 획득에 치열한 경쟁이 있었고 인기 작가를 섭외하는 것은 중요
한 일이었다. 식민지 언론인『조선시보』의 연재소설 작가를 살펴보
기 위해 현재 남아 있는 신문 자료는 1914년 11월부터로 1910년

---

　7) 한원영(2017),「신문소설의 특징」,『매일읽는 즐거움-독자가 열광한 신문소설展』,
　　국립중앙도서관, p.23.

대~1920년대 초의 신문 기사를 위주로 주요 작품을 살펴보면 다음
의 [표 1]과 같다.

　[표 1]에서 보듯 신문 소설 연재를 한 작가 중에는 대중소설을 주
로 쓴 기타지마 슌세키(北島春石)와 입지소설(立志小說)[8]을 쓴 호리우
치 신센(堀內新泉) 등과 같이 일본 중앙 문단에서 활동하며 알려진 작
가들이 보이고, 또한 일본 문단에서 이름을 찾기 어려운 오리 산진
(鶯里山人)과 같은 작가도 있어, 일본이 아닌 식민지 한국에 거주하며
문예 활동을 한 작가들이 있었던 것으로 보인다.

[표 1] 1910~1920년대 초『조선시보』연재 소설 주요작가와 작품

작가명	작품명	연재기간
三島霜川	「悔恨」	(1914.11.2.~1914.11.28.)
小栗風葉	「義人と佳人」	(1915.2.5.~1915.3.31.)
堀內新泉	「立志小說 故鄕」	(1915.8.1.~?)
鶯里山人	「歷史小說眞田幸村」	(1916.7.1.~1916.7.28.)
北島春石	「仇なさけ」	(?1918.2.11.~1918.4.13.)
柳川春葉	「同胞」	(1918.8.1.~1918.8.24.)
小栗風葉	「憂き身」	(1918.9.2.~1918.9.30.?)
倉富砂邱	「雛の声」	(1920.3.15.~1920.4.30.)
前田曙山	「夕化粧」	(1921.5.21.~1921.10.21.)
江見水蔭	「飛行娘」	(?1921.10.28.~?)

　또한 메이지 시대에 활약한 겐유샤(硯友社) 동인 출신의 작가들, 즉
미시마 소센(三島霜川), 오구리 후요(小栗風葉), 에미 스이인(江見水蔭),
야나가와 슌요(柳川春葉) 등이 보여 눈길을 끈다. 대중 소설로 유명한

---

8) 도쿠토미 로카(德富蘆花) 문하출신의 작가 호리우치 신센(堀內新泉)은 「全力の人」
　「人の友」「人一人」 등 立志伝的小說을 많이 썼다.

오자키 고요(尾崎紅葉)를 중심으로 메이지 20년대 문단의 주류가 되었던 근대적 사실주의 문학 결사인 겐유샤 동인 작가들은 정치성을 배제하고 대중성을 가진 소설을 집필하며 일본 신문 연재 소설계의 중심축이 되고 있었다. 주로 에도 후기의 게사쿠(戱作)와 같은 대중소설을 주로 집필하면서 학생, 교원 등의 지식인층은 물론 상인, 소상공인 등 폭넓은 독자층에게 읽히는 소설을 써서 널리 알려졌다.

신문이 점차 기업화되어 상업성을 추구하게 되면서 신문소설도 예술 소설 보다는 독자를 끌 수 있는 흥미 위주의 소설이 연재되는 것이 통례였다. 특히 메이저 신문인 『요미우리신문』과 같은 大新聞[9]과 달리 상업신문에다 지역의 小新聞에 속하는 『조선시보』의 경우 신문 발행부수 증대가 더욱 중요하여 예술 소설보다는 일본 내 독자들에게 호응이 좋았던 유행 소설을 연재함으로 많은 독자를 확보하려 했던 듯 보인다.

이렇게 일본 내 신문 소설을 주도하고 있었던 겐유샤 출신의 작가들이 식민지 지역 신문에서 발견되는 것은 『조선시보』외에도 부산의 또다른 지역신문 『부산일보』에서도 보이고 있는데, 겐유샤의 에미스이인(江見水蔭)과[10] 「신 금색야차」 등 오락 본위의 통속소설을 주로 썼던 시노하라 레이요(篠原嶺葉)[11], 역시 겐유샤의 오자키 고요와 연

---

9) 大新聞과 小新聞: 메이지 초기에 구별되었던 신문의 두 종류, 大新聞의 경우 지식계급을 대상으로 정론 등을 기사로 수록. 크기는 블랭킷 판(405mm x 546mm)이었고, 小新聞은 서민용의 오락기사를 주제로 하였고 크기는 타블로이드 판(273mm x 406mm)이었다. 하지만 小新聞이 더 잘 팔렸기 때문에 점차 두 신문의 정론, 오락 등 점점 성향의 구분이 없어져 갔다. 『조선시보』의 크기 및 성향은 타블로이드 판의 小新聞에 속한다.

10) 에미 스이인(江見水蔭), 「남자 금지(男きんせい)」(1915.9.21.~1915.1.30)

관성을 지닌 혼다 비센(本田美禅)의 작품[12] 등이 발견되고 있다. 이는 당시 신문소설을 이끌고 있던 겐유샤 관련 소설 작가들이 막 정착하기 시작한 식민지의 지역신문사의 홍보와 구독자 증대를 위해 섭외가 된 것으로 추측된다.

이들『조선시보』와 같은 지역 신문에 예술적 문예가 아닌 독자가 쉽게 읽을 수 있는 통속 소설이 선호되었던 점은 독자층의 성향이 일본 메이저 신문들과 달랐던 측면에서도 주목할 수 있다. 예컨대 『요미우리신문』의 경우 주요 독자층이 문학성을 가진 중류 이상의 지식인들이었던 데 비해[13] 지역 부산의 신문을 읽는 일본인 독자층은 주로 서민에 해당되었던 것이다. 특히『조선시보』가 상업신문인데다 부산으로 이주해 온 일본인들이 지식인 보다는 주로 상업, 하층민에 치우쳤기에 예술성 보다 독자의 흥미를 끄는 통속 소설이 중요하게 취급되었을 것이다.

실제로 부산 거주인의 독서수준에 대해 1925년 10월 27일의『조선시보』기사에 "부산에 있는 일반 민간인의 독서 정도는 매우 저급하고 대부분 유행잡지나 소설 정도에 머무르고 있어 전문적 도서나 학문적인 것은 찾아보기 힘들다"[14]고 기록되고 있으며 또 당시 부산으로 건너 온 일본인의 대부분이 상업, 유통, 서비스업에 종사하여 독자인 일본인이 출신 지역적, 직업적 특수성을 지니고 분석[15]을 참

---

11) 시노하라 레이요(篠原嶺葉), 「의리의 책(義理の冊)」(1916.9.27.~1916.12.30)

12) 혼다 비센(本田美禅), 「사랑의 소용돌이(恋の渦巻き)」(1917.2.11.~1917.4.29)

13) 山本武利, 『近代日本の新聞読者層』關肇(2007), 『新聞小説の時代』 전게서, p.54.

14) 「図書館から見た釜山の読書界—釜山に於ける一般の 「読書程度」は低い」, 『朝鮮時報』(1925.10.27.)

15) 임상민·이경규(2015), 「제국 일본의 출판 유통과 식민도시 부산의 독자층 연구—일본

고하더라도 확연히 알 수 있는 부분이다. 소설 독자층의 성향과 교육 정도에 따라 소설의 질과 형태의 분화도 일어나는 것은 당연한 일이며 신문사로서는 독자의 기호에 맞추고 호기심을 유발하여 계속적으로 읽게 하는 것이 가장 중요한 과제였다.

따라서 『조선시보』와 같은 지역 신문은 우선 독자들에게 구매력 있는 인기 작가의 작품을 확보하는 것이 매우 중요했고, 예술 소설보다는 독자 유인력이 큰 통속 소설이 신문사의 필요에 더 부합하는 콘텐츠라 할 수 있었다. 때로는 소설 연재가 하루 한 번에 그치지 않고 신문의 다른 면[16]에 「역사소설 사나다 유키무라(歷史小說 眞田幸村)」와 같은 역사소설(1916.7.6.제25회부터 보존), 「협객 하타모토 곤조(俠客旗本權三)」(1917.8.25.제1회부터 보존) 「협객 구니사다 주지(俠客國定忠次)」(1916.7.1.제153회부터 보존)와 같이 오락성을 지닌 검객, 협객 이야기 등 역사물도 연재하여 구독자의 흥미를 끌었던 것으로 보인다. 이러한 역사물은 교양과 예술적 취미로서의 소설 작품과 달리, 대중문화 향유의 한 방법으로서 템포가 빠르고 쉬운 문장의 흥미 위주의 읽을거리에 해당하는 것이다.

이러한 특징은 총독부 기관지였던 『경성일보』에 사토 하루오(佐藤春夫), 이부세 마스지(井伏鱒二), 하야시 후사오(林房雄)[17] 등 메이저 순문학 작가들의 작품이 실리고 이들 문학의 대부분이 식민지 문화

인 경영 서점과 염상섭 「만세전」을 중심으로」, 『일본근대학연구』 49, 한국일본근대학회, pp.201~220.

16) 신문 소설은 주로 신문 각 호의 1면과 마지막면(4~6면)에 연재되었다.

17) 佐藤春夫, 「律儀者」1938.~1.7.1.11), 井伏鱒二, 「ユーモア小說」(1937.1.1.), 林房雄, 「1930年の序曲」(1930.1.1.)

정치에 활용될 수밖에 없었던 점과도 대조적인 부분이다.

　한편, 주목을 끄는 것은『조선시보』의 연재 소설 중에 메이지 후기 일본 문단에서 활약한 유행 작가 오구리 후요(小栗風葉)의 소설이다. 후요는 1905~1906년에『요미우리신문』에 연재소설 청춘(青春)」을 연재하며 열광적 인기를 모았지만 1910년 이후 일본 문단에서 점차 잊혀진 소설가라 할 수 있다.

　그의 대표작이 된「청춘」은 "당대 드물게 보는 대작(雄編)"(「甘言苦言」『新潮』(1906.2)) "메이지 문예사의 한 획"(「一年を回顧す」『新声』1906. 12)이란 평을 얻고 또한 1906년에는『파계(破戒)』『풀베개(草枕)』와 함께 당해 소설계의 3대 걸작으로 불리기도 했다.(『早稲田文學』(1907.4.) 또한 작가로서의 인기도 높아 문단 소식란에 자주 오르내렸던 화제의 인물이기도 했는데[18] 이렇게 당시 일본 내지에서의 후요의 위상을 생각하면『조선시보』에 그의 작품이 발견되는 것은 다소 놀랍다. 현재 오구리 후요의 소설은 지역신문 중『조선시보』에만 보이고 있으며 1915년에 연재된「의인과 가인(義人と佳人)」, 1918년의「고달픈몸(憂き身)」과 같은 작품은 지금까지 오구리 후요의 작품 연구사에서 알려지지 않은 자료로 보여, 일본 문학 연구 자료로서도 귀중한 가치를 지닌다고 할 수 있겠다. 오구리 후요의 발간된 소설을 확인하기 위해 현재 작가 오구리에 대해 가장 자세히 설명하고 있는 자료인 『明治文学全集65』[19]의 작가 연보 및 작품 리스트와 작가 연구서인 『評伝小栗風葉』[20] 등을 확인한 결과 두 작품의 기록을 찾을 수 없었

---

18) 大東和重(1999),「文學の〈裏切り〉ー小栗風葉をめぐる・文学をめぐる物語ー」,『日本文學』48(9), 日本文学協会, pp.55~56.

19) 小杉天外, 伊藤整外,『明治文学全集』65(1968), 筑摩書房, p.430.

으며 그 외 일본 근대 자료 및 작품 검색에서도 보이지 않아, 식민지 지역 언론『조선시보』가 오구리 후요를 비롯한 메이지 시대 작가들의 작품을 새롭게 발굴 가능한 자료로서의 가능성도 제시한다고 할 수 있다.

「義人と佳人」　　　　　　　　　「憂き身」

　원래『조선시보』는 창간 광고가『규슈 일일신문』에 실리면서(『九州日日新聞』1894.11.25.「朝鮮時報発刊広告」) 일본에 알려졌는데, 그 후 1926년에는 부산뿐 아니라 조선 전역과 일본, 중국 등 해외에까지 배포되던 신문이었다. 또한 당시 조선 외에도, 일본의 도쿄, 오사카, 후쿠오카, 야마구치 및 중국 기타 지역에서도 200부 이상 발행되었으며 일본 내 지국도 생겨서 도쿄, 오사카는 물론 중소 도시까지 지국 및 지사가 29개소에 달하고 있었다.[21] 이처럼『조선시보』는 1910

---

20) 岡保生(1971),『評伝小栗風葉』, 櫻楓社, pp.344~353.

21) 일본전보통신사(1929),『신문총람』, p.516.『朝鮮外発売新聞紙部数調査表』(1926). 전성현 외,「식민지 '지역언론'에서 '제국언론'으로─신문체제와 지면을 통해 본『조선시보』의 특징과 의미」,『항도부산』37, 부산광역시 시사편찬위원회, pp.365~396. 재인용.

년대 이후 제국 언론으로서 해
외는 물론 일본 내에도 신문 지
사와 지국을 확대하면서 당시
인구 2만의 부산지역에 확고하
게 자리를 잡고 있었기에[22] 일본
내지의 작가들에게도 알려졌을
가능성이 있으나 현재까지 일본
의 작가들이 식민지 조선을 비
롯한 해외에 발표한 작품에 대
한 조사는 미비한 편이어서 이
에 대한 자료 조사, 검토가 필요
한 상황이라 하겠다.

前田曙山 「夕化」(1921.5.20. 1면)

　당시는 일본과 연계가 중요하게 생각되던 시기였기에 이주 일본
인들은 일본 국내 소식에 민감했고 문화적 유행도 곧 영향을 받았는
데, 신문 미디어가 대중적 영향과 소통의 중심에 있으면서 일본 제국
의 작가들이 발신하는 근대적 욕망과 문화는 식민지로 이동되어 갔
다. 또한 대중 소설로 유명한 제국의 작가들은 독자들의 기호에 맞춘
작품을 쓰는데 익숙한 이들이었다.

　한편, 연재소설이『조선시보』의 구매력에 중요한 위치를 가진다
는 점은 위의 그림과 같이 이 신문의 지면 구성에서도 확인할 수 있
을 것이다. 언론사의 얼굴이라 할 수 있는 신문의 1면은 주로 그 언론

---

22)『부산일보』의 경우『조선시보』보다 뒤늦은 1907년에 폐간된 조선시사신보사를 이어
　　받았기 때문에 1910년대 초는 아직 정착 초기 단계였다. 하지영, 「부산일보 영업망과
　　지사 지국의 변화」,『일제시기 일본인의『釜山日報』경영』, 전게서, pp.88~89.)

의 성향을 반영하는 곳으로 대부분 사설과 중요 정치 뉴스, 주요 광고 등이 배치되는 것이 일반적이지만『조선시보』는 중요 정치 뉴스가 실리는 1면에 연재소설이 게재되어 있고, 때로는 4~5면에도 배치시켜 하루 2편의 소설을 연재하기도 했음을 알 수 있다. 반면『부산일보』의 경우 연재소설이 주로 4~6면에 배치되어 있어 대조적이다.

4. 작가 오구리 후요와『조선시보』의「고달픈 몸(憂き身)」

그러면 식민지 조선의 언론『조선시보』의 문예란에 투고를 했던 일본의 작가들의 상황은 어떠했는지 살펴보도록 하자. 러일전쟁 후 일본 문단에서 화려한 활약을 했던 오구리 후요는 이즈미 교카(泉鏡花)와 오자키 고요(尾崎紅葉)의 애제자이기도 했다. 문학에 뜻을 두어 오자키 고요의 문하로 들어간 후「밤 화장(寝白粉)」(『文芸倶樂部』1896.9)으로 문단에서 주목받기 시작했다.

그 후 러일전쟁의 분위기 속에서 1905년 3월부터 1906년 11월까지 약 2년간『요미우리신문』에 약 250회에 걸쳐「청춘」을 연재하여 대중적으로 큰 인기를 얻게 된다. 이는 오자키 고요「금색야차(金色夜叉)」고스기 덴가이의「악마의 바람 연애 바람(魔風恋風)」을 잇는 인기 대중소설로, 당시 화제가 된 '여학생' 출신의 신여성을 주인공으로 한 소설이다. 또한 스승인 고요가「금색야차」를 미완성인 채 작고하자 뒤를 이어「종편 금색야차(終編金色夜叉)」를 집필하기도 했다.

하지만 그는 1907년 이후 작가로서의 지위가 점점 쇠퇴하는데 문하의 제자들[23]에 의한 대작(代作) 사건 등으로 명성을 떨어뜨리고

시대적 흐름인 자연주의 사조에 반하는 작풍 등으로 문단의 관심에
서 멀어지고 난 후 현재까지 후요가 문학사에서 회고되는 경우는
드물다.

중앙 문단에서 탈락한 후에 후요는 소설「극광(極光)」[24] 등을 쓰며
재기를 노리기도 하지만 다시 실패작이라는 평을 받는다.[25] 이후 그
는 1910년경부터 도쿄에서의 중앙 문단을 떠나 도요하시에 은거해
살며 오사카 지방 신문, 나고야 지방 신문[26], 식민지 지역에서 발행
된 지역 언론 등에 소설을 발표하게 되었던 것으로 보인다.

또한 다른 작가도 사정은 비슷하여 겐유샤 출신인 미시마 소센의
『조선시보』연재도 작가의 개인적 상황과 관련성을 가지고 있다. 그
는 오자키 고요의 문하로 들어간 22세에 출세작「메워진 우물(埋れ井
戸)」을 발표하고 1907년에는「해부실(解剖室)」과「평민의 딸(平民の
娘)」을 발표하여 호평을 받으며 중견 작가로서 지위를 얻었으나 다
음 작품으로 기대를 받았던「허무(虛無)」가 혹독한 비평을 받고 창작
활동이 급격히 쇠퇴해 문단에서 탈락하게 된다. 미시마 소센이 문단
의 혹평으로 어려움을 겪고 있을 시기에 그도 식민지 언론인『조선
시보』에 투고하며 창작 활동을 이어갔던 것으로 보인다. 한편 미시
마 소센의『조선시보』발표 작품인「회한(悔恨)」은 현재 일본에도 발
표되어 알려져 있는 것으로 보인다.[27]

---

23) 岡本靈華, 眞山靑果, 中村武羅夫 등.

24)「東京朝日新聞」(1910.11.19.~1911.4.26.).

25) 岡保生(1971),『評伝小栗風葉』, 櫻楓社, p.289.

26) 岡保生(1971), 前揭書, p.290.

27) 三島霜川(2001),『悔恨』, 麻生茂夫.

즉 앞서 살펴봤듯 『조선시보』 등 지역 신문에 투고한 작가들은 대중 소설을 쓰다가 중앙 문단에서는 멀어진 유행 작가들이 많았는데 이렇게 중앙 문단에서 활약했던, "왕년의 문학의 총아"[28]였던 작가들의 투고는 『조선시보』의 입장에서는 좋은 선전 거리가 되어 신문 홍보에 큰 도움이 되고, 또한 중앙 문단에서 멀어진 작가들 입장에서는 집필 생활을 이어나갈 수단이 되었을 것이다. 『조선시보』에서 오구리 후요의 새 연재 소설을 광고하는 기사 내용을 보면, "현대 소설가의 대가" "동경 문단의 작가" "열광할 것" 등의 표현으로 홍보하는 것을 볼 수 있다.

▶신소설 예고
우리 회사는 이번에 "현대 소설가의 대가" 오구리 후요 씨에 집필을 부탁 하여 내일부터 게재할 예정으로.(1915.2.3.)

▶「고달픈 몸」
본지의 신소설. 독자들은 열광할 것.
광고한 대로 이번에 본사 편집부에서 선정한 신소설은 "東都문단"의 작가 오구리후요가.
(1918.8.30.)

---

28) 「小說予告」, 『東京朝日新聞』(1910.11.9.)

당시 유명 신문 소설 작품 즉 「금색야차」, 「악마의 바람 연애 바람」과 같은 히트작은 주로 근대소설에 있어서 가장 기본적인 테마인 연애, 우정, 금전의 문제를 주제로 하면서 대중적, 근대적 욕망을 소설 독자들에게 불러일으키는 것이 유행소설의 주요 특징이었다.

오구리 후요도 주로 연애와 결혼, 대학생, 근대문화 등 대중에게 인기 있는 소재와 또 여학생, 직업부인의 가정생활 등을 주요 관심사로 다루면서 여성의 감수성을 섬세히 묘사하는 작가였다. 또한 여성교육, 여성 직업 등에 대해서 선구적 담론도 만들어가기도 했다. 대표작 「청춘」에는 당시 미디어에서도 주목받던 '재색을 겸비한' '여학생' 시게루(繁)가 등장하지만 결국 가부장제의 틀에 갇히지 않고 식민지의 여성교육을 위하여 외지로 떠난다는 급진적 인물로 그려지며 또한 1909년 『중앙공론(中央公論)』에 발표한 「언니의 여동생(姉の妹)」에서도 하급 관리의 아내인 유부녀이면서 사창가에서 몸을 파는 일을 하게 되는 여성이 등장하지만 '풍속을 저해한다'는 이유로 발매유포 금지 처분을 받기도 했다.[29]

1918년 9월 1일부터 『조선시보』에 연재되어 29회 분이 보존되어 있는 「고달픈 몸(憂き身)」도 여성에 관한 이야기로 백작의 첩으로 팔려 가는 젊은 여성을 주인공으로 하여 사실적 소설 작풍을 이어나가고 있다. 이 소설에서는 계모 오토키(お時)가 의붓딸 나오에(直枝)를 백작의 첩으로 팔아넘기는데 나오에가 이 사실을 알면서도 아버지의 병구완을 위한 돈 때문에 눈물로 아버지 곁을 떠난다는 전형적 통속적 내용의 소설이다. 지혜로운 여성인 나오에의 절절한 여성 심리와 계모 오토키에 대한 분노, 도쿄를 배경으로 등장하는 근대적 인물 및 문화의 묘사 등 독자들이 감정이입 할 요소가 곳곳에 등장한다. 또 이 소설에는 주인공 나오에가 자신이 팔려간 백작 집에서 그의 아들 가즈오(一夫)를 만나게 되는 장면에서 가즈오는 당시 신문소설에서 선망의 표상이었던 제국대학의 제복과 제모를 입고 등장하고 있다. 또한 가즈오의 결혼 상대로 거론되는 신식 교육을 받은 여성(華族の女学校を卒業し、学校での評判であったし、同族間でも噂の高い近頃の立勝った容色と人柄)[30]이 등장하고 서양식 문물 및 문화가 묘사되는 등 당시 일본에서 유행했던 신문소설의 인기 소재가 고루 등장하고 있다.

> 大学と云へば早稲田の生徒に限られてゐるやうなこの邊にはちつと見かけない帝國大学の制服を着けた其の青年は正一の倒れた傍へツカツカと寄つて行つた。[31]

> 田村別莊の西洋館は、夏端になると開けられた。白煉瓦で畳んだイギリス式の自由な建物が、周りの青葉に暗く包まれて、スレート屋根の突角のみが6月の日に光つた。[32]

---

30) 「고달픈 몸(憂きの身)」 25회(1918.9.26.)(화족 여학교를 졸업하고 학교에서 평판도 좋고, 소문날 정도로 뛰어난 용모와 인품을 가진 여성)

31) 「고달픈 몸」 23회(1918.9.23.)(대학이라면 와세다 학생만 봤던 이 근처에서 좀처럼 볼 수 없는 제국대학의 제복을 입은 그 청년은 세이치가 넘어진 쪽으로 성큼성큼 다가왔다.)

32) 「고달픈 몸」 25회(1918.9.26.)(다무라 별장의 서양관은, 여름이 되자 개방되었다. 흰 벽돌로 덮은 영국식 건물이 주변의 푸른 잎으로 뒤덮이고 슬레이트 지붕의 모서리만 6월의 태양에 빛났다.)

나오에는 대학생 가즈오를 만나면서 새로운 전기를 맞는데 가즈오가 아버지인 백작으로부터 그녀를 지켜주겠다는 약속을 하면서 두 사람의 인연도 암시된다. 그러나 「고달픈 몸(憂き身)」의 29회가 실린 1918년 9월 30일자 이후 신문이 1년여 소실되면서 그 후 줄거리는 현재 확인하기 어려운 상태이다.[33]

이 소설은 실패했던 1910년작 「극광(極光)」과 마찬가지로 후요가 신문소설이라는 것을 의식해 대중 독자의 흥미를 끌 요소가 곳곳에 배치되어 통속성이 지나치게 두드러지고 있긴 하지만, 오구리 후요가 자신의 출세작이었던 「청춘」과 같이 당시 유행 소설의 일반적 특징인 제국대학을 다니는 청년과 젊고 예쁜, 여학교 출신의 신여성 등의 코드가 등장하여 대중 소설의 특징을 살리고 있음을 확인할 수 있다. 신도 마사히로(眞銅正宏)는 메이지, 다이쇼 시대 눈길을 끌었던 유행 소설의 특징으로서 여학생을 주인공으로 두는 점을 꼽으며, 당시는 여학생의 풍속을 그리는 것만으로 대중의 주목을 끌 수 있었다고 지적하고 있는데[34], 메이지 다이쇼 시대의 유행 소설의 특징이었던 '여학생'이라는 풍속 묘사가 「고달픈 몸」에서도 읽히는 것이다. 또한 돈 때문에 첩으로 팔려나가는 배금주의에의 경종, 그럼에도 백작으로부터 여전히 순결을 지키고 있는 나오에의 설정, 세련된 서양 문물 묘사 등 인기 있는 소설의 대중적 기호와 근대적 이데올로기를 적절히 활용하여 대중적 문화의 재생산을 이어나간 점을 이 소설을

---

33)『朝鮮時報』1918년 9월 2일~1918년 9월 30일 연재, 이후 1920년 2월까지 신문은 소실됨.

34) 眞銅正宏(1995), 「小杉天外『魔風戀風』/通俗性の問題――明治大正流行小說の硏究 (二)」, 『言語文化硏究』, 德島大學總合科學部, p.17.

통해 확인할 수 있다.

뒤의 나오에의 처지가 어떻게 바뀌는지 확인하기 어렵지만, 「청춘」의 전반부와 같이 버림당하는 수동적 여성의 모습일 수도 있고, 후반부의 여주인공과 같이 자신의 길을 개척하는 모습으로 그려질 수도 있을 것이다. 만약 후자로 전환되는 모습이라면 후요의 기존 소설의 선진적 여성 담론에도 부합한다고 할 수 있을 것이다.

이 소설은 신문소설답게 쉬우면서 템포가 빠른 문장과 독자의 궁금증을 유발하는 부분마다 다음 장면으로 연결되는 점 등 신문소설로서의 기능에 충실한 작품이라 할 수 있다. 또한 고스기 덴가이, 오자키 고요의 소설과 후요의 전작 「청춘」의 통속성이 그러한 것과 마찬가지로 돈, 로맨스 등 독자의 근대적 욕망의 코드를 적절히 투사하고 있는 점도 신문 소설적 특징이라 할 수 있다.

이처럼 『조선시보』는 일본 내 유행 작가의 소설을 게재함으로 대중의 근대적 문화의 향유를 이어나가며 또한 재생산 해 나가는 통로가 되고 있었다. 또한 이러한 특징은 1910년대 일본과 조선에서 대히트한 할리우드 영화 「명금(名金)」의 소설이 1916년에 조선 최초로 『조선시보』에 40회 동안이나 게재되어 읽혔던 것을 보더라도 현저하게 드러난다.[35] 당시 「명금」이라는 영화를 통해 전국적으로 연속 활극 열풍이 일게 되는데 그러한 영화를 조선에 처음 소개한 매체가 부산의 『조선시보』였으니 그만큼 근대 문화 도입에 적극적이고 빠르게 반응했던 미디어임을 알 수 있다.

---

35) 『조선시보』 1916년 7월 22일부터 40회에 걸쳐 영화 소설 『명금(名金)』을 연재하고 있다.

　1910년대는 한국이 강제 병합되고 재조 일본인들이 그들의 세력을 구축해 나가고자 하던 시기였기에『조선시보』는 일본의 신문 연재소설을 통해 일본인 사회 내 영향력을 넓혀가며 성장해 나가고자 했으며 그를 계기로 또한 근대 문화의 이동의 통로가 되었던 것이다.

5. 맺음말

　신문, 잡지와 같은 미디어의 출현 후 신문소설의 유용성이 크게 부각되면서, 단지 지식과 예술을 향유하는 넘어선 신문소설의 역할이 기대되었다. 소설을 통한 문화 정치, 계몽의 기능 외에도 신문의 연재소설은 신문 독자를 끌어들여 판매고를 올리는 수단으로 활용되었다. 개항 도시 부산으로 건너가 신문을 만든 일본인들은 일본 중앙 문단의 작가들을 섭외하여 홍보하며 발행 부수 증대를 꾀했다. 대부분 당시 신문소설을 주도했던 겐유샤 출신의 작가들이 식민지 지역 신문에도 발견되고 있다.

　『조선시보』는 독자들의 호응을 얻기 위해 일반적으로 小新聞이 그러했듯 역사물과 같은 오락 소설을 연재하고, 또 대중적으로 인기 있었던 유행 작가 소설을 연재하였는데 이를 통해 식민지 내 근대 대중 문화의 향유가 이어진 것으로 보인다.

　특히 1900년대 초 일본에서 유명 작가로 활동하다가 문단에서 사라진 오구리 후요의 1910년 이후 작품이『조선시보』에 보이고 있는데 오구리 후요가 그의 출세작「청춘」에서 그려낸 대중소설적 특징은『조선시보』에 연재한『고달픈 몸』에서도 산견되고 있다. 즉, 당시 인기 있는 대중 소설의 특징인 근대적 표상과 욕망이 표현되어 있어 1900년대 일본에서 활동하던 작가가 발신한 제국의 문화가 식민지 조선에서 수용되고 재생산되었던 것을 확인할 수 있었다. 『조선시보』는 언론 영향력을 넓히고 제국 신문으로서 성장하기 위해 이처럼 연재소설란을 적극 활용하고 그로 인해 조선으로의 근대 대중 문화의 이동과 전달 또한 이루어진 것으로 보인다. 대중적 영향력과 문화 소통의 중심에서 민간신문인 『조선시보』는 식민지 조선에서의 근대 문화 및 이데올로기의 대중적 전유와 재생산의 기능 및 역할 또한 담당하고 있었던 것이다.

본 논문은 『日語日文學硏究』 110집(한국일어일문학회)에 수록된 이지현(2019), 「식민지 신문 『조선시보(朝鮮時報)』의 연재소설 작가 연구-메이지 유행 작가 오구리 후요(小栗風葉)를 중심으로」를 수정, 가필한 것이다.

참고문헌

• 임상민·이경규, 「제국 일본의 출판 유통과 식민도시 부산의 독자층 연구-일본인 경영 서점과 염상섭 「만세전」을 중심으로」, 『일본근대학연구』 49, 한국일본근대학회, 2015.

• 유재진, 「러일전쟁과 일본어 민간신문 『조선일보(朝鮮日報)』의 문예물1-코난 도일 작 「프랑스 기병의 꽃」을 중심으로」, 『比較日本學』 41, 한양대학교 일본학국제비교연구소, 2017.

• 전성현 외, 「식민지 '지역언론'에서 '제국언론'으로-신문체제와 지면을 통해 본 『조선시보』의 특징과 의미」, 『항도부산』 37, 부산광역시 시사편찬위원회, 2019.

• 조선총독부, 『조선총독부통계연보』, 1910.

• 홍선영, 「일본어신문 『조선시보(朝鮮時報)』와 『부산일보(釜山日報)』의 문예란 연구-1914년~1916년」, 『日本學報』 57, 한국일본학회, 2003.

• 홍순권·전성현, 『일제시기 일본인의 『釜山日報』경영』, 세종출판사, 2013.

• 한원영, 「신문소설의 특징」, 『매일읽는 즐거움- 독자가 열광한 신문소설展』, 국립중앙도서관, 2017.

• 大東和重, 「文學の〈裏切り〉-小栗風葉をめぐる·文學をめぐる物語-」, 『日本文學』 48(9), 日本文學協會, 1999.

• 岡保生, 『評伝小栗風葉』, 櫻楓社, 1971.

• 小杉天外·伊藤整外, 『明治文學全集』 65, 筑摩書房, 1968.

• 關肇, 『新聞小說の時代』, 新曜社, 2007.

• 眞銅正宏, 「小杉天外 『魔風戀風』/通俗性の問題--明治大正流行小說の研究(二)」, 『言語文化研究』, 德島大學總合科學部. 1995.

• 三島霜川, 『悔恨』, 麻生茂夫, 2001.

• 山本武利, 『近代日本の新聞讀者層』, 法政大學出版局, 1981.

• 한국사데이터베이스 http://dbhistory.go.kr

제3부

일본 전통운문장르가
재현하는
제국의 문화

근대의 우타카이하지메(歌会始)와
칙제(勅題) 문예

일제강점기 일본인 발행 신문을 중심으로

이윤지

1. 들어가며

2019년 5월 15일, 일본 궁내청(宮内庁)은 2020년 우타카이하지메 (歌会始)의 주제(お題)[1]가 「望」로 결정되었음을 발표했다. 익년의 주 제는 우타카이하지메 당일에 발표하는 것이 통례이나, 생전 퇴위가 이루어진 금년의 경우 새로운 천황의 즉위 후 결정하여 발표하게 된 까닭에 5월 이후로 연기된 것이다. 헤이세이(平成)의 마지막을 장식 한 「光」와 더불어 새 시대의 막을 여는 첫 주제로서 각종 매체를 통 하여 대대적으로 보도되었다.

헤이안 시대(平安時代) 최초의 칙찬집 『고킨와카슈(古今和歌集)』의

---

[1] 과거와 달리 현재의 'お題'는 사실상 '주제'라기보다 노래에 「望」라는 문자 자체가 포함되면 내용에 제한이 없으며, 「希望」, 「望郷」 등의 해당 문자가 포함된 단어를 사용하거나 「望(のぞ)む」와 같이 훈독하는 것도 허용된다.

편찬으로부터 새해의 주요 황실 행사로 정착한 우타카이하지메에 이르기까지, 천황은 가도(歌道)의 중심적 존재로서의 역할을 수행해 왔다. 특히 메이지 유신(明治維新) 이후의 우타카이하지메[2]는 근대 국민 국가의 형성 과정에 있어 일본 문학의 상징인 와카(和歌)와 가인(歌人)의 대표로서의 천황을 국가주의적 이데올로기와 교묘히 결합시켜 '만들어진 전통'이라 할 수 있다. 그중에서도 우타카이하지메의 운영 및 이를 주도한 오우타도코로(御歌所)의 설치와 관련된 가인들의 다수가 국학자(国学者)였다는 사실은 이 행사가 결코 단순한 궁중 행사의 계승이 아니라 국가 신토(国家神道)에 기반한 천황 중심적 사상에서 출발하고 있다는 점을 시사하고 있다.

메이지 정부(明治政府)는 우타카이하지메의 개최 및 어제(御製)를 공표하고 일반인의 영진(詠進)을 허가하는 등 이 궁중 의례에 국민의 관심 및 참여를 유도하고자 다방면으로 노력했다. 특히 의례의 상세와 어제 혹은 선가(選歌) 등의 공개에 있어 근대적 미디어로 새로이 등장한 '신문'을 효율적으로 활용하여 괄목할 만한 성과를 거두었다.

특히 우타카이하지메의 주제에 해당하는 칙제(勅題)[3]에 대한 사회적 관심은 직접적 영진 외에도 단카(短歌)를 비롯한 한시, 하이쿠(俳句) 등 시작(詩作)의 제목이나 회화, 사진 등 예술 활동의 주제가 되는

---

2) '우타카이하지메(歌会始)'라는 명칭은 1928년 이후 개칭된 것으로, 그 이전에는 '우타고카이하지메(歌御会始)' 혹은 '고카이하지메(御会始)'라 불렸다. 본고에서는 혼동을 피하기 위하여 인용문의 경우를 제외하고 현재 사용되고 있는 '우타카이하지메'로 통일하여 표기한다.

3) 전후(戦後)인 1947년 이후로는 '勅題'가 아닌 'お題'가 공식 명칭이 되었다. 또한 그 주제는 이전의 「春風来海上」, 「春来日暖」 등의 난해한 한문식 표현에 비하여 「あけぼの」, 「春山」 등 평이한 단어로 변화했다. 현재는 「人」, 「野」 등의 정해진 문자를 사용하는 것으로 창작의 자유도를 한층 높이고 있다.

등 다양한 방면에서 나타나고 있다. 그리고 이 국민적 관심을 장려하
고 반영한 매체가 다름 아닌 당시의 신문이나 잡지 등의 미디어였다.
본고에서는 근대에 들어 새로이 정립된 우타카이하지메의 위상 및
기능에 대하여 고찰하고, 소위 내지(內地)를 떠나 활동하던 일본인들
의 칙제에 대한 관심 및 참여에 주목하여, 당시 한반도에서 발간된
일본인 발행 신문을 대상으로 당시 칙제 문예의 양상을 살펴보고자
한다.

2. 오우타도코로 파(御歌所派)와 우타카이하지메

황실을 중심으로 개최되는 새해 첫 가회(歌会)를 지칭하는 우타카
이하지메는 적어도 그 기원을 가마쿠라 시대(鎌倉時代) 중기 이전으
로 보고 있으며, 근대에 들어서의 첫 우타카이하지메는 메이지 천황
(明治天皇) 즉위 이듬해에 해당하는 1869년(메이지 2년)에 실시되었다.
패전 직후인 1946년 폐지되기까지 천황과 황족의 와카 지도 및 우타
카이하지메 관련 사무를 담당한 오우타도코로의 전신인 가도고요가
카리(歌道御用掛)가 1871년(메이지 4년) 궁내성(宮內省)에 설치되었고,
후쿠바 요시시즈(福羽美静), 핫타 도모노리(八田知紀), 곤도 요시키(近
藤芳樹), 다카사키 마사카제(高崎正風) 등의 국학자와 가인들이 발탁
되어 활약했다. 이후 분가쿠고요가카리(文学御用掛), 지주쇼쿠오우
타가카리(侍從職御歌掛) 등 수 차례의 변경을 거쳐 88년(메이지 21년)
오우타도코로로 독립하고 다카사키 마사카제가 소장으로 취임하게
된다.

1869(明治2)	메이지 천황 즉위 후 최초의 우타카이하지메 실시
1871(明治4)	가도고요가카리(歌道御用掛) 설치
1874(明治7)	일반 국민 영진 허가
1879(明治12)	선가(選歌) 제도 실시
1882(明治15)	선가의 신문 발표 시작
1888(明治21)	오우타도코로(御歌所) 설치

오우타도코로를 중심으로 활동한 가인들은 일반적으로 오우타도
코로 파(御歌所派), 궁내성 파(宮内省派)로 불리며 메이지 초기 가단(歌
壇)의 권위로 군림했다. 그러나 『고킨슈』 중시의 전통을 고수하며 니
조 파(二条派), 게이엔 파(桂園派)의 흐름을 계승한 이들의 보수적, 관
념적인 가풍은 메이지 30년을 전후로 근대 단카 혁신 운동(短歌革新
運動)을 주도한 요사노 뎃칸(与謝野鉄幹), 마사오카 시키(正岡子規) 등
에 의하여 신랄한 비판의 대상이 되어, 마사오카 시키는 1898년(메이
지 31년) 2월부터 3월에 걸쳐 신문 『일본(日本)』 지상에 서간 형식으로
연재한 평론 「가인에게 드리는 글(歌詠みに与ふる書)」에서 다음과 같
이 역설한 바 있다.

　田舎の者などは御歌所といへばえらい歌人の集り、御歌所長といへ
ば天下第一の歌よみの様に考へ、從てその人の歌と聞けば、讀まぬ內
からはや善き者と定めをるなどありうちの事にて、生も昔はその仲間の
一人に候ひき。今より追想すれば赤面するほどの事に候。御歌所とて
えらい人が集まるはずもなく、御歌所長とて必ずしも第一流の人が坐
るにもあらざるべく候。今日は歌よみなる者皆無の時なれど、それでも
御歌所連より上手なる歌よみならば民間に可有之候。(하선 필자, 이하
동일)

일찍이 1894년(메이지 27년) 5월『니로쿠신포(二六新報)』에 발표된 뎃칸의「망국의 소리(亡国の音)」와 더불어 오우타도코로 가단을 통렬하게 공박한 소위 '신파(新派)'의 주장은 근대 단카의 향방에 결정적인 영향력을 발휘하여, 현대에 이르기까지 오우타도코로 파의 존재는 새로운 시대의 도래에 밀려나 도태된 '구파(旧派)'로 규정되어 단카 연구 및 감상에 있어 도외시되어 왔다.『와카문학대사전(和歌文学大事典)』의 '구파 와카(旧派和歌)' 항목은 '전통적 유파에 의한 구습의 고수(古習墨守), 제영(題詠)을 중시하며 용어나 가조(歌調)에 제약이 있었다. 결국 신시대의 와카 혁신에 의하여 신파와 교체될 수밖에 없는 역사적 숙명을 지게 되었고, 근대 단카의 확립과 더불어 그 가치를 잃었다'라고 서술되어 있으며, 이러한 인식은 메이지 이후의 와카(단카) 문학의 흐름을 파악하는 데 있어 무비판적으로 수용되었음을 부정할 수 없다. 그리고 구파 가단 및 오우타도코로의 존재에 대한 폄하의 시각과 더불어, 이들이 주도한 우타카이하지메의 문학사적 의의 및 그 정치적, 문화적 기능 또한 연구 시야에서 벗어나 있었던 것이 현실이다. 그러나 유신 직후 가도고요가카리가 설치되고 1874년부터 우타카이하지메의 일반인 영진이 허용되는 등 당시의 '구파' 가인들이 새로운 시대를 맞이하여 자신들의 역할과 와카라는 장르의 가치에 대한 근대적 재정립을 시도했다는 사실을 간과해서는 곤란할 것이다.

오우타도코로의 초대 소장이자 구파 가인의 핵심적 인물이라 할 수 있는 다카사키 마사카제는 1876년 메이지 천황의 오우 순행(奥羽巡幸) 각처에서 봉헌된 민중의 시문을 모아 편찬한『우모레기노하나(埋木廼花)』의 서문에서 다음과 같이 발행 의도를 밝히고 있다.

はた歌奉りけむ人々はおのが心をして常に九重の雲上に侍らはしむ
るに等しければ、いか計か嬉しみかしこみ奉らむ。さあらんには<u>上下の
情實互に通ひ親しまるゝ一端ともなりなんと</u>、頓て其よし聞え上て許
可を蒙り職務のいとまいとまにかくあつめ叙て二卷となし埋木の花と名
づけて獻りぬ。

천황의 순행[4]은 국민들에게 새 시대의 탄생과 군주의 권위를 선전
하기 위한 정치적 행사였음은 언급할 나위도 없다. 이에 수반하여
국민들이 시가를 헌상하는 행위가 상하, 즉 군주와 백성의 진심을
서로 통하게 하는 수단이라고 단정한 다카사키는 '신년 우타고카이
하지메(歌御会始)의 어제를 천하 일반에 포고하여 국민의 영진을 허
가하시고 일일이 예람(叡覧)하시는 것조차 전에 없을 미거(美挙)이거
늘, 나아가 다수의 영진 중에서 우수한 가작 대여섯 수를 덴자(点者)[5]
로 하여금 선정하게 하사 어전에서 더불어 읽도록 하심에 이르니 실
로 가도를 장려하기 위한 성려(聖慮)가 더할 나위 없다고 하지 않을
수 없다'고 칭송[6]한 바 있으며, 실질적으로 이들이 주도한 우타카이

---

4) 메이지 시대 천황의 지방 순행은 무려 97건에 달한다. 그 중 ①1872년 5월 23일~7월
  12일의 긴키(近畿)·주고쿠(中国)·규슈(九州) 순행, ②1876년 6월 2일~7월 21일의 도
  호쿠(東北)·하코다테(函館) 순행, ③1878년 8월 30일~11월 9일의 호쿠리쿠(北陸)·
  도카이도(東海道) 순행, ④1880년 6월 16일~7월 23일의 야마나시(山梨)·미에(三重)
  ·교토(京都) 순행, ⑤1881년 7월 30일~10월 11일의 도호쿠(東北)·홋카이도(北海道)
  순행, ⑥1885년 7월 26일~8월 12일의 산요도(山陽道) 순행을 6대 순행이라 부르며,
  이들 대규모의 순행은 메이지 초기에 집중되어 있음을 알 수 있다.
5) 전통적으로 렌가(連歌)·하이카이(俳諧)·센류(川柳) 등의 고전 시가 분야에서 작품
  의 우열을 판별하고 평점을 내리는 사람을 의미하나, 본문에서는 우타카이하지메의
  선가 결재 담당자를 가리킨다.
6) 高崎正風述·遠山稲子編(1912), 『歌ものがたり』, 東京社, p.79.

하지메의 국민 참여 또한 이와 동일한 맥락에서 시행되었을 것이다.

3. 칙제 및 어제와 영진가―신문의 역할

1870년(메이지 3년) 화족(華族)과 칙임관(勅任官), 1872년(메이지 5년) 판임관(判任官)까지의 영진 허가에 이어 1874년(메이지 7년) 일반 국민의 영진이 가능해졌다고는 하나 당시까지는 사실상 신정부 관계자에 머물렀고, 실질적인 의미에서 일반에 개방된 것은 선가 제도 시행이후 선가가 신문에 발표되기에 이른 1882년 이후의 일이다.

당시 아사히 신문(朝日新聞)의 발행부수 2만 부에서 유추하면 초기의 영진은 일부의 지식인들에 한정된 것이었으리라 추측된다. 그러나 오우타도코로가 설치된 1888년 전후의 영진가는 1만 수에 이르렀고, 20년 후인 1908년 이후로는 3만 수를 상회했다. 황기(皇紀) 2600년에 해당하는 해로 이를 기념하는 문화 진흥책을 대대적으로 장려한 1940년 전후로는 4만 수에 달하게 되며, 일본 국내는 물론 본토를 떠난 재외 국민, 파병 군인의 투고도 상당한 수를 차지했다고 한다.

야나기타 구니오(柳田国男)는 「설국의 봄(雪国の春)」에서 다이쇼(大正) 15년, 즉 1926년 당시의 영진 상황에 대하여 다음과 같이 기술하고 있다.

文學の權威はこういう落ち付いた社會において、今の人の推測以上に強大であった。それを経典呪文のごとくくり返し吟誦していると、いつの間にか一々の句や言葉に、型とはいいながらもきわめて豊富なる內

容がついてまわることになり、したがって人の表現法の平凡な發明を無
用にした。樣式遵奉と模倣との必要は、たまたま國の中心から少しで
も遠ざかって、山奥や海端に行って住もうとする者に、ことに痛切に感
じられた。それゆえに都鄙雅俗というがごとき理由もない差別標準を、
みずから進んで承認する者がますます多く、<u>その結果として國民の趣味</u>
<u>統一はやすやすと行われ、今でも新年の勅題には南北の果から、四</u>
<u>万、五万の獻詠者を出すような、特殊の文學が一代を覆うことになっ</u>
<u>たのである。</u>

'국민의 취미 통일'이라고 표현될 정도로 우타카이하지메를 향한
거국적 참여를 가능케 한 원인 중 하나는 의례의 상세 및 당년의 칙
제, 어제를 비롯한 황족의 노래와 선가가 관보를 비롯한 각 신문을
통하여 발표되었기 때문이다. 어제의 경우 일찍이 1872년부터 신문
에 공개된 것을 확인[7]할 수 있으며, 지방 순행과 마찬가지로 천황의
존재 및 어심(御心)을 선전하기 위한 수단으로 활용되었다.

국민의 영진은 해마다 급속히 증가했으며, 일반적으로 6, 7수에
불과한 선가에 포함될 희박한 가능성과 더불어 정식으로 영진을 하
지 않더라도 개인적으로 단카나 하이쿠, 한시 등을 창작하거나 사진,
그림 등의 주제로 활용하는 등 다양한 분야에서 폭넓게 칙제에 대한
관심이 두드러졌다. 이와 같은 분위기를 반영하여 신문 및 잡지에는
신년을 전후하여 다수의 칙제 관련 문예물이 투고되었으며, 역으로
신문사나 잡지사 측에서 칙제를 주제로 삼아 신년 문예를 모집하는

---

7) 松澤俊二(2008), 「明治天皇 「御製(ぎょせい)」のポリティクス」, 『日本近代文学』 79, 日
   本近代文学会, pp.60~61.

사례도 나타났다.

4. 한일병합 전후의 초기 일본어 신문과 칙제 문예

본국을 떠나 한반도에서 거주 혹은 활동하던 일본인들도 칙제와 어제, 우타카이하지메에 대하여 내지에서와 다름없는 관심을 가지고 '칙제 문예'에 참여했음을 당시 발행된 신문을 통하여 파악할 수 있다.

1905년 1월 15일에 창간한 『조선일보(朝鮮日報)』에는 제3호에 해당하는 1월 21일자 1면에 「출정 군인의 아회(出征軍人の雅懷)」라는 표제로 당년의 칙제 「新年山」를 노래한 단카가 실려 있다.

> 攻めとりしあだのとりでの山にしてはるかにあふぐ初日子のかげ
> 무너뜨리고 적군의 보루였던 산에 올라서
> 아득히 우러르는 새해 첫 해의 빛

작자 및 출처에 대해서는 '출정근위기병(出征近衛騎兵) 야하시 요시타네(矢橋良胤)[8] 씨가 당항(當港)의 가메다 야소하치(龜田八十八) 씨에게 보낸 서신의 내용'이라고 기술되어 있다. 또한 1907년 11월 3일

---

8) 야하시 요시타네(矢橋良胤)는 1914년부터 1917년까지 『만주일일신문(滿洲日日新聞)』의 편집부에서 근무했으며, 이후 『조선민보(朝鮮民報)』 편집국장, 『평양매일신보(平壤每日新聞)』 사장을 역임하는 등 조선 및 만주의 언론계에서 활동한 인물이기도 하다.

창간한 『경성신보(京城新報)』의 경우, 이듬해인 1908년 1월 1일 제44호 1면에 당년의 칙제인 「社頭松」이라는 제목의 단카 6수가 작자 미상으로 게재되어 있다. 이하의 단카는 그 중 3수를 인용한 것이다.

　　　　住吉の松も靜かに聳ゆめり枝も鳴さぬ君が大御代
　　　　　　스미요시의 소나무도 고요히 뻗어 있구나
　　　　　　　　가지도 울지 않는 주군의 태평성대

　　　　神路山歳立つ毎にさかえ行く松は御國の姿なるらし
　　　　　　가미지야마 해가 흐를 때마다 무성해지는
　　　　　　　　소나무는 조국의 모습을 나타내리

　　　　うらうらと昇る初日の御光をとつ國人も仰ぐ嬉しさ
　　　　　　밝고 환하게 떠오르는 첫 해의 위대한 빛을
　　　　　　　　다른 나라 사람도 우러르는 감개여

　　러일전쟁이 발발한 1905년과 헤이그 특사 건을 빌미로 한일신협약이 체결되고 대한제국 군대가 강제 해산된 1907년의 분위기를 반영하듯, 어느 노래나 신년의 정경이나 감회보다는 천황과 국가에 대한 충심을 드러내는 내용이다. 굳이 영진가가 아닐지라도 '칙제'를 내세웠다는 사실만으로 작품의 방향이 결정되었다고 할 수 있다. 또한 'とつ國人'이라는 표현을 넣어, 조선인도 천황의 위광을 우러를 수 있음을 감격해야 한다고 읊고 있다.

　　다음은 『경성신보』에서 칙제를 주제로 모집한 단카의 선정작 중 일부를 발췌한 것으로, 1909년 12월 20일 기한으로 투고를 마감하여 이듬해 1월 1일 제300호에 발표되었다.

から人も年立つ今日を祝ふらんしらかねまかふ南山のゆき

한국인들도 해가 바뀐 오늘을 기뻐하리라

백금처럼 빛나는 남산을 덮은 흰 눈

はつ日影のとかにさしぬ南山百濟の深ゆきけふぞとくらむ

새해 첫 햇빛 포근하게 비치니

남산 백제 땅 깊이 쌓인 이 눈도 오늘은 녹으리라

からの野につもる白雪踏わけてとゝきにけりなけさのはつ春

이국 들녘에 쌓이고 쌓인 흰 눈 헤쳐 나아가

이렇게 찾아왔네 오늘 아침 새 봄이

선자를 포함하여 총 11인 15수의 단카를 게재했고, '삼가 칙제 신년의 눈(新年の雪)9)을 읊어 신년사를 갈음한다'는 문장과 함께 경성신보사의 사장을 지낸 미네기시 시게타로(峰岸繁太郎)의 단카와 에도시대(江戸時代) 국학의 상징이라 할 수 있는 모토오리 노리나가(本居宣長)의 하가(賀歌)가 상단에 배치되었다.

한일병합이 공포된 이듬해인 1911년의 신년호 역시 대대적으로 칙제 단카를 모집하여 약 40수의 작품을 발표했고, 한시, 하이쿠 등 타 장르의 칙제 문예도 더불어 게재되었다. 선정 작품들은 메이지 천황의 어진영(御真影)을 중심으로 둘러싸듯 배치되었으며, 최우수작으로 선정된 3수는 이하와 같다.

---

9) 1910년의 칙제는 「新年雪」이었다.

1911년 1월 1일자 『경성신보』 신년호 1면

天

慶尙南道 居昌 / □山はつ子

雪霜をしのきてかほる梅ケ枝を月のかゝみにかけて見る哉

눈과 서리를 무릅쓰고 피어난 매화 가지를

달빛을 거울삼아 비추어 보는구나

地

京城古市町五十四 / 一瀬武內

おく霜に照り添ふ月の白ければかほりや梅のしほりなるらむ

서리 내리고 이에 빛을 더하는 달빛 환하니

향기가 매화꽃을 알리는 길잡이라

人

朝鮮總督府賄方一文字いく方 / 小笠原曉水

御垣守雪打ち拂ふ梅ケ枝に殘りて白き朝月夜かな

궁중의 군사 내린 눈을 털어낸 매화 가지에

희게 빛 남아 있는 새벽녘의 달인가

어진영 바로 아래에는 다음과 같은 미네기시의 노래가 삽입되어 있다.

峰岸繁太郎上

おほ空にかかれる月は寒けれどはやほころひぬ野路の梅ヶ枝

너른 하늘에 걸려 있는 저 달은 싸늘한데도

봉오리 벌었구나 들길의 매화 가지

「寒月照梅花」라는 칙제 자체의 회화적 특징도 영향을 미쳤을 것으로 추측되나, 합병을 목전에 두고 있었던 전년도에 비하여 오히려 한반도 통치나 천황 찬미에 경도된 분위기는 수그러든 편이다.

1910년 당시 『경성신보』의 평균 발행 부수는 75,000부로, 이는 총독부 기관지인 『경성일보(京城日報)』의 65,232부를 능가하는 수치였다.[10] 따라서 『경성일보』 등에 못지않게 식민지 지배의 현황 및 일본인 사회의 실상 해명에 유효한 자료라 할 수 있으며, 이와 같은 투고 문예의 성격은 그 구독자인 한반도 거주 일본인의 시각을 유추하는 수단으로 활용될 가능성을 내재하고 있다. 특히 우타카이하지메, 즉 천황과 신민을 연결하는 근대적 전통으로 재탄생한 황실 행사와 직결된 '칙제'와 관련된 문예는 당시의 정치 사회적 상황과도 무관할 수 없다고 할 것이다.

가령 「海邊松」을 주제로 모집한 1918년 1월 1일자 『부산일보(釜山日報)』 지면의 신년 문예란에는 이하 인용한 바와 같이 제1차 세계대전으로 인하여 공전의 호경기를 맞이한 일본인들의 환희의 감정이 엿보이고 있다.

天

釜山 / 朱雀瑞子

荒磯の巖に根ざす松こそはゆるぎなき世のためしなるらん

거친 바닷가 바위에 뿌리내린 솔이야말로

요동치 않는 세상 보여주는 것이리

地

金海 / 坂口芳子

うちよする波の皷に濱松の調べあはする御代の春かな

밀어닥치는 파도의 북소리에

갯가 소나무 함께 장단 맞추는 위대한 시대의 봄

---

10) 金泰賢(2011), 「朝鮮における在留日本人社會と日本人經營新聞」, 神戸大学大学院 文化学研究科社会文化專攻博士論文, p.56.

仁川 / 菊川泰平

須磨の浦はつ春風に開け初めてみどりの松の色まさり見ゆ

스마 바닷가 첫 봄바람 더불어 새해가 밝아

청청한 소나무의 빛깔 한층 더해라

人

浦項 / 花川緣也

老ひ茂る海邊の松の□□□(群千鳥？)君がよはひを八千代とぞ鳴く

늙어 우거진 바닷가 소나무의 바다 물떼새

임의 세상 그날이 영원하라 우짖네

釜山 / 井上義一

あしたづの聲ものどかに聞ゆなり年經し磯の松のこずえに

갈대숲 학의 우는 소리 느긋이 들려오누나

세월 흐른 바닷가 소나무 가지 끝에

晉州 / 西直美

巖うつ波の皷にあはすなり濱松が枝の千代のしらべは

바위를 치는 파도의 북소리에 장단 맞추네

바닷가 솔가지의 천대 세월의 가락

선정작과 더불어 선외가작으로 다수의 투고작이 실려 있으며, 모집 문예 외에도 「칙제 해변송(勅題海邊松)」이라는 제목으로 에미 스이인(江見水蔭)의 단편 소설이 게재되어 있는 것도 특기할 점이다. 칙제에 대한 신문사 및 독자들의 적극적인 관심을 가늠할 수 있는 일례라 할 것이다.

5. 우타카이하지메와 식민지 조선인의 칙제 문예

합병 이듬해인 1911년 1월 19일자『경성신보』에는 도쿄 전보(東京電報)로 18일 시행된 우타카이하지메의 어제 및 황후, 황태자, 황태자비의 노래와 선가가 기록되어 있는데, 선가 5수 가운데 역대 최초로 조선인으로 짐작되는 작자의 작품이 포함되었다는 것이 특기할 점이다.

朝鮮全羅南道 許燮

雪深き百濟の野邊に咲梅もへたてす照す冬の夜の月

눈 깊이 쌓인 백제 땅의 들녘에 피는 매화도

구별 않고 비추는 겨울밤의 달이여

'백제의 들녘(百濟の野邊)'에까지 고루 비치는 황은을 감사하는 조선인의 상징으로서 그 선정 및 내용에 노골적이라 할 만큼 정치적 의도가 드러나고 있으나, 일본인을 대상으로 하는 일본어 신문인『경성신보』에는 타 작품과 나란히 칙선가(勅撰歌)로서 게재되어 있을 뿐 이에 대하여 특별한 언급은 없다. 그러나 동월 동일자의 국한문 신문 『매일신보(每日申報)』에는 다음과 같은 기사가 실려 있다.

● **御歌會와朝鮮人**

宮中에셔每年歲首에御歌會를開ᄒ실ᄉᆡ勅題를豫選發布ᄒ야幾萬首를募集ᄒ中에셔民間의製로ᄒ者로五首를豫選ᄒ심이流來의定例인ᄃᆡ本年ᄂᆞᆫ倂合後第一回의新年이오勅題ᄂᆞᆫ「寒月照梅花」라一視同仁之下에日鮮人을不拘ᄒ고御歌를豫選ᄒ셨ᄂᆞᆫᄃᆡ全羅南道珍島郡居許炎[11]은

朝鮮人으로써入選ㅎ얏스니實로無前의大光營을荷ㅎ얏고陽春이陰崖
에至ㅎ얏더라

영진가 선정에 대하여 '실로 전에 없는 대광영이자 양춘이 음애에
이른' 것이라는 거창한 찬사는 일본에 있어서의 우타카이하지메와
영진에 함축된 의미를 가늠케 한다. 그러나 이후 영친왕(英親王) 이은
(李垠)이 왕족(王族)의 신분으로 행사에 직접 참석하게 되는 1939년까
지 조선인의 노래는 우타카이하지메에 단 한 수도 등장하지 않았다.

무라이 오사무(村井紀, 1999)는 이 최초의 '국외 영진' 선가를 가리
켜 한국 병합에 어울리는 의례가의 '작위(作為)'라고 지적한 바 있
다.[12] 병합 직후의 조선인 선가란 물론 식민지 국민들을 문화적으로
포섭하기 위한 상징으로 내세운 것이며 피식민자로서 지배측의 국가
적 전통을 대등한 입장에서 공유할 수 있는 장치는 매력적인 것임에
틀림없으나, 결과적으로는 일회적인 선전에 머무르고 말았다. 의도
적으로든 그렇지 않든 『만요슈(万葉集)』로부터의 역사로 간주된 '천
황으로부터 모든 신민에 이르기까지'는 결국 일본인에 한하는 것이
었고, 식민자 스스로가 피식민지인에 대한 배제와 차별 의식을 극복
하는 데 실패한 내지연장주의의 이면과 동화정책의 실체를 노정하게
되었다고도 할 수 있다.

반면 우타카이하지메와 영진의 관계에서 파생된 칙제 문예는 그
확장성과 포용력에 한계가 없어, 일제강점기 후반으로 접어들면 『매

---

11) 『경성신보』에는 '許變', 『매일신보』에는 '許炎'으로 표기되어 있다.
12) 村井紀(1999), 「歌会始め-天皇制の創出」, 『批評空間』2期(20), 太田出版, pp.249
~250.

일신보』에서 칙제를 신년 시제로 삼아 단카가 아닌 한시를 모집[13]하는 등 한문에 익숙한 조선인 지식층을 대상으로 칙제에 대한 관심을 적극적으로 조장하기도 했다. 이는 필연적으로 전시체제에서의 식민지 조선인에 대한 황민화(皇民化) 정책 및 내선일체 사상의 주입 시책과 결부될 것이며, 와카 특유의 국가적 전통 및 우타카이하지메의 견고한 의례적 장벽을 허무는 대신 보다 접근하기 수월한 대체재로서 제공되어 그에 준하는 성과를 목표하려 한 것으로 보인다. 단, 『매일신보』 내의 칙제 시제 현상이 5차례에 불과하며 그것도 1940년 전후로 집중되고 있음을 생각할 때, 상대적으로 일제강점 초기에 한해서는 앞에서 언급한 병합 직후의 조선인 선가를 제외하면 칙제 문예와 피식민자 포섭의 관계성을 직접적으로 파악하기 어렵다고 할 수 있다.

6. 맺음말

우타카이하지메 및 관련 문예는 그 어용문학적 성격은 물론 근대 초기 오우타도코로의 구파 가인을 향한 멸시 및 와카 혁신 운동의 그늘에 가려 근현대 일본문학사에서 소외되었던 대상이었다. 그러나 천황과의 밀접한 관계 속에서 면면히 계승된 와카와 국가주의의 교묘한 유착이 발하는 후광은 거대한 것이었으며, 현대에 이르기까

---

13) 한길로(2017)에 의하면 『매일신보』의 신년 칙제 한시 현상은 총 5회 중 4회가 일제강점기 말, 즉 1937년, 1939년, 1940년, 1945년에 시행되었다고 한다.

지 장기간에 걸쳐 효과적으로 그 정치적 기능을 수행해 왔다.

메이지 유신 이후의 우타카이하지메가 천황을 중심으로 하는 국민 통합의 문화 의례로 자리매김하게 된 데에는 새로이 등장한 근대적 미디어인 신문이 주요한 역할을 담당했다. 각 신문에서는 가회의 내용을 보도하거나 어제를 공개하고 해당년도의 칙제를 발표하는 것에 그치지 않고, 자체적으로 칙제 문예를 게재하거나 모집하는 등이 의례를 보다 광범위한 범국민적 행사로 확장시켜 나갔다. 최종적으로 극소수의 선가만이 공개되는 정식 영진이 아닐지라도 절대 다수가 칙제 문예를 창작 발표하고 교류할 수 있는 공간이 마련되었던 것이다.

특히 '외지'에서 거주하고 있는 일본인들은 활발한 신문 투고를 통하여 영진을 대신하고, 이를 통하여 거주지와 무관하게 칙제를 받드는 천황의 신민으로서의 자각을 다졌다. 또한 와카로 한정된 우타카이하지메의 제한을 넘어 일본어 및 일본의 고전 시가에 익숙하지 않은 조선의 지식인 계급을 포섭하기 위하여 이용된 것도 신문의 칙제 문예 현상 모집이었다. 신문이라는 매체는 근대 천황제의 창출에 수반한 우타카이하지메의 변혁 과정에 적극적으로 활용된 것은 물론, 내지와 외지를 불문하고 '칙제'라는 테마를 통하여 자발적으로 천황에게 시가를 영진하는 '신민'을 양성해 나갔던 것이다.

본 논문은 『日本研究』 제51집(중앙대학교 일본연구소)에 수록된 이윤지(2019) 「근대의 우타카이하지메(歌会始)와 칙제(勅題) 문예－일제강점기 일본인 발행 신문을 중심으로」를 수정, 가필한 것이다.

참고문헌

• 한길로, 「일제 말 『매일신보』 소재 신년 현상 한시 연구 : 칙제(勅題)를 중심으로」, 『열상고전연구』 55, 열상고전연구회, 2017.

• 青柳隆志, 「明治初年の歌会始－和歌御会始から近代歌会始への推移」, 『和歌文学研究』 85, 和歌文学会, 2002.

• 金泰賢, 「朝鮮における在留日本人社会と日本人経営新聞」, 神戸大学大学院文化学研究科社会文化専攻博士論文, 2011.

• 高崎正風述・遠山稲子編, 『歌ものがたり』, 東京社, 1912.

• 中沢伸弘, 「明治初期の和歌史の一考察」, 『皇学館論叢』 35(2), 皇学館大学人文学会, 2002.

• 松沢俊二, 「明治天皇「御製(ぎょせい)」のポリティクス」, 『日本近代文学』 79, 日本近代文学会, 2008.

• 村井紀, 「歌会始め－天皇制の創出」, 『批評空間』 2期(20), 太田出版, 1999.

• 明治聖徳記念学会企画・編集委員会, 「翻刻埋木廼花(高崎正風編)」, 『明治聖徳記念学会紀要』 43, 錦正社, 2006.

한반도 간행
일본어 민간신문 속 하이쿠(俳句) 연구

『경성신보(1907~1912)』의 「時事俳評」을 중심으로

김보현

1. 들어가며

　해외로의 이주가 활발하였던 메이지(明治)시대, 이주 일본인 사회
에 있어 주목할 만한 현상 중 하나는 일본어 신문의 간행이었다. 한
반도에서는 한일병합 이전부터 일본어 신문이 간행되어 메이지 시대
에만 약 60여종이 발행된 것으로 확인된다.[1] 이러한 신문의 주요 구
독자는 재한일본인이었으며, 기사, 논평, 광고 등을 통하여 그들을
둘러싼 한반도의 정치, 경제 상황 등은 물론 이주지에서의 다양한
생활상을 엿볼 수 있다. 또한 기사뿐만 아니라 다양한 문예물들도
눈에 띄는데, 그중에서도 하이쿠(俳句), 단카(短歌), 센류(川柳), 도도

1) 許錫(2006), 「海外移住日本人のディアスポラ的特性について―移住先における日本語
　新聞の發行と國民アイデンティティー維持を中心に」, 『日本語文學』第31輯, 韓國日本語
　文學會, p.557.

이쓰(都都逸) 등과 같은 일본 전통시가 장르들은 당시 신문 문예란에 빠짐없이 등장하며 핵심적인 장르로 기능하고 있었다.[2] 특히 하이쿠의 경우 각지 하이쿠 회(句會)의 구(句) 게재는 물론 신문마다 독자의 '신문 하이단(新聞俳壇)'을 마련하여 활발한 구 투고와 선발을 하고 있었다. 이러한 사실들은 아직 전문적인 하이진(俳人)과 하이쿠 잡지(俳誌)가 부재하고 있었던 시기, 신문을 매개로 한 초기 한반도 하이단의 태동기의 모습을 보여주고 있는데, 이에 관하여서는 선행연구에서 다루어진 바가 있다. 특히 메이지 시대 한반도 이주 일본인 사회에 결성된 문학 결사를 지역별 신문자료를 통해 규명해 낸 연구는 당시 하이쿠와 같은 단시형 계통의 융성, 그리고 실제 존재하였던 하이쿠 회 19개를 도출해 내었고, 그 성격에 대하여서는 '친목'과 '민족적 동질감'을 확인하는 수단이었다고 지적하였다.[3] 또한 최근 일본어 신문의 역할을 『조선신보(朝鮮新報)』를 통해 규명한 연구에서도 현상모집에서 하이쿠와 같은 단시형 작품의 활성을 근거로 같은 논조를 주장한 바 있다.[4] 이러한 연구들은 일찍이 한반도에 형성되었던 실제 하이쿠 회의 규모, 그리고 재한 일본인들의 구작 활동의 의의를 규명하였다는 것에 큰 의의가 있다. 그렇다면 당시 일본어 신문

---

2) 엄인경(2011)은 신문 매체는 아니지만 일찍이 '1900년 이후 조선에서 일본어 매체가 등장하고 그 안에 문예란이 마련되면서 하이쿠가 가장 먼저, 그리고 수적으로도 많은 비율을 점유'하였다는 점을 지적하였다. 엄인경(2011), 「20세기초 재한일본인의 문학 결사와 일본전통 운문작품 연구 : 일본어잡지『조선지실업(朝鮮之實業)』(1905~1907)의 〈문원(文苑)〉을 중심으로」, 『日本語文學』 제55집, 일본어문학회, p.387 참조.

3) 허석(2012), 『한말 한국이주 일본인과 문학』, 京仁文化社, pp.327~356.

4) 정은혜(2018), 「메이지(明治)시대 한국에서 발행된 일본어 신문의 역할에 관한 연구-『조선신보(朝鮮新報)』를 중심으로」, 『일어일문학』 78, 대한일어일문학회, pp.265~277.

내에는 이러한 하이쿠 회의 구만이 존재하고 있었던 것이며, 집단적
인 창작만이 유효하였던 것으로 결론지을 수 있을까?

본고는 필자가 메이지 시대부터 1920년 전까지 발행된 민간신문
을 대상으로 일본 전통시가 장르를 면밀하게 파악하는 과정에서 발
견한 다양한 형식의 시가 양식 중『경성신보(京城新報)』의「時事俳評」
이라는 하이쿠 란(欄)에 주목한 것이다.『경성신보』는 1907년 11월
3일 경성에서 창간된 일본어 신문으로, 민간신문임에도 그 발행 부수
는 310,000부(1909년)에 달하고 있었다.「時事俳評」은 당시의 다양한
시사점들을 구제로 한 신문 내 하이쿠 란으로, 1909년 1월 26일 처음
『경성신보』에 등장하여 규칙적이지는 않으나 1911년 8월 11까지
총 32회 연재되었다. 이「時事俳評」은 무엇보다도 신문과 불가분의
관계를 맺고 있는 하이쿠 란이라는 점에서 초기 한반도 하이단 연구
에서 반드시 주목해야 하는 중요한 자료이다.

이에 본고에서는 국내에서는 생소한「時事俳評」의 개념 정의에서
부터 시작하여 이러한 하이쿠가 한반도 일본어 신문에 등장하게 된
배경을 검토하고자 한다. 그리고 175구의「時事俳評」을 유형별로 나
누어 분석하고 실제 하이쿠 해석을 통해 초기 재한일본인 사회를 둘
러싼 다양한 시사점들이 17자의 하이쿠로 읊어졌던 현상을『경성신
보』라는 민간신문의 성격과 연동하여 분석해 보고자 한다. 이러한
연구는 현재 한반도에서 신문을 기반으로 하였던 재한일본인의 구작
활동이 하이쿠 회에만 초점이 맞춰져 있는 연구 현황에 새로운 자료
와 관점을 제시할 것으로 기대한다.

2. 「時事俳評」의 발단과 전개과정

먼저 본고에서 다루고자 하는 「時事俳評」은 시사(時事)와 하이쿠 (俳句), 그리고 평(評)이 합쳐진 합성어로 우선 '시사를 하이쿠로 평한 것'이라고 이해할 수 있을 것이다. 그러나 현재 이러한 「時事俳評」은 일본의 하이쿠 용어 사전 및 선행연구에서도 찾아볼 수 없는 용어로, 보다 정확한 개념의 정리와 기원을 알아보기 위해 그 동일개념이라 할 수 있는 「時事俳句」에 대해 먼저 알아보도록 하겠다.

〈자료1〉 하이카이는 풍류운사를 그 뜻으로 하나 정치를 읊기 시작 한 것은 메이지 27년 5월로 제6회 제국의회 개회 중 초우쇼쇼 슈진(쓰 노다 치쿠레이)이 중의원으로 매일 의장에 출석하여 이따금 정계의 정 세에서 느낀 감개를 미카이코, 칸칸비토 등의 가명으로 17자로 읊었 다. 이것이 요미우리신문의 정치면에 실렸고 이 경쾌하고 교묘한 시사 음이 대단한 호평을 받으며 환영받은 것에서 기원한다.[5]

〈자료2〉 사회현상, 정국 등을 타이밍을 잘 맞춰 읊은 하이쿠로 메이 지 초기 문명개화기 구파 종장의 신(新) 계제 하이쿠, 시키의 일본 신 문 입사 때의 時事評俳句, 또는 러일전쟁 발발 때의 戰時吟등을 기원 으로 볼 수 있으며 신문 저널리즘의 발달과 함께 메이지 연간 칼럼 하 이쿠로 유행하기 시작하였다.[6]

---

5) 俳諧は風流韻事を旨としたものであるが、政治上のことを詠じ出したのは、明治二七年 の五月の第六回帝國議會の開會中に聽雨窓主人が衆議院として毎日議場に出席し、 折に触れて政界の情勢につき感慨の湧くごとに末開紅、閑々人などの変名をもつて十七 字に詠じ、これを讀賣新聞の政治面に挿入しその輕妙な時事吟は大きな好評をもつて歓 迎されたのにはじまる。紀田順一郎(2005)、「時事俳句の始」、『事物起源選集』9、クレス 出版、p.102.

〈자료1〉과 〈자료2〉는 각각 『사물 기원 선집 9』과 『하이쿠 문학 대사전』에서의 「時事俳句」에 대한 정의로 그 발단에 대하여서는 여러 설이 있으나 등장 시기는 메이지 시대, 그리고 주체는 초우쇼 슈진 (聽雨窓主人)[7], 마사오카 시키(正岡子規)(이하 시키)와 같은 하이진(俳人) 이었다는 것을 알 수 있다. 한편 〈자료1〉에서는 「時事俳句」의 기원 을 1894년 초우소 슈진의 구로 보고 있으나, 그보다 앞서 1892년 신 문 『일본(日本)』에 다양한 시사점을 하이쿠로 읊은 시키의 구들을 그 시초로 보는 것이 타당할 것이다. 이외에도 야마구치 세이시(山口誓 子)의 도회와 근대, 서구적인 소재를 다룬 구, 전쟁을 소재로 한 신흥 (新興)하이쿠, 전후에는 사회성을 지닌 하이쿠 등을 「時事俳句」로 분 류[8]하는 등 그 정의가 현재 상당히 산발적이라 할 수 있다. 이에 본 고에서는 현재 그 시초라 여겨지며 신문이라는 미디어와 가장 밀접 하게 전개된 시키의 「時事俳句」에 초점을 맞추어 그 전개를 검토해 보고자 한다.

시키는 도쿄대학 중퇴 후, 1892년 12월 신문 『일본(日本)』에 입사 하였다. 『일본』은 '당파의 밖에 서서 편파 없이 실로 공정하고 충실하 게 일본국 전체의 이해(利害)를 평론하는 것이 매우 필요하다'라는 생 각을 가지고 있었던 정치평론가 구가 가쓰난(陸羯南)이 1889년 2월

---

6) 世相、政局などをタイミングよく詠み込んだ俳句で、明治初期の文明開化期に旧派宗匠によって詠まれた新季題俳句、子規の日本新聞入社時の時事評俳句、また日露戰役勃發に際しての戰時吟などを濫觴と見ることができるが、新聞ジャーナリズムの發達に伴い、明治年間コラム的俳句として流行を見るようになった。尾形仍 外(1996),「時事俳句」,『俳文學大辭典』, 角川書店, p.225.

7) 쓰노다 치쿠레이(角田竹冷)의 아호.

8) 石寒太,「特集·時事俳句を詠む一楸邨の言葉」,『俳壇』, 本阿弥書店 23(7), p.66.

11일 창간한 신문으로 당시 '격조 있는 언론신문'으로 평가받고 있었다.[9] 이러한 경향의 신문사에 입사한 시키는 당시 『일본』의 편집 주임이었던 고지마 가즈오(古島一雄)의 권유로 하이쿠로 시사를 평하는 구를 읊게 되었다고 알려져 있다.[10] 현재 시키가 『일본』에 게재한 시사 관련 하이쿠는 개조사(改造社)의 『시키 전집 제9권(子規全集 第9卷)』에 「俳句時事評[11]」이라는 제명으로 엮어져 있다. 편집후기에는 이에 대한 언급이 있는데 "「俳句時事評」은 가장 초기에 속하는 것으로 신문기자였던 거사가 『일본』신문 지면에 행한 하나의 시도였다. 또한 소위 신(新)하이쿠가 그러한 것에 응용된 최초의 것이기도 하였다. 원래 때에 따라 여러 가지 제목을 붙여, 또는 무제로 게재한 것을 여기에 「俳句時事評」이라는 이름으로 일괄한 것이다.[12]"라고 밝히고 있다. 이 대목에서 알 수 있듯이 시키가 시사를 테마로 읊은 구들은 그 체재가 통일되어 있지 않았는데 예를 들어, 초기에는 시사에 대한 평을 적은 시평문(時評文)이 있고 그 왼편에 하이쿠를 더하는 형식에서 차츰 시평문 없이 구제와 이를 읊은 구 만을 싣는 것이 보편적이게 되었다.[13] 또한 이러한 하이쿠를 게재하였던 란(欄)의 제명 또한 「時

---

9) 春原昭彦(2003), 『日本新聞通史 1861年~2000年』, 新泉社, p.71.

10) 이에 관하여서는 中野一夫(1970), 「新聞人としての正岡子規ー主として俳句時事評について」, 『跡見學園國語科紀要』18, 跡見學園國語科研究會, p.20에서 자세하게 적고 있다.

11) 正岡子規 著(1929), 「俳句時事評」, 『子規全集 第9卷』, 改造社, pp.13~45.

12) 正岡子規 著(1929), 「俳句時事評」, 『子規全集 第9卷』, 改造社, p.507.

13) 따라서 '이토 히로부미(伊藤博文) 등 조슈(長州) 중심의 정치에 비판을 가하는 정론신문(政論新聞)'이었던 『일본』의 논조가 반영된 구들은 초기에만 찾아볼 수 있다. 초기 마사오카 시키가 『일본』의 경향에 맞춰 읊은 시사 관련 하이쿠에 대하여서는 中野一夫(1970)의 상기 논문 pp.15~33에서 자세하게 다루고 있다.

事十章」(1893.2.18.), 「近事八章」(1893.3.10.), 「時事五件」(1893.10.26), 「時事句合せ」(1893.10.31.), 「十七字評」(1895.12.27)과 같이 날마다 상이하며 통일되어 있지 않았다. 이 중 본 논문에서 다루고 있는 「時事俳評」이라는 제명은 1893년 6월 28일자에서 찾아볼 수 있는데, 이를 통해 이 용어가 시키가 종사하고 있었던 『일본』에서 발단하였다는 것을 추측해 볼 수 있다. 그렇다면 「時事俳評」이 구체적으로 어떠한 시사 관련 구제들을 17자로 읊고 있었는지 분석해 보도록 하겠다.

① 「미우라, 니시야마 두 기사를 애도하며(弔三浦西山二技師)」
　　불꽃 속으로 뛰어드는 덧없는 두견새여라(飛んで入る焰あやなし時鳥)
② 「후쿠시마 중좌 돌아오다(福島中佐歸)」
　　눈에서 나와 이후에는 곧바로 푸른 잎인가(雪を出てそれから直に靑葉かな)
③ 「어장 분의 자초지종(漁場紛議始末)」
　　잡았다 놓친 것 붙잡아 뭉개는 해파리잡이(取り逃がし攫み崩して海月取)
④ 「두 자가 한 백작을 방문하다(二子訪一伯)」
　　뱃머리가 산으로 올라가는 더위로구나(船頭の山に上りしあつさかな)
⑤ 「트루크 왕제 가다(虎突王弟去)」
　　야자나무의 그늘에서 말하리 목단, 작약을(椰子の陰に語れ牧丹を芍藥を)

　먼저 첫 번째 구는 1893년 6월, 지질학자였던 미우라 소지로(三浦宗次郎)와 니시야마 기사(技手)가 아즈마산(吾妻山)의 화산 활동을 조

사하던 중 대분화가 일어나 순직한 사건을 읊은 구로 그들의 죽음을
두견새에 빗대고 있다. 두 번째 구는 후쿠시마 야스마사(福島安正) 중
좌(中佐)가 1년 4개월에 걸쳐 시베리아 지역을 횡단하며 조사를 행했
던 단기행(單騎行)에서 돌아왔을 때 맞춰 읊은 구로, 추운 지역에서
한창 여름인 일본으로 돌아온 모습을 감각적으로 읊어 내었다. 특히
이 두 구와 관련하여서는 전날인 6월 27일자에서 고인이 된 지질학
자들을 위해 조위금을 모집하는 광고, 그리고 후쿠시마 중좌의 귀환
을 환영하는 위원회에서 낸 광고 등을 찾아볼 수 있음에서 당시 세간
의 관심이 모아졌던 사건을 「時事俳評」의 구제로 삼고 있었던 것을
알 수 있다. 세 번째 구는 도미를 잡기 위해 고고시마(興居島)를 침어
해오는 다른 지역의 어부들과의 갈등을 구제로 한 것이다. 네 번째
구는 오야마 이와오(大山巖) 육군 대신 백작의 집에 가바야마 스케노
리(樺山資紀), 니레 카게노리(仁礼景範) 해군 대신이 방문하여 해군의
개혁, 행정 정리 등 여러 사항에 대해 논한 사실과 관련한 구로 그
정황에 대하여서는 27일자 2면의 「一伯二子の激論」[14]이라는 기사를
참고로 할 수 있다. 자세한 정황은 나와 있지 않지만 '말소리가 점차
높아지고 격렬하게 논쟁을 하였다'라는 당시의 분위기를 반영하듯
배가 엉뚱하게 산으로 가는 구로 이를 비유하고 있다. 마지막으로
이국적인 분위기가 느껴지는 마지막 구는 트루크 섬(현재 남양의 미크
로네시아 추크라군)의 왕과 왕비의 동생이 일본을 방문하고 떠나는 때
를 읊은 것이다.

이처럼 시키의 「俳句時事評」의 구들은 화조풍영(花鳥諷詠)의 구

---

14) 「(雜報)一伯二子の激論(太・樺・仁)」, 『日本』 1983.6.27.(2면).

(句)와 달리 당시 사회의 이슈를 모았던 사건들을 구제로 삼고 있었
다. 즉 이러한 시사점들이 다시 17자의 하이쿠로 압축하는 새로운
하이쿠 탄생의 발단에는 신문인으로서의 시키, 그리고 시사와 문예
의 조합을 지향하고 있었던『일본』의 논조가 맞물려 있었음을 확인
할 수 있었다.

3. 한반도에서의 「時事俳評」의 등장과 일본어 민간신문과의 관계성

한편 이렇게 신문 저널리즘의 발달을 배경으로 탄생한「時事俳句」
는 한반도에서 간행된 일본어 신문에서도 발견할 수 있다. 현재 1920
년까지 간행된 일본어 신문을 대상으로 시사를 다룬 하이쿠란을 정리
해 보면 다음 표와 같다.

[표] 한반도 간행 일본어 민간신문 내 시사를 구제로 한 하이쿠

신문명	날짜	제명	곡수
조선신보 (朝鮮新報)	1896.12.18	「時事十七字評」	5구
	1914.3.30	「時事吟」	5구
경성신보 (京城新報)	1909.1.26.(1回) ~1911.8.11.(32回)	「時事俳評」	175구
조선시보 (朝鮮時報)	1915.2.17	「時事偶感」	6구
부산일보 (釜山日報)	1915.4.6	「時事俳句」	4구
	1915.5.20	「蔜村歡迎句會/時事吟/互選」	8구
	1918.4.17	「時事吟」	3구
조선신문 (朝鮮新聞)	1916.2.25	「時事十吟」	10구
	1918.9.23	「時事吟」	5구

위의 표에서 알 수 있듯이 한반도에서 「時事俳句」의 첫 등장은
1896년 12월 18일 『조선신보』의 「時事十七字評」이며, 시키가 『일본』
에서 시사를 구제로 구작을 시도했던 시기와 시차가 나지 않는 것을
알 수 있다. 한편 이들은 시기와 제명은 각각 다르지만 그 양식은
초기 시키의 「時事俳句」에서 볼 수 있는 시평문이 빠지고 구제와 이
를 읊은 구 만을 싣는 것으로 통일되어 있었다. 이러한 체제는 당시
초기 한반도 간행 신문의 하이쿠 란이 화조풍영(花鳥諷詠)의 계어를
구제로 제시하고 있었던 것에서 벗어난 「時事俳句」만의 독특한 양식
이라 할 수 있다. 이러한 가운데 『경성신보』의 「時事俳評」은 다른
신문과 다르게 일회성에 그치지 않고 1909년 1월 26일 1회를 시작으
로 1911년 8월 11일 32회 연재되었으며, 그 수도 가장 많은 175구에
이르고 있다. 이 「時事俳評」을 담당하고 있었던 인물은 '치하루(ちは
る)'라는 아호의 사용한 하이진[15]으로, 1909년부터 『경성신보』에 「春
五句」, 「蜻蛉十句」, 「稲妻十句」, 「鹿十句」 등 다수의 하이쿠를 게재
하였다. 이처럼 '치하루'라는 인물이 『경성신보』를 무대로 활동하였
던 하이진이었다는 것은 분명하지만 그 이외의 정보에 대하여서는
현재까지 미상이다. 때문에 한반도에 「時事俳評」이 등장하게 된 배
경을 동시대 일본 하이단과의 관계에서 규명해 나아가기에는 현 단
계에서는 어려움이 있다. 그러나 확실한 것은 한반도의 「時事俳評」
의 경우 당시 발행되고 있었던 일본어 민간신문과 깊은 관계가 있다
는 것이다. 표에서 볼 수 있듯이 「時事俳評」은 그 제명은 다르지만

---

15) '치하루'는 그 이름 표기가 ちはる, 千春, 多田千春로 다양하게 나타나는데 이를 볼
　　때 성은 다다(多田)이고 하이쿠 아호를 '치하루'로 하고 있었던 하이진으로 추정된다.

『경성신보』와『부산일보』,『조선신보』에서 발견할 수 있는데 이들은 모두 '민간신문'이었다는 공통점이 있다. 특히 동시기 총독부의 최대 기관지이자『경성신보』와 논조를 달리하였던『경성일보(京城日報)』에서는 이러한 하이쿠 란을 찾아볼 수 없다는 점은「時事俳評」과 일본어 민간신문의 연관성을 명확하게 보여주고 있다.

그렇다면 민간신문과「時事俳評」은 어떠한 연관성을 가지고 있었던 것일까? 1907년 11월 3일 창간된『경성신보』의 성격을 한마디로 정의하자면 "일본의 한반도 침략을 지지하면서도 통감부의 정책을 비판하는 야당지[16]"였다고 할 수 있다. 비판의 내용은 크게 "일본인의 이주와 관련된 식민정책의 방향, 조선의 통치방법, 그리고 재한 일본인의 민권과 언론의 자유에 대한 통감부의 억압[17]"으로 대부분 재한 일본인들의 한반도 내에서의 이권과 관련되어 있었고, 그 비난의 대상은 당시 통감이었던 이토 히로부미(伊藤博文)에 집중되어 있었다. 특히 1909년에는 2월부터 이토의 사임설이 돌기 시작하였고 당시 부통감이었던 소네 아라스케(曾禰荒助)가 후임자로 가닥이 잡히자 그에 대한 비난은 더욱 노골적으로 전개되었다. 여기서 주목할 점은 바로 이러한 논조의 기사나 칼럼들이 아래와 같이「時事俳評」의 구제로 등장하고 있다는 점이다.

---

16) 鄭晉錫(2003),「日本の言論侵略史料復元」,『京城新報』第1卷, 韓國統計書籍, p.1. 이러한 야당지와 같은 성격으로 강도 높은 통감부 정책에 대한 비판을 하고 있었던 『京城新報』는 통감부의 정간처분을 받아 1907년 11월 3일부터 1908년 6월 26일까지는 『경성신보』로, 통감부의 폐간처분으로 1908년 7월 5일부터 1908년 12월 23일까지는 『경성신문』, 그리고 다시 1909년 1월 1일~1912년 2월 29일까지『경성신문』으로 발행 되었다.
17) 김태현(2011),「한국강점 전후『경성신보』와 재한일본인사회의 동향」,『한국민족운동사연구』68, 한국민족운동사학회, p.13.

- 「통감 유임인가?(統監の留任乎)」(1909.3.2)

  버리기 뭐해 낡은 히나 선반에 장식했구나(捨て兼ねて古雛棚に飾りけり)

- 「사직 후 전 통감의 내한(辭職後の前統監來韓)」(1909.7.6)

  백중맞이여 망자의 공양으로 괜히 바쁘네(うらぼんや亡者の供養小忙しき)

- 「만약 내가 통감이라면…(若しも余にして統監ならば)」(1909.7.6)

  손쉬운 것 중 하나로다 하룻밤 사이 빚은 술(無造作なものの一つよ一夜酒)

먼저 인용한 세 구 중 앞의 두 구는 이토 통감과 관련된 하이쿠로 각각 1909년 3월 2일과 7월 6일의 「時事俳評」에 실려 있다. 먼저 첫 번째 「통감 유임인가?(統監の留任乎)」라는 구제는 2월 27일 『경성신보』 2면에 실린 「통감 사임하지 않고(統監辭任せず)」[18]라는 기사와 연동하고 있는데, 이 기사는 통감 내정에 정통한 모(某)씨의 말을 빌려 '한국 통감직의 경우 그 권력이 막강하여 자발적으로 사임을 하지 않을 것이며, 어쩔 수 없이 사임하더라도 그에 상응하는 지위를 주어야 할 것이므로 자연히 이토의 사임은 실현되지 않을 것'이라는 의견을 피력하고 있다. 이 기사는 3일 뒤 「時事俳評」의 구제가 되었는데 '버리기 뭐하여', '낡은 히나'에서 느껴지듯이 이미 그를 퇴물 취급하는 등 통감 유임에 대한 회의적인 견해를 노골적으로 17자에 압축시켜 놓고 있음을 알 수 있다. 한편 두 번째 구는 이토 히로부미가 퇴임 후, 1909년 7월 5일 내한 하였을 때 맞춰 읊은 구로 그를 위해 다망하

---

18) 「統監辭任せず」, 『京城新報』 1909.2.27(2면).

게 행사 준비를 하는 모습을 망령을 떠올리게 하는 백중맞이(うらぼん(盂蘭盆))[19]에 비유하여 비꼬고 있다. 이는 「이토 전 통감을 맞이하여(伊藤前統監を迎ふ)」에서 그의 내한에 대해 '내한을 할 필요가 없다'라며 '체재 일정을 보면 대개 연회 임석을 위하여'이고 '후임자를 어린아이 취급'하여 언설에 주의할 것을 요청하는 기사의 분위기가 그대로 하이쿠에 반영되고 있음을 확인할 수 있다. 마지막 구는 7월 2일부터 4일까지 3회에 걸쳐 연재된 「만약 내가 통감이라면(若しも余にして統監ならば)」[20]이라는 칼럼을 구제로 하고 있다. 이 대담한 제목의 칼럼은 당시『경성신보』의 통감 정치에 대한 불만을 여실히 드러낸 것으로 만약 통감이 된다면 '이토 통감과 관계된 인사들을 정리할것', '무용한 내각 경질하여 각 부를 폐합할 것', '한인 관찰사를 일본인으로 바꿀 것을 단행할 것'이라는 견해를 밝히고 있다. 이와 같이 자신이 통감이라면 이러한 일들을 쉽게 빨리 처리할 것이라는 포부를 하이쿠에서는 하루 만에 빚는 술에 비유하여 읊고 있다.

이처럼 대담한 「時事俳評」에는 '야당지로서 기능'하고 있었던『경성신보』의 논조가 여실히 반영되어 있었으며, 이를 하이쿠에도 그대로 읊고 있었음을 확인할 수 있었다. 이처럼 한반도의 「時事俳評」는 정치, 사회적 쟁점 등에 대해 대담하게 의견을 개진하고 있었던 민간신문을 기반으로 싹 트고 있었다.

---

19) 불교행사의 하나로 아귀보를 받은 중생을 구제하기 위한 법회를 가리킨다.
20) 「若しも余にして統監ならば」,『京城新報』1909.7.2~3(2면).

4. 「時事俳評」으로 읽는 『경성신보(京城新報)』

그러나 「時事俳評」이 단지 『경성신보』라는 신문의 논조만을 대변하는 하이쿠로만 이루어져 있었던 것은 아니었음을 다음의 구들을 통해 확인해 보고자 한다.

① 「부통감의 북한 시찰(部統監の北韓視察)」
정초 뜨는 뜸 오늘을 시작으로 힘쓰려누나(二日灸けふを肌ぬぐ始めかな)
② 「총독 후임자의 미정(統監後任者の未定)」
약속한 말은 아직도 오지 않네 아침 모깃불(約束の馬は未だ來ず朝蚊遣り)
③ 「인천 거류민 대회(仁川居留民大會乎)」
뛰어 올라서 우는 만큼 생기는 논의 개구리(飛んで鳴く丈に生れて田の蛙)
④ 「또 경성의 탈옥 사태(又々京城の破獄沙汰)」
엉겅퀴 지고 자갈밭 가까운 곳 무너져 내린 문(薊散るや石原近きくずれ門)
⑤ 「일본 제당 스캔들과 추악한 의원(日糖疑獄と醜議員)」
사람인데도 분수 모르는 이가 있네 불나방(人にさへ見知ずのあり火取虫)
⑥ 「화류계의 이야기 조화로운 꽃(花柳巷談似合いの花)」
재미가 있는 밤이네 꽃도 밝고 달빛 휘영청(面白き夜ぞ花あかり月明かり)

위는 1909년 4월 18일의 「時事俳評」으로 총 6구가 실려 있는데

먼저 ①은 그 구제에서도 알 수 있듯이 당시 부통감이었던 소네 아라스케의 북한 연선 시찰을 배경으로 하고 있다. 『경성신보』에서는 부통감의 시찰을 며칠 전부터 대대적으로 기사를 내며 중요한 이벤트로 선전하고 있었다. 전술한 것처럼 『경성신보』가 통감에 대해서는 반감을 가지고 이를 대담하게 피로하고 있었다면 부통감에게는 호의적인 편이었다. 이러한 경향은 「소네 부통감에게 분발할 것을 바란다(曾禰部統監の奮起を望む)[21]」라는 평론에서 잘 드러나고 있다. 「時事俳評」에서는 부통감의 시찰을 봄의 계어인 음력 2월 2일에 뜨는 뜸(二日灸)을 들고 있는데 이때 뜨는 뜸은 연중 병 없이 지낼 수 있다는 속신이 있다. 그러나 이 구에서는 '肌ぬぐ'를 표면 그대로 살갗이 벗겨진다는 의미보다 부통감이 이 시찰을 시작으로 더욱 힘써 줄 것을 이라는 의미를 내포하고 있음을 『경성신보』의 논조를 기반으로 해석해 볼 수 있다. 다음 구는 이토 히로부미의 통감 사직을 앞두고 후임자가 아직 결정되지 않은 상황을 읊은 것으로 이를 기다리는 마음을 잘 드러나 있다. ③의 구는 4월 17일 인천의 가부키좌(歌舞伎座)에서 개최된 인천 거류민 대회에서 결의문을 채택하는 등 그 성황을 활기찬 개구리에 비유하여 읊고 있다. 한편 '또 경성의 탈옥 사태'는 4월 13일 일어난 사건[22]을 바탕으로 하고 있는데 '무너져 버린 문'에서 탈옥을 연상케 하고 있다. ⑤의 구는 당시 일본에서 일어난 일본 제당 오직 사건(日本製糖汚職事件)[23]에 관한 구인데 이에 관련한 기사는 『경

---

21) 「曾禰部統監の奮起を望む」, 『京城新報』 1909.4.14(2면).

22) 「破獄囚人の逮捕」, 『京城新報』 1909.4.13(2면).

23) 일본제당 오직 사건(일당사건)은 일본제당의 이사가 '수입 원료 설탕 환세(輸入原料 砂糖戾稅)'의 법률 연장을 위해 중의원 위원들에게 금품을 건네 공모한 사건을 가리

성신보』에서는 찾을 수 없었다. 그러나 이를 볼 때 당시 「時事俳評」
이 한반도뿐만 아니라 본국의 사건도 취급하고 있었다는 것을 알 수
있다. 마지막 구는 당시 명기(名妓)를 중심으로 화류계를 그린 읽을
거리로 1909년 4월 9일부터 25일까지『경성신보』에 연재된 「화류계
의 이야기 조화로운 꽃(花柳巷談 似合いの花)」을 구제로 한 것으로 신
문의 연재물 또한 「時事俳評」의 구제가 되었음을 알 수 있다.

이상 살펴 본 바와 같이 「時事俳評」은 정치, 경제, 사회 등 다방면
에 걸친 사회의 사건은 물론 논평, 문예물 또한 아우르고 있었다. 따
라서 「時事俳評」만 보더라도『경성신보』에 실린 주요 내용을 골고루
파악할 수 있었을 것으로 사료된다. 이하에서는 이러한 「時事俳評」
의 구제의 범주를 정치, 경제·사회상, 생활·문화로 크게 나누어 살
펴봄으로써 본 란의 역할과 의의를 규명해 보고자 한다.

1) 통감부의 정책과 정치

먼저 「時事俳評」의 정치 카테고리 중 가장 많은 구제를 차지하고
있는 것은 동양척식주식회사(이하 동척)와 관련한 것으로, 총 21구를
찾아볼 수 있다. 동척은 조선의 토지와 자본 등을 합법적으로 수탈할
목적으로 설립된 국책회사로 일본 정부의 막대한 후원과 보조를 바
탕으로 식민지 지배 정책의 첨병 역할을 하고 있었는데, 「時事俳評」
에 처음 등장하는 동척 관련 구는 1909년 1월 26일의 「동양척식주식
회사의 사무 개시(東拓の事務開始)」로 '더듬어 가는 여자 안마사여라
으스름 달 밤(探り行く女按摩や朧月)'이다. 동척은 초기에는 한국인의

킨다.

저항, 토지와 자본 확보의 어려움을 겪는 등 순탄하게 진행되지만은 않았는데 이 구에서도 이제 막 불완전하게 사업을 시작한 동척의 사업상을 떠올리게 한다. 한편 『경성신보』에는 동척 관련 기사나 소식뿐만 아니라 「동척에 대한 희망 논평(對東拓希望論評)」, 「동척인물평론(東拓人物評論)」과 같은 코너들을 만들어 연재하기도 하였다. 특히 「동척에 대한 희망 논평」은 『경성신보』에서 "한반도 개발이라는 큰 사명을 가진 동양척식주식회사는 이미 간판을 걸고 바야흐로 영업을 개시하려고 한다. 이러한 때에 이르러 이 회사에 대한 세상 사람들의 다종다양한 희망과 논평을 소개하는 것은 단지 유익할 뿐만 아니라 동시에 흥미가 있을 것[24]"이라는 모집 광고를 내어 구독자들이 가지고 있는 동척에 대한 자유로운 의견을 게재한 것이다. 이 논평 연재는 12인의 동척에 대한 의견을 바탕으로 1909년 2월 21일, 25일, 26일, 3월 2일에 걸쳐 총 13회 연재되었는데, 이러한 논평 또한 다음과 같이 「時事俳評」의 구제가 되었음은 주목할 만하다.

- 「동양척식주식회사에 대한 희망 논평에 대하여/(그 첫 번째)미나미야마 씨의 논평(對東拓希望論評に就て/(其一)南山生の評論)」
삼태기 바닥 2홉 반밖에 없는 씨를 뿌리네(種蒔くや二合半ばかり畚底)
- 「동양척식주식회사에 대한 희망 논평에 대하여/(그 다섯 번째)미나미 무라 씨의 논평(對東拓希望論評に就て/(其五)南山生の評論)」
북채 지니지 않은 기생도 몰래 와있네 봄 비(撥持たぬ妓もこそり來て春の雨)

---

24) 「謹告」, 『京城新報』 1909.2.13(2면).

첫 번째 논평의 기고자는 동척에 대하여 '그 사업의 뜻은 장대하고 찬성을 하는 입장이지만, 자금 확보가 무엇보다 시급하며 사회 당국의 보조가 없으면 양두구육(羊頭狗肉)에 그칠 것[25]'이라는 우려감을 동시에 피력하였다. 이처럼 이 논평의 핵심 내용은 동척의 자금부족 상황을 꼬집고 있는 것으로 하이쿠로는 아주 소량의 씨만을 가지고 농작을 해야 하는 궁핍한 상황에 빗대어 읊어 내었다. 다음 다섯 번째 기고자인 미나미 무라라는 기고자는 동척이 설립된 것은 알고 있지만 회사 건물이 어디 있는지도 모른다는 조선 사람의 이야기를 듣고 대회사의 존재를 위엄 있게 알릴 건물이 필요함을 주장하였다. 이와 같은 논평은 하이쿠로는 북채를 빠트리고 와 준비성이 부족한 기생으로 읊어 동척의 미흡한 홍보와 사업상황을 푸념하는 기고자의 의견을 반영하고 있었다. 이처럼 「時事俳評」은 기고자들의 글을 전부 읽지 않더라도 그 핵심을 새로운 하이쿠로 구성하여 17자로 그 내용을 충분히 전달하고 있었다. 또한 동척 관련 구 중에는 조선정부 출자의 역둔토(驛屯土)와 관련한 구가 많은데 동척은 초기 이러한 토지를 한국인의 반대로 이를 거둬들이는데 난항을 겪고 있었다.

- 「역둔토의 결손(驛屯土の缺損)」(1909.4.11)
  나태함을 저울에 달아보는 찻잎 따는 이(怠りを秤にかける茶摘かな)
- 「동척과 역둔토 인계난(東拓と驛屯土引繼難)」(1909.4.18)
  저녁매미여 시끄럽게 울더니 날 저무는 구나(蜩やかしましゆうして日の暮るる)

---

25) 南山生, 「對東拓希望論評(其一)」, 『京城新報』 1909.2.17(2면).

그 중 1909년 4월 11일 「時事俳評」의 「역둔토의 결손(驛屯土の缺 損)」은 한국 정부로부터 받아야 할 역둔토가 논밭을 합하여 3만 정 보(町步)[26]인데 이를 동척의 중요 직책을 맡은 사람이 약 1만 5천 정 보로 파악하여 큰 결손을 우려하는 기사[27]를 구제로 한 것이다. 이처 럼 역둔토 문제를 둘러싸고는 '나태한 성격', '시끄럽게 울어 만 대는 매미'에 비유하여 비판적인 여론을 하이쿠에 반영하고 있었다.

한편, 동척 다음으로는 재한일본인 거류민단과 관련한 구들이 눈 에 띄는데 이와 관련한 구는 총 7구를 찾아볼 수 있다. 거류민단은 한반도 거주 일본인들의 자치기구로 통감부의 이견 충돌로 자주 갈 등을 빚고 있었다. 특히 1908년 7월 '민장관선령(民長官選令)'은 그 분 수령이 되었는데 이는 거류민단에서 직접 선출하고 있었던 민장을 관에서 임명하겠다는 것이었다. 이렇게 자신들의 자치권을 해하는 것에 대해 거류민단 측은 강력히 반대 입장을 표명하였다.

- 「오우치 씨의 관선 반대론(大內氏の官選反對論)」(1909.2.27)
  첫 천둥이어 참새가 지저귀는 대숲의 그늘(初雷や雀の騷ぐ藪の蔭)
- 「정우회의 민선 부결(政友會の民選否決)」(1909.3.20)
  황매화나무 잎 떨어질 때까지 부는 봄바람(山吹の散るだけ吹くや 春の風)

위의 「時事俳評」은 '민장관선령'과 관련한 구로, 첫 번째는 이 법 안에 대해 적극적으로 반대 입장을 표명하고 있었던 중의원 오우치

---

26) 논밭, 산림 등의 면적을 세는 단위로, 1정보는 3,000평이다.
27) 「東拓重役の氣焰」, 『京城新報』 1909.4.8(2면).

쵸조(大內暢三)가 그 이유를 1909년 2월 22일 '거류민단법 개정 법률안 위원회'에서 발표한 것[28]을 구제로 하고 있다. 이를 하이쿠에서는 천둥소리와 함께 참새들이 놀라 동요하는 모습으로 읊어 강력히 반대 입장을 표명하는 측의 분위기가 느껴진다. 재한일본인 사회에서는 '민장관선령'을 제국회의에까지 상정하였는데 결국 다수당 정우회의 만장일치로 이 법안은 부결되었다. 두 번째 구는 이러한 결과를 맹렬한 기세로 부는 봄바람에 나무의 잎이 모두 떨어지는 모습으로 읊어 우세하게 부결된 민선문제를 시각적인 하이쿠로 읊은 것이라 할 수 있다.

2) 경제와 재한일본인의 사회상

한편 「時事俳評」에서는 경제 및 당시의 사회상을 엿볼 수 있는 구들도 찾아볼 수 있다.

> ① 「쌀값 상승과 선민(米價暴騰と鮮民)」(1911.8.11)
> 몹시 더운 날 마실 물도 없구나 외딴 곳 마을(炎天や呑む水もなき一ケ村)
> ② 「개벽 이래 대풍작(開闢以來の大豐作)」(1909.9.16)
> 폭락한다는 기미[29] 전보여 벼를 베기 좋은 날(暴落の期米電報や稻日和)
> ③ 「관사용 수입품 세금에 대하여(官史用稅就輸入品)」(1909.9.16)
> 처마 아래서 벌레 팔아보려고 숨어있구나(軒下に虫賣ろうとして

---

28) 「民長官選問題」, 『京城新報』 1909.2.26(2면).
29) 정기적으로 거래되는 미곡(米穀) 선물시장.

隱れけり)

④「인천 도처의 창궐(仁川渡處の猖獗)」(1909.9.16)

번개여 멀리 호랑이 포효하여 무서웁도다(稻妻や虎の遠吠へ恐ろしき)

⑤「각 지방의 수해(各地方の水害)」(1911.7.22.)

온통 바다와 같은 모습이로다 여름의 들판(一面に海の樣なり夏の野邊)

⑥「경룡합병 발표(京龍合併の發表)」(1910.6.22)

새색시 기쁜 마음으로 치누나 첫 모기 장막(花嫁の嬉しゆう釣るや初蚊帳)

①과 ②는 쌀값과 관련한 사항으로 쌀값 상승 때는 선민들의 어려움을 마실 물이 없는 상황, 그리고 풍작으로 쌀값이 하락 하였을 때는 '기미 전보'라는 직접적인 단어로 그 상황을 전달하고 있었다. ③은 총독부 관사와 같은 사람들이 자신들이 쓸 용품을 세금을 내지 않고 수입해 오는 실태가 극단으로 치닫자 이를 『경성신보』에서 조사하여 주의를 환기할 것을 표명한 기사와 연동하고 있다. 이렇게 음지에서의 위법 행위는 「時事俳評」에서는 숨어있는 벌레 장수에 비유한 구로 재탄생되었다. ④는 인천의 한인 부락에서 발생한 콜레라 역병, 그리고 ⑤는 호우로 전국은 물론 특히 평양, 신의주 등 북쪽 지방에 수해 피해가 막심했던 것을 구제로 한 것이다. 이처럼 「時事俳評」은 역병, 수해와 같은 무서운 재해를 '호랑이의 포효', '온통 바다와 같은' 표현을 사용하여 시, 청각적으로 생생하게 전달하고 있었음을 확인할 수 있었다. ⑥은 서로 다른 행정구역이었던 경성과 용산이 '경룡(京龍)'으로 합병된 것[30]을 새색시가 시집을 간 경사로 표현하였다.

이처럼 다양한 사회상을 다룬 「時事俳評」은 그 구제만 읽어보더라도 당시에 어떠한 사건들이 일어났으며 이슈가 되고 있었는지를 확인할 수 있는 뉴스의 헤드라인과 같은 역할을 하고 있었다.

한편 재한일본인 사회의 대표적인 일간지였던 『경성신보』에는 이들의 생생한 생활상을 비롯하여 사건, 사고를 다룬 기사가 많이 눈에 띄는데 특히 사회적으로 유해한 사건과 관련한 기사들이 많이 있다. 초기 재한일본인 거류민 사회는 초기 치안이 불안하였는데 이를 반영하듯 강도, 살인, 폭행, 사기 등 다양한 사건들을 보도하는 기사들이 끊이지 않고 실려 있었다.

①「야마모토 형사의 순직(山本刑事の殉職)」(1909.2.5)
뜨거운 피가 튀겨져 있는 서리 내리는 밤아(熱血の迸しつて居る
霜夜かな)
②「열여덟 살 소녀의 방화(十八娘の放火)」 센류(1909.3.18)
불타고 있는 원한 방화로 불을 내어 되갚네(やかれたる恨み放火
で燒き返へし)
③「여교원의 유부남 간통(女教員の有夫姦)」(1910.6.22)
아무렇게나 걸치고 있는 끈아 화려한 홑옷(だらしなき引かけ帶
や 派手浴衣)

위의 세 구는 당시 재한일본인 사회를 뒤흔들었던 사건들을 배경

---

30) 지금과 다르게 경성과 용산은 거류민단이 따로 있을 정도로 서로 다른 행정구역이었는데, "1910년 7월 5일 경성민단은 용산민단을 합병하고, 용산쪽에는 경성거류민단 용산출장소를 두게 된다." 박찬승(2002), 「러일전쟁 이후 서울의 일본인 거류지 확장 과정」, 『지방사와 지방문화』 Vol.5 No.2, 역사문화학회, pp.150~151 참고.

으로 하고 있는데 관련 기사는 「時事俳評」 이전 날짜의 신문을 통해 확인할 수 있었다. 그 내용을 요약해 보면 먼저 첫 번째는 서소문 외곽에서 발생한 단총 강도 사건을 진압하다 일본인 순사가 총에 맞아 죽은 일을 배경으로 하고 있다. 두 번째는 재한일본인 가정에서 일어난 사건[31]으로, 열여덟 살 일본인 하녀가 주인과의 부정한 관계가 들통이 나자 야마다 저택에 불을 지르고 고향으로 도망가려고 하였던 방화사건[32]을 소재로 하고 있다. 마지막은 용산학교의 남자 체육 교사와 동료 여교원의 불륜관계가 세상에 알려진 사건[33]으로 살인, 방화, 불륜과 같이 비윤리적인 일들이 당시 재한일본인 사회에서 발생하였던 것을 알 수 있다. 「時事俳評」은 이러한 사건들을 구제로 빠르게 17자로 읊어 내었는데, 특히 순시 살해 사건 현장을 눈앞에서 펼쳐지듯이 빨간 피와 새하얀 눈의 선명한 색의 대비로 포착하여 읊거나 불륜 현장을 시각적으로 읊은 구는 사건을 17자로 잘 응축시키고 있다고 할 수 있다. 그러나 방화사건의 경우는 단순히 사건의 내용을 요약하는데 그치고 있으며, 무엇보다 계어가 부재하고 있어 하이쿠가 아닌 센류로 명기하고 있음을 알 수 있다.

한편 공직자가 비윤리적인 사건을 일으켜 물의를 일으킨 사건도 「時事俳評」에서 찾아볼 수 있다. 그 인물은 친일 단체 일진회(一進會)를 조직한 송병준(宋秉畯)으로 1909년 당시 내무대신이었던 그는 1월 27일 순종의 북한 순행[34]에 동행하였다. 그런데 황제가 타고 있던 열

---

31) 「西小門外の巡視殺し」, 『京城新報』 1909.2.3(3면).

32) 「十八娘の放火犯」, 『京城新報』 1909.3.17(3면).

33) 「有婦の教員有夫の教員と通ず」) 1910.6.21(3면).

34) 순종(純宗)이 평양, 신의주, 의주, 개성을 1909년 1월 27일부터 2월 3일까지 순행한

차에서 술에 취한 송병준은 여궁(女宮)들이 있는 칸에 들어가 난동을
부리기 시작하였다. 이를 시종무관(侍從武官) 어담(魚澹)이 말리는 중
칼부림이 일어나는 사건이 발생하였고 이로 인해 송병준과 어담은
거센 비난을 받으며 사직을 하게 된다. 이 사건의 경위는 1909년 1월
29일 「궁정 열차 내에서의 쟁투(宮廷列車內で爭鬪)」, 2월 4일, 5일자
3면의 「송병준, 어담 격투의 진상(宋魚格鬪の眞相)」에서 자세히 다루
고 있는데 이들 기사에서는 송병준과 어담이 친일파라는 것에 대해
서는 언급이 없고 단지 '사회에 모범을 보여야 할 지위에 있는 시종
과 대신', 즉 누구보다도 신중히 행동해야 할 신분의 사람들이 비윤
리적인 행위를 한 것에 초점을 맞추고 있다. 또한 기사 내 '아주 멍청
한 자(大馬鹿者)', '불경(不敬)'이라는 표현에서 전해지듯이 당시 여론
이 송병준과 어담에 대해 강한 어조로 비난하고 있었음을 알 수 있
다. 이 사건과 관련한 「時事俳評」은 아래와 같이 4구를 찾아볼 수
있다.

- 「송병준과 어담의 격투(宋、魚の格鬪)」(1909.2.2)
  원숭이 공연 너무 부려먹어서 물려버렸네(猿まわしこなし過して
  咬まれけり)
- 「내상과 이용구의 회견(內相と李容九の會見)」(1909.2.16)
  노려보면서 서로 울어 대두나 봄날 고양이(睨み合ふて泣き合ひに
  けり猫の戀)
- 「일진회 사직 권고(一進會の辭職勸告)」(1909.2.16)
  떨어지려나 새끼 고양이 엿보는 동백꽃이여(落つるかと小猫覗く

것을 가리킨다.

椿かな)
- 「송내상의 사직(宋內相の辭職)」(1909.3.2)
  지게 될 운명 그대로 져버리는 눈보라 꽃아(散る事にして散る花
  の吹雪かな)

위의「時事俳評」의 구들은 열차 내에서의 칼부림 사건을 비꼬는
듯한 하이쿠에서 시작하여 송병준의 사직까지를 다루고 있으며, 각
각 '원숭이 공연(猿まわし)', '봄날 고양이(교미기의 고양이)(猫の戀)', '동
백꽃(椿)', '눈보라 꽃(花吹雪)'과 같이 봄의 계어를 갖추고 있다. 여기
서 주목해야 할 점은 기사로는 찾아볼 수 없지만 당시 일진회의 회장
이었던 이용구(李容九)가 송병준의 경솔한 행위를 문제 삼아 그를 불
러 일진회에서의 사직도 종용하였던 사실을 2월 16일의「時事俳評」
의 구제로 알 수 있다는 것이다. 한편 세 번째 구는 송병준의 앞날을
목이 툭 떨어지듯 낙화하는 동백꽃에 빗댄 구이며, 마지막 3월 2일
의 구는 이 사건으로 결국 일진회에서는 사임하지 않았으나 내무대
신에서 사직하게 된 송병준의 최후가 사회적으로 지당하다는 분위기
를 그대로 반영하여 읊은 구라고 할 수 있다. 이처럼「時事俳評」은
단순히 어떤 사건의 경위를 그대로 전달하는데 그치지 않고 당시 언
론의 반응까지도 반영하고 있었다는 것을 확인해 볼 수 있다.

3) 재한일본인의 문화와 생활

한편「時事俳評」는 당시 재한일본인들이 어떠한 생활을 하였는지
를 엿볼 수 있는 구들도 찾아볼 수 있다.

① 「나가우타회의 성황(長唄會の盛況」(1909.2.2)

　　나카우타의 간주 흐를 때 수염 꼬고 있구나(長唄の合ひの手に髭

　　捻りけり)

② 「대 스모 전 인기(大相撲の前景氣)(1910.6.22)

　　소리 드높은 야구라 타이코여 오월 맑은 날(音高き櫓太鼓や五月

　　晴れ)

③ 「사카이 마사히라의 파탄(酒井政平の破綻)(1909.2.24)

　　가랑눈이어 내리는 족족 녹아 무엇도 없네(淡雪や降るだけ消し

　　て何もなし)

④ 「오후쿠 씨의 대단한 기세(お福さんの豪い權幕)(1909.9.16)

　　우스다이 북을 이리저리 흔들며 춤추는구나(臼大の尻振り立て

　　て踊りけり)

⑤ 「한국 성공자 표창(韓國成功者頌表)(1909.2.25)

　　나무 화롯가 예로부터의 광택 눈부시구나(木地爐綠古代の艶の

　　光るねり)

⑥ 「경룡신사록의 발행(京龍紳士錄の發行)(1909.3.12)

　　한 면에 꽉 찬 밤하늘 기라성들 매화 향 나네(一面綺羅星月夜梅

　　かほる)

　　우선 ①과 ②의 구는 당시 재한일본인들이 나가우타(長唄), 스모와
같은 모국의 전통 음악과 스포츠를 한반도에서 즐기고 있었던 것을
알 수 있는 구이다. 나가우타는 샤미센(三味線)을 반주로 하는 노래
장르이자 가부키(歌舞伎)의 반주 음악을 가리킨다. 본래 일본 전통 음
악 장르인 나가우타는 1908년 11월 한반도에 '나가우타 기호회(長唄
嗜好會)'라는 동호회가 생겨날 정도로 이주 일본인들이 즐기던 오락
예술 중의 하나였으며, 이 기호회의 번영을 위하여 도쿄에서 나가우

타의 명인인 요시무라 이사부로(芳村伊三郎)를 사범으로 초빙하기도
하였다.[35] ①은 1월 29일 '나가우타 기호회'의 제3회 대회 때에 참석
하여 음악을 감상하고 있는 모습을 읊은 구이며, 이외에도 「요시무
라 이사부로의 성공담(芳村伊三郎の成功談)」이라는 구제로 그의 실력
을 칭송하는 '영험한 산에 봉우리 하나만이 높이 솟았네(靈山の一と峯
高うそびへけり)'라는 구도 또한 찾아볼 수 있다. 한편 스포츠의 경우
는 스모가 압도적이었는데, 일본의 스모 선수들이 경성이나 부산 지
역에 와서 스모 경기를 하였다는 사실도 『경성신보』내 스모 관련 기
사와 광고 등을 통해 확인할 수 있다. ②는 1910년 6월 24일 경성
창덕궁에서 열릴 도쿄 대 스모 경기 전에 그 인기를 다룬 「대 스모
휘보△대단한 경기 전 인기(大相撲彙報△素晴らしき前景氣)」[36]와 관련
한 구로 북소리로 경기를 기대하는 마음을 읊고 있다. ③번째 구부터
는 재한일본인과 관련한 구로 당시 일본인 거류민 사회에서 성공자
중의 하나였던 사카이 마사히라(酒井政平)의 파탄[37]을 다룬 구로 과
거의 영광이 덧없음을 눈이 녹아 없어지는 것에 빗대어 읊고 있다.
④의 구는 경성에서 활약한 오후쿠라는 재주 많은 게이샤가 밤늦게
까지 사람들의 시선에 개의치 않고 대담하게 가무를 즐긴 일화가 눈
앞에서 펼쳐지듯이 시각적으로 포착해 낸 구이다. 한편 ⑤는 재한

---

35) 이지선(2015), 「20세기 초 경성의 일본전통공연예술 동호회 활동 양상 : 『경성신보』
   와 『경성일보』의 1907~1915년 기사를 중심으로」, 『한림일본학』27, 한림대학교 일본
   학연구소, pp.189~191에서 자세히 다루고 있다.
36) 「大相撲彙報△素晴らしき前景氣」, 『京城新報』1910.6.22(3면).
37) 당시 일본인 거류민 사회에서 성공자 중의 하나였던 사카이 마사히라가 파탄하게
   된 사건과 관련한 하이쿠로 1909년 2월 21부터 3월 17일까지 「酒井政平の破綻」이라는
   제목으로 20회에 걸쳐 그 경위와 소송 내용을 자세하게 다루고 있다.

성공자들을 선발하여 표창할 것을 제국회의에 제기하려는 계획[38], 그리고 ⑥은 『경성신보』에서 경성과 용산 지역을 합한 『경성, 용산 신사록(京龍紳士錄)』을 발행할 계획을 공표하였던 광고[39]와 관련한 것 이다. 이와 관련한 구의 '광택', '기라성'에서 느껴지듯이 재한일본인 사회의 자랑이 될 만한 이들의 존재와 활동을 집단화하여 선전하려 고 하였는데, 이는 '일본인의 한반도 이주 장려책'과 '공중의 편의'라 는 대내외적인 이유를 바탕으로 하고 있었다.

이상과 같이 「時事俳評」은 『경성신보』내 다양한 시사점들을 17자 로 재탄생시켜 전달하였다는 점에서 구독자들에게 문예란 이상의 기 능을 하고 있었다고 평가할 수 있을 것이다.

5. 맺음말

본 논문에서는 초기 재한일본인 사회의 다양한 시사점을 하이쿠 로 읊은 「時事俳句」가 한반도에서 간행된 일본어 신문에도 존재하였 다는 점에 착안하여 연구를 진행하였다. 그 결과 「時事俳句」의 명확 한 한반도로의 유입경로는 현단계에서는 규명해 내지 못하였으나, 민간신문과의 연관성은 찾아낼 수 있었다. 특히 본고에서 대상으로 한 『경성신보』의 경우 통감부·총독부의 대표적인 기관지였던 『경성 일보』에 비견되는 '야당지'였다. 앞서 살펴보았듯이 「時事俳句」는 신

---

38) 「韓國成功者頌表」, 『京城新報』 1919.2.23(2면).
39) 「事告 京城龍山紳士錄出版に付」, 『京城新報』 1909.3.13(3면).

문을 기반으로 탄생한 하이쿠 란이었다. 따라서「時事俳句」에는 그 신문의 논조가 반영되는 것이 필연적으로 한반도에서는 민감한 정치 문제나 논평을 자유롭게 싣는 것이 가능한 것은 민간신문 쪽이었다. 따라서 한반도의「時事俳句」는『경성신보』와 같이 민간신문을 기반 으로 하여 전개되었다고 할 수 있으며,「時事俳評」을 관련 기사나 칼럼과 연동하여 보는 작업을 통해 당시 한반도의 정세를『경성신보』 의 논조와 맞물려 파악해 볼 수 있었다. 이처럼「時事俳評」이 신문 구독자에게 수행한 기능적인 면을 생각해 볼 때,「時事俳評」은 분명 〈문예란(文藝欄)〉임에 분명하지만 시사를 구제로 하고『경성신보』의 논조를 반영함으로써 당시 여타타 화조풍영의 하이쿠 란과는 다르게 '여론선도'라는 기능 또한 수행하고 있었다. 그리고 당시 '사회상의 기록'이라는 실증적인 자료의 기능도 현재 수행하고 있다고 평가할 수 있을 것이다.

향후에는「時事俳評」이외에도 일본어 민간신문에 존재하는 다양 한 양식의 일본 전통시가 장르를 발굴·분석하여 과거 한반도에서 전 개된 일본어 시가 세계를 더 확대하고자 한다. 또한 이를 일본 하이 단(俳壇)과의 관계성에서 파악할 수 있는 자료의 보완을 통해 양국의 시가 교류 양상까지도 규명해 보고자 한다.

본 논문은『比較日本學』제45권(한양대학교 일본학 국제비교연구소)에 수록된 김보현 (2019),「한반도 간행 일본어 민간신문 속 하이쿠(俳句) 연구—『경성신보(京城新報)(1907~ 1912)』의「時事俳評」을 중심으로」를 수정, 가필한 것이다.

참고문헌

· 沈韓輔, 『京城新報』1-5, 韓國統計書籍, 2003.

· 김태현, 「한국강점 전후『경성신보』와 재한일본인사회의 동향」, 『한국민족운동사연구』68, 한국민족운동사학회, 2011.

· 박찬승, 「러일전쟁 이후 서울의 일본인 거류지 확장 과정」, 『지방사와 지방문화』Vol.5 No.2, 역사문화학회, 2002.

· 이지선, 「20세기 초 경성의 일본전통공연예술 동호회 활동 양상 : 『경성신보』와『경성일보』의 1907~1915년 기사를 중심으로」, 『한림일본학』27, 한림대학교 일본학연구소, 2015.

· 엄인경, 「20세기초 재한일본인의 문학결사와 일본전통 운문작품 연구 : 일본어 잡지『조선지실업(朝鮮之實業)』(1905~1907)의 〈문원(文苑)〉을 중심으로」, 『日本語文學』제55집, 일본어문학회, 2011.

· 정은혜, 「메이지(明治)시대 한국에서 발행된 일본어 신문의 역할에 관한 연구-『조선신보(朝鮮新報)』를 중심으로」, 『일어일문학』78, 대한일어일문학회, 2018.

· 천지명, 「통감부의 재한일본인 정책과 거류민단의 변화」, 『한국민족운동사연구』79, 한국민족운동사학회, 2014.

· 鄭晉錫, 「日本の言論侵略史料復元」, 『京城新報』第1卷, 韓國統計書籍, 2003.

· 許錫, 「海外移住日本人のディアスポラ的特性について一移住先における日本語新聞の發行と國民アイデンティティー維持を中心に」, 『日本語文學』第31輯, 韓國日本語文學會, 2006.

· 許錫, 『한말 한국이주 일본인과 문학』, 京仁文化社, 2012.

· 尾形仂 外, 「時事俳句」, 『俳文學大辭典』, 角川書店 1996.

· 石寒太, 「特集·時事俳句を詠む一楸邨の言葉」, 『俳壇』, 本阿弥書店 23(7).

· 加藤紫舟, 「時事俳句是非」, 『俳句藝術論』, 雄山閣, 1935.

· 紀田順一郎, 「時事俳句の始」, 『事物起源選集』9, クレス出版, 2005.

· 竹田美喜, 「子規·故鄕松山を詠む」(第26回 2008年電氣設備學會全國大會特別講演), 『電氣設備學會論文誌』, 電氣設備學會 Vol.29 No.1, 2009.

• 中野一夫, 「新聞人としての正岡子規―主として俳句時事評について」, 『跡見學園國語科紀要』18, 跡見學園國語科研究會, 1970.
• 春原昭彦, 『日本新聞通史 1861年~2000年』, 新泉社, 2003.
• 正岡子規 著, 『子規全集』第9卷, 改造社, 1929.

1910년 전후 조선의 가루타계(歌留多界)

『경성신보(1907~1912)』의 가루타 기사를 중심으로

김보현

1. 들어가며

일본에서 가루타(歌留多)의 기원은 헤이안시대 두 짝의 조개껍데기에 와카의 상구(上の句)와 하구(下の句)를 각각 적어 짝을 맞추는 놀이였던 '가이아와세(貝合せ)'로 거슬러 올라간다. 에도시대 후기 때는 '이로하 가루타(いろはカルタ)'[1]가 유행하였고, 백인일수(百人一首)를 이용한 가루타 대회인 '경기 가루타(競技カルタ)'가 표준 가루타와 경기규정을 갖춰 도쿄를 중심으로 재정된 것은 메이지시대 때이다. '경기 가루타'는 백인일수의 상구가 적힌 요미후다(讀み札)를 낭독자가 읊으면 그에 맞는 하구가 적힌 도리후다(取り札)를 빨리 집는 것을 경

---

1) 주로 어린 아이들을 대상으로 한 가루타 놀이로 '이로하(いろは)' 47자에 '쿄(京)'자를 더하여 앞 글자를 시작으로 속담이나 교훈이 적힌 지후다(字札), 그리고 그에 맞는 그림이 그려진 에후다(繪札)가 각각 48장씩 총 98장으로 이루어진 놀이이다. 지후다에 적힌 속담을 듣고 그에 상응하는 에후다를 빨리 집어내는 것을 겨루는 방식으로 이루어진다.

쟁하는 것으로 '다다미위의 격투기'라고도 불린다. 이렇게 놀이에 경
기성이 더해진 '경기 가루타'는 1904년, 구로이와 루이코(黑岩淚香)가
'도쿄 가루타회(東京カルタ會)'를 결성하여 통일된 체제를 갖춤으로서
가루타 인구가 전국적으로 확대되기 시작하였다.[2] 가루타는 신년 가
족단위로 행해지는 전통놀이라는 인식이 강하였으나, 최근 '경기 가
루타'를 주제로 한 애니메이션과 영화[3] 등이 인기를 끌면서 가루타
에 대한 진입 장벽이 낮아지는 등 대중성을 확보해 나아가고 있다.
한국에서도 이들 애니메이션이 인기를 끌면서 개인이나 단체들이 관
심을 가지고 가루타회를 만들고 비정규적이긴 하지만 대회도 개최한
바가 있다. 또한 일본 관련 기관이나 학교 등에서는 가루타를 소개하
고 직접 체험할 수 있는 프로그램을 기획하는 등 일본 전통 문화 소
개의 일환으로서 가루타를 활용하고 있음을 알 수 있다.[4] 한편 국내

---

2) 全日本かるた協會(2008), 「競技かるたの歴史年表」, 『競技かるた百年史』, 全日本か
るた協會, pp.511~514 참고.

3) 대표적으로 최근 경기 가루타를 주제로 하여 인기를 끈 애니메이션으로는 〈치하야후
루(ちはやふる)〉와 2017년 4월 개봉한 명탐정 코난 시리즈 〈명탐정 코난: 진홍의 연가
(名探偵コナン: 紅の戀歌)〉를 들 수 있다. 특히 〈치하야후루〉는 스에쓰구 유키(末次由
紀)의 만화가 원작으로 애니메이션으로는 제1기(2011.10~2012.3), 제2기(2013.1~6)
로 방영되었고 2016년에는 영화로도 개봉되는 등 큰 인기를 끌며 경기 가루타 붐을
일으켰다.

4) 중앙대학교 일어일문학과에서는 2009년 9월 25일 학과 창설 학과 창설 30주년을
맞아 '백인일수의 영향력과 다양성'이라는 주제로 학술심포지엄을 개최하였다. 이때
스톤 무쓰미(ストーン睦美), 히로모토 유키노리(廣本幸紀), 고바야시 요시마사(小林吉
眞), 사카모토 다다아쓰(坂本忠厚)와 같은 선수들이 직접 가루타 시연을 하여 경기
가루타를 직접 눈으로 볼 수 있는 시연회도 겸하였다. 또한 다음 날에는 일본국제교류
기금 서울문화센터와 사단법인 일본 카루타 협회, 상명대학교 일어교육과의 공동주최
로 가루타 강연회와 시연회, 일반인을 대상으로 한 카루타 체험과 미니시합을 개최하
였다. 한편 〈한국 카루타회〉는 블로그와 페이스북을 중심으로 2013년 결성되었는데
2017년까지 격주로 국제교류기금에서 연습회를 하고 대회를 개최하는 형식으로 유지

에서 가루타에 대한 연구는 경기에 사용되는 백인일수와 그 경기방법에 집중하여 이를 일본어 교육에 활용[5]하고 있는 등 주로 가루타를 고전문학과 일본 전통놀이로 접근하고 있다. 그러나 이와는 다른 맥락으로 가루타가 과거 일제강점기 조선에서도 행해졌었던 사실은 이제까지 다루어진 바가 없다. 다만 태평양전쟁 이후 조선에 '애국백인일수(愛國百人一首)'[6] 보급을 위한 방편으로 가루타를 활용하여 '충군애국의 정신을 선전'하고 '일반 유희를 통한 황민화 교육'으로 활용되었던 사실은 밝혀진 바가 있다.[7] 그러나 '애국백인일수'는 '경기 가루타'에서 사용하는 '오구라 백인일수(小倉百人一首)'와 전혀 다른 이종(異種) 백인일수이기에 그 성격이 완전히 다르다고 할 수 있다. 따라서 일제강점기말 조선에서 가루타가 일종의 전쟁 프로파간다로 이용

되었다. 〈일본국제교류기금 서울문화센터 블로그〉 https://blog.naver.com/jpfseoul/70068766872 참고. 〈한국 카루타회〉 홈페이지https://www.facebook.com/groups/koreakaruta 참고.

5) 김정화(2007), 「일본 전통놀이를 활용한 일본어 수업방안 연구」, 계명대학교 교육대학원 석사논문; 황정숙(2007), 「한국과 일본의 설날 유아 전통놀이 비교−서울 S유치원과 후쿠오카 H유치원 사례 연구」, 『열린유아교육연구』 제12권 제4호, 한국열린유아교육학회; 서은실(2008), 「일본인 생활 속의 百人一首 문화적 기능의 一考察」, 중앙대학교 교육대학원 석사논문; 이현지(2009), 「일본 전통 놀이를 활용한 일본어 교수법」 경희대학교 교육대학원 석사논문; 임찬수(2012), 『패러디·해학·문화콘텐츠로 바라본 백인일수』, 도서출판 삼화.

6) '애국백인일수'는 일본문학보국회(日本文學報國會)가 정보국과 대정익찬회 등의 후원과 협력을 얻어 기획한 것으로 1942년 발표되었고 1943년 매일신문사(每日新聞社)에서 간행되었다. 와카(和歌)의 내용은 모두 전시 하 국민정신의 함양과 충군애국을 담고 있다.

7) 권희주(2014), 「'애국백인일수'와 번역되는 '일본정신'」, 『아시아문화연구』 제35집, 가천대학교 아시아문화연구소, pp.5~22, 박상현(2016), 「식민지 조선에서의 '애국백인일수' 수용 양상 연구−'애국백인일수' 전람회를 중심으로」, 『일본문화연구』 제58집, 동아시아일본학회, pp.63~83.

되었던 사실은 조선에서 전개된 가루타의 일면만을 확대하여 본 것
이라 할 수 있다.

따라서 본고에서는 일제강점기 조선에서 전개된 가루타가 '애국
백인일수'와 함께 정치적인 도구로서만 집중되고 있는 것에서 벗어
나 제국의 문화 이동과 식민지에서의 수용 양상이라는 시점에서 접
근하고자 한다. 이를 위해 먼저 『경성신보(京城新報)』에 실린 가루타
관련 기사들을 근거로 하여 1910년 전후 조선 가루타계의 형성과 전
개 양상을 파악해 보고자 한다. 『경성신보』는 1907년 11월 3일 창간
된 민간신문으로 1912년 2월 29일까지 발행되었다. 통감부의 정간처
분으로 인하여 1907년 11월 3일부터 1908년 6월 26일까지는 『경성신
보』로, 통감부의 폐간 처분으로 1908년 7월 5일부터 1908년 12월 23
일까지는 『경성신문』, 그리고 다시 1909년 1월 1일~1912년 2월 29일
까지 『경성신문』으로 발행되었다.[8] 이렇게 제호를 변경하면서까지
존속되었던 『경성신보』는 민간신문이라는 특성상 한일합병 이전과
일제강점기 초기 재조 일본인들의 경제, 정치, 문화 등 전반적인 상
황을 들여다 볼 수 있는 자료가 보존되어 있다.[9] 특히 본고에서 다루

---

8) 金明昊(2003), 『京城新報』 1, 韓國統計書籍센타, pp.i-ii 참고.

9) 유재진(2017), 「러일전쟁과 일본어 민간신문 『조선일보(朝鮮日報)』의 문예물 1- 코
   난 도일(Conan Doyle) 작 「프랑스 기병의 꽃(佛蘭西兵の花)」, 『比較日本學』 第41輯,
   漢陽大學校 日本學國際比較研究所, pp.169~184. 이 논문에서는 일본어 민간신문
   연구의 현 상황과 필요성에 대하여 문예물을 중점으로 다음과 같이 지적하였다. "민간
   신문은 식민정책을 위에서 아래로 전달하는 데 주안점이 있는 통감부나 조선총독부의
   기관지와는 달리, 조선 내 일본인들이 현장에서 조선에 대한 인식과 그들의 실상을
   보여주고 있어서 매우 중요한 역사적 자료라 할 수 있다. 한반도 내 일본어 민간신문
   연구의 중요성에 관해서는 일찍이 지적은 있었으나 자료가 산재해 있고 열악한 보존
   상태 등의 문제로 현재까지 축적된 연구는 극히 소수에 불과하다.(중략) 그러나 앞서
   언급하였듯이 일본어 민간신문은 한반도 개항 이후 한반도에 거주한 일본인들의 실상

고자 하는 가루타의 경우『경성신보』가 주체가 되어 가루타 대회를
개최하는 등 초기 조선 가루타계를 조망하기 위한 연구에서 빼놓을
수 없는 중요한 자료라 할 수 있다. 한편『경성일보(京城日報)』의 경
우 1906년부터 1945년까지 발행되었으나 현존본은 1915년부터이고,
『조선신보(朝鮮新報)』(1908년『조선신문(朝鮮新聞)』으로 변경)는 초기 인
천이 발행지로 1910년 전후 가루타에 관한 기사도 인천의 상황에 치
우쳐 실려 있었다. 이에 본 연구에서는 현재 한 번도 조명되지 않은
조선 가루타계의 초기 상황을 전반적으로 조감하기 위해『경성신보』
를 분석의 대상으로 삼고자 한다.

　이렇게 조선 가루타계를 초기부터 거슬러 올라가는 과정을 통하
여 차후 조선에서 전개된 가루타의 전모와 시대에 따른 가루타의 변
주 과정을 보다 심도 있게 설명할 수 있을 것이다. 또한 당시 가루타
의 역할에 대해 고찰함으로써 초기 조선 거류일본인 사회에서의 문
화 연구, 그리고 현재 가루타를 즐기는 국내 인구에도 새로운 관점을
제시할 수 있을 것이라 기대한다.

2. 초기 조선 가루타계의 궤적

　우선 일제강점기 조선 가루타계의 초기 모습을 추적할 수 있는 자
료는 신문매체가 유력하다. 조선에는 1910년 한일병합 이전부터 이

을 생생히 보여주는 중요한 사료이고 그러한 민간신문에 게재된 문예물을 통해서 한반
도에 일본어 문예 및 문화가 유입, 변용, 전파되는 과정을 살펴볼 수 있다."

미 개항을 통해 일본인 거류지가 형성되어 80,745명(1906년 기준)의 일본인이 이주해 있었고, 이후 본격적인 이주가 시작되어 243,729명(1912년 기준)으로 대폭 증가하였다.[10] 이렇게 조선뿐만 아니라 해외로 이주한 일본인 사회의 특징 중의 하나는 일본어 신문의 발행으로 메이지시대 조선에서 발행된 일본어 신문문은 60여 종에 이르렀다.[11] 당시 일본어 신문은 이주민들 사이의 상호 커뮤니케이션과 정보교환, 결속력 등을 도모하는 역할을 하며 지역별로 다양한 신문들이 발행되었다. 한편 일본어 종합잡지가 본격적으로 간행되기 시작한 것은 한일병합 이후라 할 수 있다. 따라서 초기 조선에서 가루타의 자취는 신문에서 다수 찾아볼 수 있으나, 그 전에 조선 가루타계의 초기에 대해 언급하고 있는 『조선공론(朝鮮公論)』내 글을 참고해보고자 한다.

1913년부터 1944년까지 일본어로 발행된 종합잡지 『조선공론』에는 제9권 제11호(1921년 11월)와 제10권 제11호(1922년 11월)에 각각 '조선 가루타계의 사람들(朝鮮カルタ界の人々)'[12]이라는 글이 실려 있다. 이들은 각각 조선에서 활약하고 있는 가루타 관련 인물들에 대하여 중점적으로 소개하고 있으나 후자에서는 단편적으로나마 초기 조선 가루타계가 어떻게 시작되어 왔는지에 대하여서도 지면을 할애하고

---

10) 허석(2012), 『한말 한국이주 일본인과 문학』, 景仁文化社, pp.19~21.

11) 이지선(2015), 「일문 일간지 『京城新報』와 『京城日報』에 수록된 20세기 초 조선 공연예술 기사 분석-1908년~1915년 기사를 중심으로」『국악교육연구』제9권 제2호, pp.59~62. 허석, 위의 책, pp.33~35 참고.

12) 疾風迅手(1921), 「朝鮮歌留多界の人々」, 『朝鮮公論』第9卷 第11号, 朝鮮公論社, pp.153~154. 篠崎潮二(1922), 「朝鮮カルタ界の人々」, 『朝鮮公論』第10卷第11号, 朝鮮公論社, pp.172~174.

있다. 먼저 본 글에서는 조선 가루타의 시초를 1894년 새해를 축하하는 연석 자리에서 조선 재류 일본인들이 영사관에 모여 모국을 그리워하며 시작했던 것에서 찾고 있다. 그러나 이는 '낭영(朗吟)'에 불과하며 지금(1920년대)의 가루타 융성에 비하면 가치가 없는 것이라하고 본격적인 조선 가루타계에 관하여서는 다음과 같이 기술하고있다.

> 조선 가루타계가 경기를 중심으로 하여 도쿄식의 형태를 수입한 것
> 은 1910년경으로 사자나미회(漣會), 미요시노회(みよしの會), 가사사
> 기회(鵲會)라는 집단이 생겨 패권을 다투었다. 1916년경에는 하쿠요
> (白楊), 미요시노 등 여러 회들이 멸망하여 사자나미회, 아키카제회(秋
> 風會), 가사사기회, 미야비회(美矢飛會)가 활약하고 있는 것이다.[13]

위의 인용한 부분에 따르면 조선에서 가루타가 '내지' 도쿄와 같은 경기 형식을 갖추고 회가 생겨나기 시작한 시점을 1910년경이라고 볼 수 있다. 그러나 『조선신보(朝鮮新報)』 1906년 11월 19일자를 보면 '『조선신보』 관계자들로 이루어진 가루타회였던 '스미레회(すみれ會)'가 발회식을 가지고 회원 20여 명이 연습을 하였다.[14]'라는 기사를 찾아볼 수 있다. 또한 12월 10일자에서는 '스미레회'의 근황을 물으며 신년대회를 기대하고 있다는 언급으로 보아 1910년 이전 벌써 조선에 가루타회가 존재하고 있었음을 분명히 알 수 있다. 한편 위의 인용에서 '도쿄식'이라는 것은 다음과 같은 〈도쿄 가루타회 경

---

13) 篠崎潮二(1922), 「朝鮮カルタの人々」, 『朝鮮公論』 第10卷 第11號, p.172.
14) 「俱樂部會」, 『朝鮮新報』(1906.11.19.)

기 규정〉을 가리킨다.

> 경기는 1대 1로 행할 것, 각자 가지고 있는 패(持札)를 25장으로 할
> 것, 빨리 가지고 있는 패를 없애는 사람을 승자로 할 것, 상대 진영의
> 패를 집었을 경우는 자기 진영의 가지고 있는 패를 한 장 건 낼 것,
> 패의 배열은 세로 3단, 가로 3척(약 91cm) 범위 내로 할 것, 집어야
> 할 패(取札)에 동시에 손을 대었을 경우에는 그 패를 손에 들고 있는
> 사람을 승자로 할 것.[15]

즉 여러 명이 참가하는 지라시토리(ちらし取り)나 팀을 나누어 대항
하는 겐페이 갓센(源平合戰) 등과 같은 경기 방식이 아닌 개인 대 개
인의 대결이 '경기 가루타'의 방식이었다. 또한 카드의 규격과 배열
방법 등 세밀한 규칙들이 도쿄를 중심으로 전국으로 퍼져나가며 '경
기 가루타'가 공식적인 가루타 대회의 체제로 굳어져 갔다. 그러나
초기 조선의 가루타계에서는 경기 방식에 대한 자세한 언급은 찾아
볼 수 없다. 다만 대회 후기에서 연대책임[16], 삼패실격(三敗失權)[17] 등
의 기록으로 보아 초기 조선 가루타계에서는 도쿄식의 개인전뿐만
아니라 아직 오락성이 더 강한 전단계적인 경기 방식이 혼합된 모습
을 보이고 있었다고 추측해 볼 수 있다.

이렇게 초기 조선 가루타계의 상황에 관하여서는 당시 자료에서
도 명확하지 않은 부분이 있으며 그조차도 단편적인 언급에 그치고
있다. 따라서 다음 장에서는 1910년 이전으로 거슬러 올라가 초기

---

15) 全日本かるた協會(2008), 앞의 책, p.16.
16) 「一昨日の歌留多會」, 『京城新報』(1910.3.9.) 3면.
17) 「十一日のかるた戰」, 『京城新報』(1911.2.14.) 3면.

조선의 가루타계가 어떠한 추이를 밟아왔는지『경성신보』를 중심으로 살펴보고자 한다.

3. 초기 조선 가루타계의 형성과 주요 가루타 대회

『경성신보』에 가루타 관련 기사는 대부분이 경기의 홍보나 후기들이지만, 이를 통해 당시의 경기 운영방식이나 규모 등을 파악해 볼 수 있다.

개최일	대회명	주최
1909.01.17	第一回 京城歌留多大會	京城新報 通信管理局
1909.01.30	龍山歌留多大會	鐵道管理局
1909.02.15	仁川歌留多大會	朝鮮新聞社
1909.05.09	歌留多大會	霞會
1909.10.10	第一回 月並例會	霞會
1910.01.30	京龍仁歌留多大會	それから會
1911.01.11	印刷局員 歌留多大會	龍山 印刷局
1911.01.15	第二回 京城歌留多大競技大會	京城新報
1911.02.11	京龍 歌留多大會	通信局/鐵道局/ つらぬき/霞會
1911.04.03	京龍仁聯合大會	京龍仁聯合
1912.01.14	京城歌留多大會	京城新報

먼저 『경성신보』에 처음으로 가루타에 관한 기사가 실린 것은 1909년 1월 1일자 3면의 '가루타 대경기회 개최(歌留多大競技會の開

催)'이다. 기사 제목에서도 알 수 있듯이 가루타 경기 대회를 앞두고
정초부터 참가자를 모집하고 대회를 선전하였는데 이러한 기사는 경
기 당일까지 10회[18]에 걸쳐 이루어졌다. 이렇게 대대적으로 선전을
한 것은 조선 가루타 대회의 효시 '제1회 경성 가루타 대회'[19]로 1909
년 1월 17일『경성신보』와 통신관리국(通信管理局)에 의한 '경성 가루
타회(京城歌留多會)'가 개최하였다. 1909년 1월 10일자 '가루타회 휘
보(歌留多會彙報)'에는 17일 대회에 대한 구체적인 정보를 찾아볼 수
있는데, 명예회장은 당시『경성신보』의 사장이었던 미네키시 시게
타로(峰岸繁太郎), 그리고 심판은『경성일보』의 오쿠다(奧田),『대한
일보(大韓日報)』의 노무라(野邑),『조선일일(朝鮮日日)』의 니시야마(西
山) 3인으로 이루어져 있었다. 이외에도 회계, 문서계, 서무 책임자
가 따로 편성되어 있는 등『경성신보』를 중심으로 초기부터 체계적
으로 대회를 준비하였음을 알 수 있다. 이어 1월 30일 개최된 '용산
가루타 대회'는 17일 대회에서 활약한 철도관리국(鐵道管理局)이 주최
하였으며 여기에서 출전한 선수들은 '용산파(龍山派)'라고 불렸다. 이
외에도 2월 인천에서 열린 '인천 가루타 대회', 그리고 5월과 10월
경성의 '가스미회(霞會)'가 주최한 '가루타 대회', '쓰키나미 예회(月並
例會)' 등 크고 작은 가루타 대회가 경성과 인천을 중심으로 활발하게

---

18) 1월 1일 이후『경성신보』에 실린 '제1회 경성 가루타 대회' 관련 선전 기사는 다음과
   같다. 「京城歌留多大會」(1909.1.5.), 「競技會の場所」(1909.1.7.), 「競技會の開催」
   (1909.1.9.), 「歌留多會彙報」(1909.1.10.), 「歌留多場變更」(1909.1.13.), 「歌留多會
   彙報」(1909.1.14.), 「歌留多會彙報」(1909.1.15.), 「歌留多會は明日」(1909.1.16.), 「今
   日の歌留多會」(1909.1.17.)

19) 「百人一首 歌留多競技大會開催」,『京城新報』(1910.11.9.) 5면에서는 '제1회 경성
   가루타 대회'를 조선 가루타 경기 대회의 효시로 회자하고 있다.

이루어졌다. 특히 1909년에는 '경성 가루타회', '가스미회', 용산의 '한강회(漢江會)' 등 인천에 이어 경성 지역에도 가루타 단체가 속속 형성되기 시작한 것을 확인 할 수 있다. 한편 1910년 1월 말에는 신생 가루타 단체인 경성 '소레카라회(それから會)'가 주최하여 '경룡인 가루타 대회(京龍仁歌留多大會)'를 개최, 또한 '대구 가루타회(大邱かるた會)'에의 원정 경기를 선전하는 등 가루타 대회가 지속되었다.

1911년 1월 15일 2년 만에 다시 『경성신보』 주최로 개최된 '제2회 경성 가루타 대경기 대회'는 선수 50여 명, 준회원 150여 명이 참석한 가운데 경기 전 비파 연주를 하는 등 성대하게 열렸다. 이 대회에 앞서 『경성신보』에서는 1910년 12월 16일부터 24일에 걸쳐 총 8회 '가루타 빨리 집는 법(かるた早取方)'까지 연재하면서 당사의 회원들에게 비전(祕傳)을 전하는 등 우승에 총력을 기울였다. 이렇게 매년 가루타 대회의 규모가 커지면서 경룡 육군(京龍陸軍)의 가루타회, 인천의 '무라사메회(村雨會), 용산 인쇄국 관계자들의 가루타회인 '쓰라누키회(つらぬき會)' 등이 등장하였다. 특히 이 중 1911년 1월 15일 발회식을 가지고 인천에서 신생한 '무라사메회'에 관하여서는 『조선신문』에서 자세한 정보를 찾아볼 수 있다.[20] 2월 11일 정오에 시작된 '경룡 가루타 대회(京龍歌留多大會)'는 통신국, 철도국, '쓰라누키회', '가스미회'의 연합으로 개최되었으며, 인천의 '무라사메회'의 회원도 5명이 출전하였다. 이후 4월에는 경성, 용인, 인천의 가루타회가 연합하여 대회를 개최하는 등 지역별 가루타회의 통합이 엿보이는데,

---

20) 『조선신문』에 '무라사메회'가 처음 소개된 것은 1911.1.8일자 5면의 「인천에 새로운 가루타회(仁川に新歌留多會)」에서 이며, 1911.1.15.일자의 「오늘의 가루타회(本日の歌留多會)」에서는 당일 발회식과 경기를 가졌다는 기록을 찾아볼 수 있다.

이 대회 결과를 바탕으로 19일자에는 아래와 같이 '가루타 선수 반즈
케(歌留多選集番附)'가 발표된다.

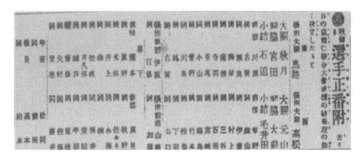

[그림 1] 「歌留多選集正番附」『京城新報』 1911年 4月 19日

　이러한 순위표는 스모의 반즈케(番附) 양식을 본 따고 있었는데 이
는 그만큼 조선 가루타계에서도 선수라 할 만한 인물들이 두각을 나
타내고 서열화 되고 있었음을 보여주고 있다. 한편 이렇게 대단위의
대회 이외에도 '경성 가루타회' 단독의 경기도 치러지는 등 1910년
전후 다양한 가루타 대회가 조선에서 행해졌다는 것을 알 수 있다.
　이상 『경성신보』를 중심으로 조선의 가루타계를 살펴보았을 때
초기 경성과 인천을 중심으로 한 지역별, 그리고 신문사나 관내 유지
들에 의한 가루타회가 만들어지고 경기가 행해졌던 사실을 확인 할
수 있었다. 특히 『경성신보』와 같은 신문사 주도의 경기 운영이나
선전이 주를 이루었던 점은 '내지' 일본에서 구로가와 루이코가 주재
하였던 신문 『요로즈초호(萬朝報)』가 경기 가루타의 선전과 보급에
앞장섰던 것과 같은 경로를 밟고 있었음을 알 수 있었다.[21] 한편 앞

---

21) 구로이와 루이코가 『요로즈초호』를 기반으로 대회를 주최하기 이전, 메이지20년대

서 '조선 가루타계의 사람들'에서는 '사자나미회'가 조선에서 가장
오래된 역사를 가지고 있다고 소개하고 있었으나 1906년 인천의 '스
미레회'가 더 빨랐으며 이 회가 조선에서 처음으로 형성된 가루타회
로 보인다. 그리고 '가스미회'에 대하여서는 "조선 가루타계에서 가
장 오래된 역사를 가지고 있고, 비교적 다수의 좋은 선수들을 내놓
는"[22]이라는 평으로 볼 때, 초기 경성에서 두드러졌던 가루타회였음
을 알 수 있다. 이외에도『경성신보』의 가루타 기사와 정보를 종합하
여 보았을 때 소레카라회, 쓰라누키회, 한강회, 아카쓰키회(曉會), 무
라사메회, 하쿠우회(白雨會), 모미지회(紅葉會), 이즈미회(いずみ會) 등
10여 개 이상의 가루타회가 형성되어 있었으며 자신의 소속을 영등
포, 남대문, 인천, 원산 출신과 같이 명기한 것으로 보아 회에 소속
되지 않고 경기에 참가하였던 사람들도 초기에는 존재하였다는 것을
확인할 수 있었다.

4. 조선 내 이주 일본인 사회에서 가루타의 역할

그렇다면 이러한 가루타회와 대회는 조선 내 이주 일본인 사회에
어떠한 역할을 하고 있었던 것일까?

의과대학의 학생들을 중심으로 경기성을 내세운 가루타회가 형성되었으나 신년 놀이
나 연회에서 하는 놀이적 성격이 이어졌다. 이후 침체기를 거치다가 구로이와 루이코
가 1910년 '도쿄 가루타회'를 결성하고『요로즈초호』에 가루타 경기에의 참여와 광고
를 실으며 활기를 띄게 되었다. 이렇게 초기 '경기가루타'의 형성과 확산에는 신문이
중요한 역할을 하고 있었다. 全日本かるた協會(2008), 앞의 책, pp.7~11 참고.

22)「かるた界隨一の團体」,『朝鮮新聞』(1911.2.19.) 5면.

먼저 회장 미네키시 본사 사장은 일본의 가루타는 귀, 눈, 손 세 가
지를 사용한다는 점에 있어 세계 각국의 어느 나라의 가루타보다도 훌
륭하며 고상한 유희라는 것을 말하였다. 끝으로 정정당당하게 이기는
것은 쉬우나 정정당당하게 패하는 것은 어려울 것이다. 패자는 정정당
당하게 패하고 절대로 비열한 행동을 하여서는 안된다하며 개회를 선
언하였다.[23]

위는 1909년 1월 17일에 개최된 '제1회 경성 가루타 대회'의 후기
글 중 명예회장을 맡았던 미네키시 시게타로가 개최에 앞서 하였던
말을 인용한 부분으로 초기 조선에서의 가루타의 역할을 잘 요약해
서 보여 주고 있는데 첫 번째로 '고상한 유희'에서 알 수 있듯이 가루
타의 오락적 기능을 들 수 있다. 한일병합 이전부터 형성되기 시작하
였던 일본인 거류지의 문제 중 하나는 다음과 같이 오락기관의 부재
로 인한 조선 거류 일본인들의 퇴폐와 타락이었다.

식민지 공기 차갑게 불어오는 몰취미한 경성 천지…… 눈에 걸리는
것은 울퉁불퉁 벌거벗은 북한산과 흰 도포, 짚신 차림의 한인뿐……산
이 푸르고 아름다운 모국의 풍물에 익숙하여 농염한 자극을 깨달은 눈
에는 참기 어려운 적막과 불안을 느끼게 한다. 누구에게 물어도 경성
은 몰취미라고 한다. 오락기관이 부족하다고 한다. 그리고 종종 이것
을 구실로 술을 마시고 여자를 희롱하는데 정신이 없는 사람이 있다.
(중략) 취미성은 몰취미한 천지를 온화하게 꾸며주고 개개인의 쓸쓸한
마음에 따뜻한 바람을 불어넣어 준다.[24]

---

23)「一昨日の歌留多會 ▲未曾有の大盛況」, 『京城新報』(1909.1.19.) 3면.
24)「趣味の京城」, 『京城新報』(1910.1.29.) 3면.

이와 같이 조선으로 건너와 생활하고 있었던 일본인들의 눈에 조선은 '몰취미(沒趣味)' 즉, 즐길 거리가 없는 무미건조한 곳에 다름 아니었다. 이에 일부 일본인들은 주색, 도박을 일삼았고 이를 방지하기 위해 "취미 오락의 설비", "정신상의 오락기관"[25]이 구비되어야 함이 주장되었다. 이러한 분위기와 함께 경성좌(京城座), 수좌(壽座) 등 일본인 경영 극장이 증가하고 다양한 공연거리들이 등장하였는데 특히 초기에는 나니와부시(浪花節), 가부키(歌舞伎), 라쿠고(落語)와 같이 일본 전통예술 공연 횟수가 압도적으로 많았다.[26] 또한 이외에도 다마쓰키(玉突き), 스모 등 거류 일본인들이 즐길 수 있는 다양한 오락거리들이 생겨나기 시작하였는데 이와 같이 초기 일본인 거류지에서는 주로 모국 일본의 문화를 그대로 소비하는 양상이 특징이었다고 할 수 있다. 이렇게 조선이라는 타지로 건너 온 일본인들이 자신들에게 익숙한 전통 예술과 문화를 향유하였던 사실은 당시 거류지의 오락거리의 부재와 밀접한 관련이 있었다고 할 수 있다. 또한 앞선 인용에서 일본의 가루타가 '세계 각국의 어느 나라의 가루타보다 훌륭하다'라는 대목에서 종주국의 문화를 즐기는 것이 낯선 타지 생활에서 일본인으로서의 아이덴티티를 확인하고 형성하는데 알맞았던 것으로 보인다.

두 번째로는 오락과 취미로 가루타가 자리 잡으면서 하나 둘 증가

---

25) 정병호(2010), 「근대초기 한국 내 일본어 문학의 형성과 문예란의 제국주의-『朝鮮』(1908~11)·『朝鮮(滿韓)之實業』(1905~14)의 문예란과 그 역할을 중심으로」, 『외국학연구』 Vol.14, 중앙대학교 외국학연구소, p.393.

26) 이지선(2015), 「1900년대~1910년대 경성 소재 일본인 극장의 일본 전통예술 공연 양상:『경성신보』와 『경성일보』의 1907년~1915년 기사를 중심으로」, 『국악원논문집』 제31집, 국립국악원, p.393.

하였던 가루타회의 조직이 지역과 기관을 중심으로 결성되었다는 점
에서 이주 일본인 사회의 결속과 친목으로 기능하였던 점도 지적할
수 있다. 『경성신보』 1907년 12월 1일자 기사 중 '완전한 구락부를
설치하자(完全なる具樂部を設置せよ)'[27]에서는 사교적인 구락부가 사회
적 교제, 지식 교환, 취미를 고상하게 만드는데 지금 조선에는 이러
한 구락부가 없음을 유감으로 지적하며 하루빨리 완전한 구락부가
생겨야 함을 주장하고 있었다. 이러한 주장에 부합하여 요쿄쿠(謠
曲), 샤미센(三味線), 비파(琵琶), 산쿄쿠(三曲) 등 일본 전통예술과 관
계된 동호회들이 생겨났으며,[28] 문학에서는 하이쿠(俳句) 장르가 압
도적으로[29] 지역별로 다양한 구회(句會)를 만들며 구작(句作)의 결과
를 신문에 발표하는 등 문학, 예술, 스포츠 전반에서 구락부가 형성
되기 시작하였다. 특히 가루타의 경우는 경기를 진행하기 위해 3인
이상이 반드시 필요하고(낭독자와 경기를 치룰 선수 2명) 경기라는 경쟁
의 요소가 있어 공통의 환경을 기반으로 한 회의 조직이 빠르게 이루
어졌던 것으로 보인다. 더욱이 가루타의 경우 직접 희망자의 참가를
독려하며 모집, 광고하였으며 우승자에게는 다양한 부상을 제공하
는 등 거류 일본인들에게 건전한 오락을 제공하는 요소를 갖추고 있

---

27) 「完全なる具樂部を設置せよ」, 『京城新報』(1907.12.1.) 3면.

28) 이지선(2015), 「20세기 초 경성의 일본전통예술 동호회 활동 양상 : 『경성신보』와
『경성일보』의 1907~1915년 기사를 중심으로」, 『한림일본학』 제27집, 한림대학교 일
본학연구소, pp.178~200. 참고.

29) 허석(2012), 「이주일본인의 문학결사와 그 특성」, 『한말 한국이주 일본인과 문학』,
景仁文化社, pp.381~404. 참고; 엄인경(2011), 「20세기초 재조일본인의 문학결사와
일본전통 운문작품 연구 : 일본어잡지 『조선지실업(朝鮮之實業)』(1905~1907)의 〈문
원(文苑)〉을 중심으로」, 『일본어문학』 제55권, 일본어문학회, pp.381~404. 참고.

었다. 특히 대회의 규모가 클수록 부상도 다양하였는데 1911년 1월 15일 '제2회 경성 가루타 대경기 대회'는 1등에게 순위가 새겨진 은시계를 수여하였다. 또한 대회 주체 측 이외에도 각 상점마다 도서, 사진 촬영권, 수건, 담배, 신문 구독권, 탁상시계, 거울, 맥주 등을 부상으로 제공하여 가게 홍보와 함께 가루타 대회를 물질적으로 뒷받침해주고 있었다. 이와 같이 가루타회는 조선 거류 일본인 간의 교류는 물론 그 영향이 상권에도 미치는 등 복합적인 성격을 지니고 있었다.

이어서 세 번째 가루타의 역할로 놀이를 통한 정신적 수양을 들 수 있다.

> 가루타는 예전에는 우아하고 아름다운 것으로 귀족들 사이에서만 행해졌으나, 가루타의 일면으로 또한 무사 정신의 발현을 볼 수 있다고 생각한다. 이기고 지는 것은 어찌되었든 우리들은 단연코 더러운 짓은 하지 않는다. 무사가 전장에 나가 서로 이름을 고한 후 칼을 겨누는 것처럼 아름답고 깨끗한 푸른 대나무를 가르는 마음으로 임해야 한다. (중략) '이기는 것만 알고 지는 일을 모르면 해(害)가 그 몸에 미치게 된다.'라는 영웅의 유언은 실로 천고에 빛나지 아니한가.[30]

위는 1909년 1월 20일 제1회 경성 가루타 대회의 후기 글 중의 일단락으로 도쿠가와 이에야스(德川家康)의 유언까지 들어 가루타 경기를 무사들의 싸움에 빗대고 있다. 즉 무사들이 비열한 짓을 하지 않고 오로지 실력으로만 승부를 내는 것처럼 가루타 경기도 무사 정신

---

30) 「歌留多會雜感(上)」, 『京城新報』(1909.1.20.) 1면.

을 계승하여 임해야 함을 설파하고 있는 것이다. 이 때문인지 다음날 21일 최근의 이슈를 도도이쓰(都々逸)로 읊었던 '근사소가(近事小歌)' 란에는 가루타 대회라는 제목으로 '꽃은 벚꽃이여라 질 때 미련도 없 이 가루타 놀이 승패 마찬가지로(花は櫻よ散り際潔く歌留多遊びの勝負 も)'[31]라는 한 수를 찾아볼 수 있다. 이러한 도도이쓰는 짧지만 당시 조선 내 가루타의 경기 이념을 지는 벚꽃의 모습에 이입한 흥미로운 문예물이라 할 수 있다. 또한 당시 가루타 대회에서 명예회장을 맡고 있었던 미네키시 사장 또한 '제2회 경성 가루타 대경기 대회'에서도 "본사가 가루타 경기를 장려하는 것은 다만 유기(遊技)로서 단지 고 상함을 위함이 아니라 정대공명(正大公明)한 기질을 기를 수 있는 힘 이 있다고 믿기 때문."[32]이라며 가루타 경기에서의 정정당당한 승패 의 인정을 반복하여 강조하였다. 이처럼 조선에서 가루타 경기는 가 벼운 오락적인 요소뿐만 아니라 승패를 인정할 줄 아는 무사와 같은 정신력까지도 강조되고 있었다. 또한 이외에도 가루타 경기를 통하 여 이외에도 가루타 경기를 통해 심지와 담력을 기를 수 있다는 점을 들어 남성뿐만 아니라 부인 선수들의 활약도 다음과 같이 적극 권하 고 있었다.

　　어디서 온 분들인지는 모르겠으나 3명의 부인 선수들이 한창 가루 타를 날리고 손가락을 놀리는 것에 경탄을 금치 못하였다. 옛날부터 일본 부인의 결점이라고 하면 타인 앞에 나와 인사도 명랑하게 하지 못한다는 것인데 가끔은 이러한 회장에 출석하여 타인의 응수를 적절

---

31) 魚友痴史, 「近事小歌」, 『京城新報』(1909.1.21.) 3면.
32) 「十五日のかるた合戰」, 『京城新報』(1911.1.17.) 3면.

하게 습득할 수 있는 것이 필요하다. 그 부인 선수들의 우아하고 활발하고 부끄러워 하지 않는 태도를 보고 가루타 경기는 절대로 단순히 우미하고 고상한 유희로만 칭찬할 만한 것이 아니라 소위 심지와 담력을 단련하는데 가장 양호한 것이라고 한층 더 깊이 느끼었다.[33]

이러한 분위기 때문인지 대회 후기에서는 초기부터 부인들이 가루타에 참가하였던 사실을 찾아볼 수 있다. 초반에는 손에 꼽을 수 있을 정도의 수였으나 1909년 3월 7일 대회에서는 용산의 '철도파'보다 부인 선수들이 더 많았고, 1911년 4월 3일 대회에서는 스가노 여사(須加の女史)라는 인물이 아마추어 경기에서 1등을 차지하였다. 이와 같이 조선이라는 낯선 타지에서 살아가는 여성들에게 가루타는 오락이면서 사회성을 기를 수 있는 공간으로 적극 권해지고 있었다. 특히 여성의 가루타 대회에의 참가가 동시대 '내지'에서는 지양되었던 것에 반하여 조선에서는 정신력 함영을 위해 권장되었던 사실은 '외지(外地)' 가루타 수용의 특징 중 하나라 할 수 있다. 메이지 시대 후반 1대1로 치러지는 '경기 가루타'가 제정되기 이전 가루타 놀이는 주로 '지라시토리'로 많은 남녀가 한 자리에 모여 카드를 집는 식으로 이루어졌다. 따라서 신체적 접촉이 발생하는 등의 이유로 가루타는 음란한 풍습과 같이 여겨졌다. 이러한 이미지를 타파하고자 '경기 가루타'는 가루타를 '과학적 경기'로 앞세워 단순한 가루타 놀이와는 일선을 긋고자 하였다.[34] 이렇게 놀이 가루타에서 '경기 가루타'로의

---

33) 「仁川歌留多大會」, 『京城新報』(1909.2.16.) 3면.
34) 谷口直子(2004), 「小倉百人一首競技カルタの普及過程」, 『お茶の水地理』Vol.44, お茶の水地理學會, pp.60~61.

변모 과정 속에서 여성은 일부 이들과의 교제를 목적으로 회에 입회
하는 남성들을 경계하기 위해 참가가 배제되었다. 또한 러일전쟁의
승리로 인한 자신감 속에서 '경기 가루타'는 전쟁의 상징으로서 남성
중심의 경기로 부상[35]하는 등 여성의 참여는 제한을 하고 있었다. 그
러나 동시대 조선에서는 '경기 가루타'를 남녀 모두의 "정신상의 오
락기관"으로 삼고 있었던 사실은 조선 가루타계의 특색이었다고 할
수 있다.

5. 맺음말

자국의 문화를 타국에서 이행하는 것은 현대 사회에서도 마찬가
지로 어느 시대에서나 인간의 이동은 문화의 이동을 필연적으로 동
반한다. 이와 같은 맥락으로 일본인의 조선으로의 이주는 한일병합
이전부터 항구의 개항과 거류지 조성, 이민 정책과 함께 매년 늘어났
다. 이에 일본인 이주민들을 중심으로 한 다양한 문화가 거류지를
기반으로 만들어지기 시작하였다. 그 중 초기 취미와 오락거리에 있
어 눈에 띄는 현상은 가부키, 라쿠고, 스모, 하이쿠 등 일본 전통예
술과 문학 장르의 소비가 두드러진다는 것이다. 이렇게 한일병합 이
전부터 조선으로 이주해 온 일본인들은 일찍이 그들의 전통예술과
문화, 문학 등을 조선에서 실현하고 있었다. 이렇게 자국 일본의 문
화를 타지에서 향유하는 것은 당시 조선에 새로운 오락거리의 부족

---

35) 권희주, 앞의 논문, p.13 참고.

과 일부 부도덕한 이주 일본인의 타락, 퇴폐와도 관련이 있었다. 특히 다양한 장르 중에서도 가루타는 '백인일수'를 어느 정도 이해하고 암기해야하는 문학성과 팔로 빠르게 카드를 집는 몸을 사용한 액티비티가 동시에 작용하는 독특한 장르라 할 수 있다. 그러나 문학이나 음악, 스포츠 등과 같이 어느 특정 장르에 귀속되기 애매한 점은 그동안 본 장르가 일제강점기 재조일본인들의 문화연구에서 다루어지지 않았던 요인이었다고 지적 할 수 있다.

이에 본고에서는 초기 조선으로의 가루타 경기의 유입과정과 전개 양상을 조망하기 위해 시대와 매체를 한정해서 살펴보았다. 초기 신문에서는 경기 일정과 선전이 대부분으로 구체적인 경기 방법이나 '내지'와의 연계, 조선인의 참가 등은 도출해 낼 수 없었으나『경성신보』내 가루타 관련 기사와 실제 개최된 대회에 관한 정보를 중심으로 1910년 전후 조선 가루타계의 태동 과정과 역할에 대해 파악할 수 있었다.

우선 조선 내 가루타회의 형성은 다른 장르들과 마찬가지로 한일병합 이전부터 조성되기 시작하였으며, 1906년에 등장한 인천의 '스미레회'가 그 시초로 보여진다. 이후 1909년『경성신보』가 앞장서 경성에서 공식적으로 첫 가루타 대회를 개최하면서 본격적으로 지역별, 기관을 중심으로 회가 만들어지기 시작하였다. 정확한 가루타회의 수는 파악하기 어려우나 적어도 경성과 인천 지역을 포함하여 10여개가 존재하였으며, 이러한 회에 속하지 않고 경기에 참가하는 사람들도 있었다. 경기방식은 보통은 1대1의 개인전이었으나 단체전 등의 기록도 있어 동시대 '내지'에서의 '경기 가루타'가 완전하게 유입되지는 않고 있었다. 즉, '내지'에서는 가루타에 경기성을 강조하며 놀이에서 한 층 진보한 것으로 발전시키고 있었다면 조선에서는 이러한 '내지'의 움직임과 시간차를 두고 가루타가 유입되고 있었다. 한편 가루타의 역할은 초기 이주 일본인 사회와 밀접한 관련이 있었음을 알 수 있었다. 가루타는 다른 장르들과 마찬가지로 초기일본인 거류지 사회에 부재하고 있었던 취미와 오락의 기능을 담당하고 있었을 뿐만 아니라, 일본인 사이의 인적, 물적 교류 그리고 일본인으로서의 아이덴티티 형성 등 사회적으로도 기능하고 있었다. 또한 승패를 깨끗하게 인정할 줄 아는 무사와 같은 기질과 타지 생활에 필요한 심지와 담력과 같은 정신적인 기능도 담당하고 있었다. 특히 여성의 참여를 적극 권하고 있었던 사실은 동시대 '내지(內地)'의 가루타계와 상반되는 조선 가루타계의 특색 중에 하나였다. 금후에는 이러한 초기 조선 가루타계 연구를 기반으로 2~30년대를 거쳐 40년대 말 가루타가 정치적인 도구로 변주하기까지의 과정을 심화시켜 보고자 한다.

본 논문은 『일본언어문화』 제42권(일본언어문화학회)에 수록된 김보현(2018), 「1910年 前後の朝鮮カルタ界-『京城新報』(1907~1912)のカルタ記事を中心に」를 수정, 가필한 것이다.

참고문헌

- 沈韓輔, 『京城新報』 1-10, 韓國統計書籍, 2003.
- 한일비교문화연구센터 편, 『朝鮮公論』 23, 어문학사, 2007.
- _____, 『朝鮮公論』 26, 어문학사, 2007.

- 沈韓輔, 『京城新報(新聞)』 1-21, 韓國教會史文獻研究院, 2008.
- 競技かるた百年史編纂委員會 編, 『競技かるた百年史』, 全日本かるた協會, 2008.
- 谷口直子, 「小倉百人一首競技カルタの普及過程」, 『お茶の水地理』 Vol.44, お茶の水地理學會, pp.60~61.
- 권희주, 「'애국백인일수'와 번역되는 '일본정신'」, 『아시아문화연구』 제35집, 가천대학교 아시아문화연구소, 2014.
- 김정화, 「일본 전통놀이를 활용한 일본어 수업방안 연구」, 계명대학교 교육대학원 석사논문, 2007.
- 박상현, 「식민지 조선에서의 '애국백인일수' 수용 양상 연구-'애국백인일수' 전람회를 중심으로」, 『일본문화연구』 제58집, 동아시아일본학회, 2016.
- 서은실, 「일본인 생활 속의 百人一首 문화적 기능의 一考察」, 중앙대학교 교육대학원 석사논문, 2008.
- 이지선, 「20세기 초 경성의 일본전통예술 동호회 활동 양상 : 『경성신보』와 『경성일보』의 1907~1915년 기사를 중심으로」, 『한림일본학』 제27집, 한림대학교 일본학연구소, 2015.
- 이지선, 「1900년대~1910년대 경성 소재 일본인 극장의 일본 전통예술 공연 양상 : 『경성신보』와 『경성일보』의 1907년-1915년 기사를 중심으로」, 『국악원논문집』 제31집, 국립국악원, 2015.
- 이현지, 「일본 전통 놀이를 활용한 일본어 교수법」, 경희대학교 교육대학원 석사논문, 2009.
- 임찬수, 『패러디·해학·문화콘텐츠로 바라본 백인일수』, 도서출판 삼화, 2012.
- 엄인경, 「20세기 초 재조일본인의 문학결사와 일본전통 운문작품 연구 : 일본어 잡지 『조선지실업(朝鮮之實業)』(1905~1907)의 〈문원(文苑)〉을 중심으로」, 『일본어문학』 제55권, 일본어문학회, 2011.

• 유재진, 「러일전쟁과 일본어 민간신문 『조선일보(朝鮮日報)』의 문예물 1-코난도일(Conan Doyle) 작 「프랑스 기병의 꽃(佛蘭西兵の花)」, 『比較日本學』第41輯, 漢陽大學校 日本學國際比較研究所, 2017.

• 정병호, 「근대초기 한국 내 일본어 문학의 형성과 문예란의 제국주의-『朝鮮』(1908~11)·『朝鮮(滿韓)之實業』(1905~14)의 문예란과 그 역할을 중심으로」, 『외국학연구』Vol.14, 중앙대학교 외국학연구소, 2010.

• 황정숙, 「한국과 일본의 설날 유아 전통놀이 비교-서울 S유치원과 후쿠오카 H유치원 사례 연구」, 『열린유아교육연구』제12권 제4호, 한국열린유아교육학회, 2007.

• 허석, 「해외이주 일본인들의 디아스포라적 특성에 대한 연구-이주지에서의 일본어신문 발행과 국민적 아이덴티티 유지를 중심으로」, 『日本語文學』第31輯, 2006.

• 허석, 『한말 한국이주 일본인과 문학』, 景仁文化社, 2012.

• 〈일본국제교류기금 서울문화센터 블로그〉 https://blog.naver.com/jpfseoul/70068766872

• 〈한국 카루타회〉 홈페이지 https://www.facebook.com/groups/koreakaruta

특집

재조일본인이 발행한 민간신문의 전체상

김태현

1. 머리말

메이지유신 이후의 정한론에서부터 시작된 제국주의 일본의 식민지 영유에 대한 욕망은, 1876년의 강화도 조약을 통해 현실화 되었다. 그 이후 청일전쟁과 러일전쟁을 거치면서 조선에 대한 독점적 지배력을 장악한 일본은, 4년간의 보호국 통치기를 거쳐, 1910년 8월에 조선을 식민지로 영유하였다.

이러한 흐름에 편승하여 식민지 지배국민의 자격으로 조선으로 건너온 수많은 일본인들(이하 재조일본인)은 부산과 인천, 원산과 같은 개항장을 중심으로 그들만의 커뮤니티를 형성하였고, 그와 동시에 상업적 혹은 정치적인 목적으로 각종 신문을 발행하였다. 재조일본인 사회의 이익을 대변하는 이 신문들은, 제국주의 일본이 붕괴하는 1945년 8월까지 식민지 조선 각지에서 창간과 개제, 합병, 폐간을 반복하며 지속적으로 발행되었다.

그러나 재조일본인들에 의해 발행된 민간신문들은 지금까지 크게 주목을 받지 못했다. 이 시기의 언론에 관한 연구는, 주로 지배와 피지배, 억압과 저항이라는 이항대립 구조를 바탕으로 그 실태를 규명하는 데 집중해 왔다. 즉 식민지통치기관의 언론에 대한 통제와 탄압의 역사와 그에 맞선 피지배자인 조선인 언론의 저항의 역사에 초점을 맞춘 연구가 주류를 이루었다.[1] 이에 일본인에 의해 발행된 신문에 대한 연구도 통감부와 총독부의 기관지에 대한 연구에 한정되어 있었다.[2]

재조일본인이 발행한 민간신문들은, '식민주의'의 일상적 실천의 주체라고 할 수 있는 재조일본인들과 그 사회를 보다 다양한 측면에서 들여다 볼 수 있고, 더 나아가 '식민주의'의 스펙트럼을 확장할 수 있는 중요한 자료라고 할 수 있을 것이다.

본고에서는 이러한 재조일본인 발행 민간신문에 관한 연구의 기초 작업으로, 1876년 개항이후 조선 각지에서 어떤 신문들이 발행되었는지를 정리해 보고자 한다. 지역구분은 현재의 한국의 수도권인 경성·인천지역, 동남권인 부산·마산(현재의 창원)·대구지역, 서남권인 광주·목포·군산·전주·대전지역, 북한의 서북권인 평양·진남포·개성·신의주·해주, 동북권인 원산·함흥·청진·나남의 다섯 개 권역으로 나누어 조선 각지에서 발행된 재조일본인 민간신문의 전체상을 살펴 보고자 한다.

---

1) 김규환(1978), 『日帝의 對韓言論·宣傳政策』, 二友出版社; 이연(2002), 『조선언론 통제사』, 信山社; 정진석(2008), 『조선총독부의 언론검열과 탄압』, 커뮤니케이션북스; 정진석(2007), 『극비 조선총독부의 언론검열과 탄압－일본의 침략과 열강세력의 언론통제』, 커뮤니케이션북스 등.

2) 대표적인 선행연구로는 정진석(2005), 『언론조선총독부』, 커뮤니케이션북스, 2005가 있다.

2. 재조일본인 발행신문의 창간과 전개

1) 경성, 인천지역의 신문

『한성신보』

청일전쟁 당시, 일본정부는 조선을 보호국화 하기 위한 정책의 일환으로 친일파세력을 결집하고 내정개혁을 추진하기 위해 조선에서 신문을 발행할 것을 추진하고 있었는데, 이 무렵 경성에서 최초로 발행된 신문이 『한성신보(漢城新報)』이다.[3]

명성황후 시해사건의 본부 역할을 했다고 알려져 있는 『한성신보』는, 구마모토국권당의 주도하에 일본의 외무성과 주한일본공사관의 재정 지원을 받아 1895년 2월 17일에 창간되었다. 아다치 겐조(安達謙藏), 구니토모 시게아키(國友重章), 삿사 마사유키(佐々正之) 등 이 신문의 창간과 발행에 관계한 대부분의 인물들이 구마모토국권당 소속의 낭인이었다.[4]

『한성신보』는 1906년 7월 31일 제2069호를 마지막으로 통감부에 매수되어 후술하는 『대동신보』와 함께 통감부의 기관지 『경성일보』로 통합되었다.[5]

---

3) 박용규(1998), 「구한말 일본의 침략적 언론활동-〈한성신보〉(1895~1906)를 중심으로」, 『한국언론학보』43-1, 한국언론학회, pp.149~150.

4) 「朝鮮と浪人」, 『朝鮮及滿洲』, 1915.12, p.10; 明治文化資料叢書刊行會編(1970), 「地方新聞總まくり」, 『明治文化資料叢書』第12卷(新聞編), 風間書房, p.231; 박용규, 앞의 논문, pp.161~162.

5) 『대한매일신보』1906.8.10.

『대동신보』

『대동신보(大東新報)』는 1904년 4월 18일에 경성에서 창간되어『한성신보』와 경쟁했던 신문이다.[6]

일본에서 발행되고 있던『국민신보(國民新報)』의 기자 출신인 이 신문의 사장 기쿠치 겐조(菊池謙讓)는 명성황후 시해사건에 가담하기도 했으며,『한성신보』의 주필로 활동한 후 퇴사하여『대동신보』를 창간했다.[7] 이 신문도 1906년 7월에『한성신보』와 함께 통감부에 매수되어『경성일보』로 통합되었다.

『대한일보』→『조선일보』

요시자와 기이치로(吉澤儀一郎), 하기야 가즈오(萩谷籌夫), 사카모토 세이사쿠(坂本政作) 등의 인물을 중심으로 1904년 3월 10일에 창간된『대한일보(大韓日報)』는, 같은 해 12월 1일 제217호까지 인천에서 발행되다가 12월 10일 제218호부터 경성에서 발행되었다.[8]

아리후 주로(蟻生十郎)라는 가명으로 활동한 도치기(栃木) 출신의 사장 요시자와 기이치로는, 자유당 소속의 변호사 출신으로 자유민권운동에 가담하다 단속을 피해 조선으로 건너 와 후술하는 인천의 『조선신보』의 창간에 관여했다. 그리고 흑룡회의 우치다 료헤이(內田良平) 등이 한일합방운동을 추진하기 위해 조직한 동광회(同光會)의

---

6) 明治文化資料叢書刊行會編, 앞의 책, p.231; 국사편찬위원회 편(1987),『한민족독립운동사(2)』, 국사편찬위원회, p.376.

7)「在鮮邦人縣閲觀」,『朝鮮公論』, 1913.11, p.55;「朝鮮と浪人」,『朝鮮及滿洲』, 1915.12, p.10.

8) 정진석(1983),『韓國言論史研究』, 일조각, p.51.

일원으로 활동하기도 했다.[9]

『대한일보』는 1910년 4월부터 제호를 『조선일보(朝鮮日報)』로 바꾸어 발행되었으나, 당시의 사장인 도카노 이사오(戶叶薫雄)가 총독부의 언론정책을 대행하던 도쿠토미 소호(德富蘇峰)의 중개를 받아들여, 1910년 9월에 신문사를 총독부에 매각했다.[10] 1907년 4월부터 사장을 역임한 도카노 이사오는 요시자와 기이치로와 같은 도치키현 출신으로 신문사를 매각한 후 출신지로 돌아가 『시모쓰케신문(下野新聞)』의 제2대 사장이 되었고, 중의원에 선출되기도 했다.[11]

『중앙신보』

『중앙신보(中央新報)』는 1906년 1월 25일, 후루카와 마쓰노스케(古河松之助)가 창간한 신문이다. 한국어가 능통하여 앞서 서술한 『한성신보』의 국문판 주간(主幹)으로 일하기도 했던 후루카와 마쓰노스케는 마루야마 시게토시(丸山重俊) 경무고문의 보좌관으로 신문검열을 담당하기도 했다. 『중앙신보』는 1906년 5월 17일 제110호를 마지막으로 폐간되었다.[12]

『경성신보』→『경성신문』→『경성신보』

『경성신보(京城新報)』는 본지의 창간사에서 밝히고 있듯이, 일본민

---

9) 下野新聞社史編纂室(1984), 『下野新聞百年史』, 下野新聞社, p.94; 黑龍會編(1966), 『東亞先覺志士記傳』(下卷-列傳), 原書房, p.74.

10) 下野新聞社史編纂室, 앞의 책, p.95; 『부산일보』 1917.10.17.

11) 下野新聞社史編纂室, 앞의 책, p.94.

12) 정진석(1983), 앞의 책, p.203.

족의 팽창과 식민세력의 확대에 이바지하기 위해 1907년 11월 3일에 미네기시 시게타로(峯岸繁太郎)에 의해 창간되었다. 이후 통감부의 발매금지와 발행정지 처분으로 1908년 7월에 『경성신문(京城新聞)』으로 개제하여 발행되다가 통감부의 폐간 처분으로 1909년 1월에 다시 『경성신보(京城新報)』로 제호를 바꾸어 발행되었고, 1912년 2월 29일 899호를 마지막으로 총독부에 의해 폐간되었다. [13]

조선으로 건너오기 전, 남양군도와 하와이 등 남양개척사업에 종사했던 이력을 지닌 사장 미네기시 시게타로는 『경성신보』의 폐간 이후 출신지인 이바라키현의 미토(水戸)로 돌아가 1912년과 1915년 두 차례 중의원 선거에 출마했으나 낙선했다. [14]

『인천상보』 → 『조선일일신문』

인천의 미두(米豆)거래소의 기관지로 1903년 10월에 창간된 『인천상보(仁川商報)』는 1904년 11월 17일에 이노우에 마사지(井上雅二)에 의해 『조선일일신문(朝鮮日日新聞)』으로 개제되었고, 1908년부터는 경성에서 발행되었다. [15]

---

13) 『경성신보』 1907.11.3; 釋尾春芿(1926), 『朝鮮倂合史』, 朝鮮及滿州, p.817; 岡良助 (1915), 『京城繁昌記』, 博文社, p.308; 『경성신보』와 미네기시 시게타로에 관한 연구는 김태현(2011), 「한국강점 전후 『경성신보』와 재한일본인사회의 동향」, 『한국민족운동사연구』 68, pp.5~40 참고.

14) 藤井秀五郎(1900), 『新布哇』, 大平館, pp.57~60; 『いばらき』 1912.4.30, 1914.2.14; 「朝鮮より出でし候補者」, 『朝鮮及滿州』 93, 1915.4, p.39.

15) 明治文化資料叢書刊行會編, 앞의 책, p.232; 岡本保誠(1931), 『仁川港』, 仁川商業會議所, p.129; 蛯原八郎(1936), 『海外邦字新聞雜誌史』, 學而書院, p.264; 櫻井義之(1941), 「韓國時代の邦字新聞」, 『書物同好會會報』 第14號, 書物同好會, p.12; 『황성신문』 1904.11.29.

거류민단장 관선결정 등 통감부의 정책에 반대하거나 동양척식주식회사를 공격하는 기사가 문제가 되어 1910년 8월에 폐간되기까지 수차례 행정처분을 받기도 했다.[16]

『용산일출신문』→『조선일출신문』

『용산일출신문(龍山日の出新聞)』는 1908년 5월경에 창간되어 1909년 9월에『조선일출신문(朝鮮日の出新聞)』으로 개제되었다.[17] 1909년 12월에 이 신문을 매수하여 경영하던 신바시 에이지로(新橋榮次郎)가 통감부에 신문사를 팔아 1910년 7월 10일에 폐간되었다.[18]

『조선가정신문』→『조선실업신문』→『경성신문』

『조선가정신문(朝鮮家庭新聞)』은 1909년 3월에 사이토(齊藤)라는 인물에 의해 창간되어, 1911년에 가와바타 겐타로(川端源太郎)가 사장이 되면서『조선실업신문(朝鮮實業新聞)』으로 개제되어 발행되었다. 1914년 5월, 아오야나기 쓰나타로(靑柳綱太郎)로 사장이 바뀌면서『경성신문(京城新聞)』으로 개제되었다.[19]

1932년 8월에 아오야나기 쓰나타로가 사망한 후 9월부터 오무라 햐쿠조(大村百藏)가 이 신문을 경영하게 되는데, 이후 정확하게 언제까지 발행되었는지는 알 수 없으나 1941년 이후에도 발행된 것으로

---

16) 『황성신문』1908.8.23, 1910.1.15;『경성신보』1910.1.15;『대한매일신보』1909. 12.28.

17) 『경성신보』1909.5.11, 1909.9.15.

18) 『경성신보』1910.7.10; 靑柳綱太郎(1928),『總督政治史論』, 京城新聞社, p.91.

19) 岡良助, 앞의 책, p.312; 日本電報通信社(1915년판),『新聞總覽』, p.678.

보인다.[20]

『한성신보』

『한성신보(漢城新報)』는 앞서 살펴본 아다치 겐조가 주관한 『한성신보』와는 다른 신문으로, 다무라 만노스케(田村萬之助)가 1909년 5월 조선인 이덕용(李德用)의 명의를 빌려 창간한 한국어신문이다.[21] 1910년 7월 경부터 일간으로 발행된 이 신문은 경영부진으로 같은 해 12월에 휴간에 들어간 후 폐간되었다.[22]

『동양일보』

『동양일보(東洋日報)』는 1909년 12월 경, 경성의 용산에서 창간된 신문으로, 창간자가 누구인지는 알 수 없으나, 1910년 3월부터 미와 사쿠지로(美和作次郎)라는 인물이, 같은 해 5월부터는 앞서 살펴본 『한성신보』의 다무라 만노스케가 이 신문을 경영한 것으로 보인다.[23] 총독부의 신문통일정책에 의해 1910년 8월에 폐간되었다.[24]

『대한일일신문』

『대한일일신문(大韓日日新聞)』은 앞서 서술한 『한성신보』, 『동양일보』를 경영한 다무라 만노스케에 의해 1910년 6월에 창간되었으

---

20) 『동아일보』 1932.10.25; 『매일신보』 1941.12.25.
21) 『황성신문』 1909.5.13; 『경성신보』 1909.5.13.
22) 정진석(1992), 『한국언론사』, 나남, pp.207~208.
23) 『황성신문』 1910.3.1; 『대한매일신보』 1910.5.12.
24) 『경성신보』 1910.8.10; 『황성신문』 1910.8.10.

나, 같은 해 8월에 폐간되었다.[25)

『경성일일신문』→『조선일일』→『조선일일신문』

『경성일일신문(京城日日新聞)』은 도키오 슌조(釋尾春芿), 아오야나기 쓰나타로(靑柳綱太郎), 마쓰기 요시타로(眞繼義太郎)가 1920년 3월 각자 신문발행을 출원해 신문사 설립을 경쟁하던 상황에서 총독부가 하나의 신문으로 발행하도록 종용하여 1920년 7월에 도키오 슌조의 명의로 창간된 신문이다.[26) 이 신문은 대륙 경영의 지침이 될 수 있는 정보를 제공하기 위한 목적으로 한 달에 3번씩 부록으로『만주시보(滿洲時報)』를 발행하기도 했다.[27)

『경성일일신문』은 1931년 4월에 총독부 기관지『경성일보』의 지배인과『서울프레스』의 사장을 지낸 사메지마 소야(鮫島宗也)에게 경영권이 넘어 가면서『조선일일(朝鮮日日)』로 개제되었고, 같은 해 연말에 후술하는『조선상공신문』의 사이토 고키치(齋藤五吉)가 이 신문을 매수하면서 다음해 2월부터『조선일일신문(朝鮮日日新聞)』으로 바뀌었다.[28)

『조선일일신문』은 총독부의 1도 1지(1道1紙) 정책에 의해 1942년 2월에 폐간되어『조선상공신문』에 합병되었다.[29)

---

25)『대한매일신보』1910.6.1; 정진석(1992), 앞의 책, p.211.

26)『동아일보』1920.4.18;『매일신보』1920.4.18; 日本電報通信社(1922년판), 앞의 책, p.918.

27) 日本電報通信社(1925년판), 앞의 책, p.313.

28)『동아일보』1931.3.19;『매일신보』1931.4.6; 日本電報通信社(1933년판), 앞의 책, p.481;『조선신문』1932.2.4.

29) 日本電報通信社(1942년판), 앞의 책, p.28; 日本電報通信社(1943년판), 앞의 책,

『조선상공신문』

1920년 11월에 사이토 고키치(齋藤五吉)가 주간경제신문으로 창간한 『조선상공신문(朝鮮商工新聞)』은 1923년 9월부터 일간신문으로 발행되었다.[30] 1942년 총독부의 신문통폐합 정책하에서도 계속해서 발행되었고, 경제관련 기사뿐만 아니라 정치, 사회관련 기사도 취급했다.[31]

『인천경성격주상보』→『조선순보』→『조선신보』→『조선신문』

인천에서 최초로 발행된 재조일본인 민간신문은 1890년 1월에 사노 세이시(佐野誠之)라는 인물에 의해 창간된 『인천경성격주상보(仁川京城隔週商報)』로 주로 인천과 경성의 무역과 상업 정보를 다루었다. 이 신문은 1891년 9월에 『조선순보(朝鮮旬報)』로, 1892년 4월에는 『조선신보(朝鮮新報)』로 개제되었다.[32]

1892년 7월부터 매주 토요일 발행의 주간신문으로 바뀐 『조선신보』는 청일전쟁으로 인해 1894년 6월에 휴간된 후, 『오사카아사히신문(大阪朝日新聞)』의 통신원이기도 했던 아오야마 요시에(青山好惠)에 의해 1895년 10월부터 격일신문으로 재발행되었다.[33] 1897년 3월부터는 당시 인천상업회의소의 이사였던 나카무라 다다요시(中村忠吉)

---

　p.164.

30) 朝鮮總督府警務局(1929년판), 『朝鮮に於ける出版物槪要』, p.10; 日本電報通信社
　　(1926년판), 앞의 책, p.501.

31) 日本電報通信社(1943년판), 앞의 책, p.164.

32) 『조선신문』 1929.4.29; 仁川府(1933), 『仁川府史』, pp.1389~1390; 岡本保誠, 앞의
　　책, p.128.

33) 仁川府, 앞의 책, pp.1391~1393; 黑龍會編(1966), 앞의 책, p.596.

가 이 신문을 경영했다.[34]

1902년부터 일간제 신문으로 발행된 『조선신보』는 1908년에 후술하는 『조선타임스』를 흡수하여 같은 해 12월부터 『조선신문(朝鮮新聞)』으로 개제, 발행되면서 인천에서 가장 유력한 신문이 되었다.[35] 『조선신문』의 사장 하기야 가즈오는 도치기현의 『시모쓰케신문(下野新聞)』과 이바라키현의 『이바라키신문(いばらき新聞)』에서 근무했고 1899년에 조선으로 건너 와 『조선신보』에 입사했다. 그리고 인천상업회의소의 회장, 경기도 평의원, 조선총독부의 정보위원, 조선신탁회사의 임원, 하기야석탄합자회사의 사장 등을 역임했다.[36]

1920년 1월에 마키노 고조(牧山耕藏)가 사장이 되면서 경성에서 발행되기 시작한 『조선신문』은 총독부의 1도 1지 정책에 의해 1942년 2월 29일, 지령 14666호를 마지막으로 폐간되었다.[37]

『조선타임스』

『조선타임스(朝鮮タイムス)』는 『조선신보』의 기자로 활동했던 이마이 다다오(今井忠雄)에 의해 1907년 5월에 창간되어, 1908년 11월에 『조선신보』에 흡수되었다.[38]

---

34) 『조선신문』 1929.4.29; 仁川府, 앞의 책, p.1386, 1391.

35) 日本電報通信社(1911년판), 앞의 책, p.392; 仁川府, 앞의 책, p.1391.

36) 朝鮮公論社編(1917), 『在朝鮮內地人紳士名鑑』, 朝鮮公論社, p.62; 黑龍會編(1966), 앞의 책, p.596.

37) 『매일신보』 1920.1.8; 仁川府, 앞의 책, p.1391; 日本電報通信社(1942년판), 앞의 책, p.28; 『조선신문』에 관한 연구는 장신(2007), 「한말 일제초 재인천 일본인의 신문 발행과 조선신문」, 『인천학연구』 6, 인천대학교 인천학연구원 참고.

38) 仁川府, 앞의 책, p.1387; 岡本保誠, 앞의 책, p.129.

『신조선』

1894년 12월에 다니가키 가이치(谷垣嘉市)라는 인물에 의해 창간된 『신조선(新朝鮮)』은 다음 해 9월에 폐간되었다.[39] 『조선신보』의 기자로 활동하기도 했던 다니가키 가이치는 1901년 11월부터 1907년 8월까지는 후술하는 『목포신보』를 경영했다.[40]

『인천신보』→『조선매일신문』

『인천신보(仁川新報)』는 『조선신문』의 주필과 『경성일일신문』의 사장으로 활동한 적이 있는 아리마 준키치(有馬純吉)가 1921년 5월에 발행허가를 받았으나 창간하지 못하고, 사장 고토 렌페이(後藤連平), 주필 오무라 햐쿠조(大村百藏)의 진용으로 같은 해 8월에 경제전문지로 창간되었다.[41] 1922년 4월에 『조선매일신문(朝鮮每日新聞)』으로 개제된 이 신문은 1942년 2월에 총독부에 의해 폐간되었다.[42]

2) 부산, 마산, 대구지역의 신문

『조선신보』

『조선신보(朝鮮新報)』는 1879년 8월에 결성된 일본인경제단체인 부산상법회의소가 1881년 12월에 창간한 순간신문으로, 부산에 거주

---

39) 仁川府, 앞의 책, p.1390; 이해창(1983), 『한국신문사연구』, 성문각, p.356.

40) 木浦府(1930), 『木浦府史』, pp.533~535; 櫻井義之, 앞의 책, p.12.

41) 朝鮮總督府警務局(1930년판), 앞의 책, p.10; 朝鮮總督府警務局(1932년판), 앞의 책, p.9; 仁川府, 앞의 책, p.1392; 日本電報通信社(1922년판), 앞의 책, p.921; 『매일신보』 1921.7.9.

42) 日本電報通信社(1923년판), 앞의 책, p.827; 日本電報通信社(1943년판), 앞의 책, p.65.

했던 일본인들에게 경제관련 정보를 제공하여 일본인의 상업활동의 기반을 확대하기 위해 발행되었다.[43]

이 신문이 언제까지 발행되었는지는 알려져 있지 않고, 1882년 3월 5일자 제5호에서 5월 15일자 제12호의 지면만 확인할 수 있다.[44]

『부산상황』→『동아무역신문』→『조선시보』

1892년 7월에 창간된 『부산상황(釜山商況)』은, 부산의 상업과 경제에 관한 기사를 보도한 신문으로, 『동아무역신문(東亞貿易新聞)』으로 잠시 제호가 바뀌었다가, 『규슈일일신문(九州日日新聞)』의 기자 출신이며 구마모토국권당의 중심 인물 중의 한 사람이었던 아다치 겐조(安達謙藏)가 1894년 11월에 이 신문을 인수하면서 『조선시보(朝鮮時報)』로 개제, 발행되었다.[45]

후술하는 『부산일보』와 경쟁관계에 있던 이 신문은 총독부의 1도 1지 정책에 의해 1941년 5월에 마산에서 발행되던 『남선일보』와 함께 『부산일보』에 통합되었다.[46]

---

43) 채백(1991), 「조선신보에 관한 연구」, 『신문학보』 26, 한국언론학회, pp.101~102, p.345; 이해창, 앞의 책, p.353.

44) 한국고서동우회 편(1984), 『조선신보』, 한국출판판매.

45) 日本電報通信社(1918년판), 앞의 책, p.837; 日本電報通信社(1942년판), 앞의 책, p.28; 釜山商業會議所(1912), 『釜山要覽』, pp.335~336; 朝鮮總督府(1913), 『朝鮮總督府統計年報』, p.41; 安達謙藏(1960), 『安達謙藏自叙傳』, 新樹社, p.46.

46) 日本電報通信社(1942년판), 앞의 책, p.28; 『조선시보』에 관한 연구는 전성현 외(2019), 「식민지 '지역언론'에서 '제국언론'으로 - 신문체제와 지면을 통해 본 『조선시보』의 특징과 의미-」, 『항도부산』 37, 부산광역시시사편찬위원회, pp.365~396 참고.

『조선일보』→『조선시사신보』→『부산일보』

일본의 대외강경파 대륙낭인집단인 흑룡회의 간부이자 조선통으로 알려져 있는 구즈오 요시히사(葛生能久)에 의해 1905년 1월에 창간된『조선일보(朝鮮日報)』는 같은 해 11월에 우치야마 모리타로(內山守太郎)가 신문사를 승계하여 『조선시사신보(朝鮮時事新報)』로 개제되었으나 재정난으로 인해 1907년 7월에 휴간된 뒤 폐간되었다. 그 후 1907년 10월에 구마모토(熊本) 출신의 아쿠타가와 다다시(芥川正)가 일본계 은행의 재정지원과 흑룡회 등의 후원을 받아『부산일보(釜山日報)』로 개제, 발행하였다.[47] 아쿠타가와 다다시가 1928년 1월에 사망한 이후는 부산의 대표적인 일본인 실업가로 알려져 있는 가시이 겐타로(香椎源太郎)가, 1932년 2월부터는 아쿠타가와 전 사장의 조카인 아쿠타가와 히로시가『부산일보』를 경영했다.[48]

총독부의 1도1지 정책에 의해 1941년 5월에 경쟁지인『조선시보』와 마산에서 발행되고 있던『남선일보』가 흡수되면서 경상남도 지역의 유일한 신문이 된『부산일보』는 1945년 8월에 폐간되었다.[49]

---

47) 日本電報通信社(1911년판), 앞의 책, p.393; 釜山商業會議所, 앞의 책, pp.336~337;『부산일보』1917.4.3, 1918.9.27, 1928.1.8, 1929.7.11; 朝鮮公論社編, 앞의 책, pp.441~442; 永島廣紀(2009), 「「興亞」の實踐據点としての〈釜山港〉と玄洋社・黒龍會」, 有馬學 編, 『近代日本の企業家と政治-安川敬一郎とその時代』, 吉川弘文館, p.263.

48)『부산일보』1932.5.28; 日本電報通信社(1932년판), 앞의 책, p.470.

49)『부산일보』1941.5.29; 한국신문연구소 편(1975), 『한국신문백년』, 한국신문연구소, p.180;『부산일보』에 대한 연구는 金泰賢(2017), 「植民地朝鮮の日本人新聞『釜山日報』と植民地都市「釜山」」, 『グローバル・ローカル研究』(10号), 神戸女子大學 참고.

『마산신보』→『남선일보』

1899년 5월에 개항된 마산(현재의 창원)에서 발행된 최초의 재조일본인 발행 민간신문은 1906년 2월에 창간된『마산신보(馬山新報)』이다.[50] 당시 마산부의 유력자였으며 통감부 기관지『경성일보』의 기자로 활동했던 도리고에 엔지로(鳥越園次郞)가 1908년부터 이 신문을 경영하다가 1911년 3월에『마산신보』를 경성일보사에 매각하면서 신문의 제호가『남선일보(南鮮日報)』로 바뀌었다.[51]

재정난으로 인해 경영 주체가 자주 바뀌었던『남선일보』는 1930년부터는『부산일보』의 중진들에 의해 경영되다가 총독부의 1도 1지 정책에 의해 1941년 5월에『조선시보』와 함께『부산일보』에 흡수되었다.[52]

『달성주보』

대구지역에서 최초로 발행된 재조일본인 발행 민간신문은, 이 지역의 일본인거류단체인 일본인회가 1901년 6월에 창간한『달성주보(達城週報)』라는 신문이다. 이 신문은 등사판으로 제작된 것으로 제4호를 마지막으로 폐간되었다.[53]

---

50) 統監府官房文書課編(1907)『統監府統計年報』, p.76.

51) 朝鮮史談會(1926),『馬山港誌』, p.160;『경성신보』1908.10.6.

52)『부산일보』1930.9.30; 日本電報通信社(1931년판), 앞의 책, p.482; 日本電報通信社(1938년판), 앞의 책, p.467; 日本電報通信社(1942년판), 앞의 책, p.28.

53) 大邱府(1943)『大邱府史』, p.214.

『조선』→『대구일보』

『조선(朝鮮)』은 도키오 슌조(釋尾春芿)에 의해 1905년 1월부터 10월 2일까지 대구지역에서 발행된 주간신문이다.[54] 도키오 슌조는 1906년 12월에 도쿠시마(德島) 출신의 인물들과 『대구일보(大邱日報)』를 창간했으나 통감부의 정책을 비난했다고 하여 발행정치 처분을 받고 정간된 뒤 더 이상 발행되지 못했다.[55]

『대구실업신보』→『대구신보』→『대구일일신문』→『대구신문』 →『조선민보』→『대구일일신문』

『대구실업신보(大邱實業新報)』는 1905년 3월, 구마모토현 출신의 시모쓰 사부로(下津三郞), 마키노 슈(牧野周) 등의 인물이 창간한 신문으로, 대륙낭인 집단인 흑룡회의 일원으로 중국 사정에 능통했던 우에다 구로시오(上田黑潮), 나중에 『부산일보』의 사장이 되는 노다 다다시(野田正, 아쿠타가와 다다시로 개명) 등이 이 신문에 종사했다. 재정난으로 휴간을 거듭하다가 1906년 1월에 『대구신보(大邱新報)』, 같은 해 12월에는 『대구일일신문(大邱日日新聞)』으로 개제되었다.[56]

『대구일일신문』은 1908년 10월에 『대구신문(大邱新聞)』으로 바뀌었고 1913년 3월에는 『조선민보(朝鮮民報)』로 개제되었다.[57] 『조선민보』는 1941년 5월에 후술하는 『대구일보』와 함께 『대구일일신문(大

---

54) 大邱府, 앞의 책, p.214.

55) 大邱府, 앞의 책, p.214; 河井朝雄(1931), 『大邱物語』, 朝鮮民報社, p.73; 達捨藏(1936), 『慶北大鑑』, p.330.

56) 大邱府, 앞의 책, pp.214~215; 河井朝雄, 앞의 책, p.73; 黑龍會編(1966), 앞의 책, p.394.

57) 日本電報通信社(1917년판), 앞의 책, p.778.

邱日日新聞)』에 통합되었다.[58]

『대구일보』→『대구일일신문』

『대구일보(大邱日報)』는 대구지역 재계의 유력자였던 나카에 고로 헤이(中江五郎平), 하마사키 기사부로(濱崎喜三郎) 등에 의해 1928년 10월에 창간되어 『조선민보』와 경쟁한 신문이다.[59] 이 신문은 『조선 신문』의 주간을 지냈고 마산의 『남선일보』를 발행하기도 했던 가와 타니 시즈오(河谷靜夫)가 1931년 3월부터, 1938년 5월부터는 아들인 가와타니 후지오(河谷不二男)가 경영했고, 1941년 5월에 『조선민보』 와 함께 『대구일일신문』으로 통합되었다.[60]

3) 광주, 목포, 군산, 전주, 대전지역의 신문

『목포신보』→『전남신보』

『목포신보(木浦新報)』는 인천의 『인천경성격주상보』 『조선신보』 등을 인쇄했던 인천활판소의 야마모토 이와키치(山本岩吉)가 『조선 신보』에서 기자로 활동했던 목포거류민회의 다니가키 가이치(谷垣嘉 市) 등의 후원으로 1899년 6월에 창간한 신문이다. 2년 5개월간 이 신문을 발행한 야마모토 이와키치는 경영난 끝에 1901년에 다니가키 가이치에게 신문사를 넘겼다. 계속된 재정난으로 인해 다니카키 가 이치는 1907년 8월에 목포거류민 출신의 대의사(代議士) 오우치 조조

---

58) 日本電報通信社(1941년판), 앞의 책, p.333; 『매일신보』 1941.5.21.

59) 大邱府, 앞의 책, 第2部, p.233; 日本電報通信社(1929년판), 앞의 책, p.522; 『조선 신문』 1928.9.21; 『부산일보』 1933.1.10.

60) 日本電報通信社(1941년판), 앞의 책, p.333; 『매일신보』 1938.5.3, 1941.5.21.

(大內暢三)에게 이 신문의 경영권을 넘겼다. 같은 해 11월에는 목포상 공회의소의 야마노 다키조(山野瀧三)가 『목포신보』의 경영권을 이어 받았고 야마노는 사망하는 1929년 2월까지 이 신문을 경영했다. 『목 포신보』를 발행하고 있던 목포인쇄주식회사는 1919년 8월에 증자하 여 전남인쇄주식회사로 재창립되었고, 광주에서 발행되고 있던 『광 주일보』를 매수하기도 했다.[61]

『목포신보』는 총독부의 1도1지 정책에 의해 폐간되어 1941년 2월에 『광주일보』와 함께 『전남신보(全南新報)』로 통합되었다.[62]

『주간국판신문』 → 『광주신보』 → 『광주일보』 → 『전남신보』

『주간국판신문(週刊菊版新聞)』은 1908년 10월, 히로시마(広島) 출 신의 가타오카 하카루(片岡議)에 의해 창간되어, 1909년 4월에 『광 주신보(光州新報)』로 개제되었다.[63] 1912년 10월에는 『목포신보』의 주필을 지낸 아이카와 야스조(相川保三)에게 경영권이 넘어가 11월 에 『광주일보(光州日報)』로 개제되었다.[64]

『광주일보』는 앞서 살펴 본 바와 같이 1919년 8월에 전남인쇄주식 회사에 매수되었고, 1941년 2월에는 『목포신보』와 함께 『전남신보』 로 통합되었다.[65]

---

61) 木浦府(1930), 『木浦府史』, pp.532~538; 木浦誌編纂會(1914), 『木浦誌』, pp.232~ 240; 『황성신문』 1899.6.26; 『조선신문』 1929.2.13.

62) 日本電報通信社(1942년판), 앞의 책, p.28.

63) 『경성신보』 1909.4.7; 日本電報通信社(1911년판), 앞의 책, p.398; 日本電報通信社 (1920년판), 앞의 책, p.891; 北村友一郎(1917), 『光州地方事情』, 大和商會印刷所, pp.131~132.

64) 日本電報通信社(1917년판), 앞의 책, p.842; 北村友一郎, 앞의 책, p.132.

『양자신문』

『양자신문(兩字新聞)』은 『목포신보』의 기자로 활동했던 지바 다네노리(千葉胤矩)에 의해 1900년에 창간된 등사판 신문으로 창간 직후 폐간되었다.[66)]

『전남신문』

『전남신문(全南新聞)』은 가토 이쿠사부로(加藤幾三郎)와 이케가미 요키치(池上要吉)에 의해 목포에서 1908년에 창간되어, 1910년 10월에 폐간되었다. [67)] 자세한 경위는 알 수 없으나 앞서 살펴 본 『목포신보』를 잠시 동안 경영했던 대의사 오우치 조조가 재정난으로 인해 1909년 9월부터 정간 중이던 『전남신문』을 인수하여 속간하려 한다는 기록이 보인다.[68)]

『군산신보』→『군산일보』→『전북신보』

『군산신보(群山新報)』는 군산 개항(1899년) 4년 뒤인 1903년에 창간되어, 1908년에 『군산일보(群山日報)』로 개제되었다. 사장은 나중에 불이흥업주식회사(不二興業株式會社)의 사장이 되는 후지이 간타로(藤井寬太郎), 주필은 『조선신보』에서 활동했고 1911년에 전주에서 발행되는 『전주신보』의 경영에도 참여하는 오가와 유조(小川雄三)가

---

65) 日本電報通信社(1942년판), 앞의 책, p.28.

66) 木浦府, 앞의 책, p.535; 木浦誌編纂會, 앞의 책, p.232.

67) 木浦府, 앞의 책, p.536; 木浦誌編纂會, 앞의 책, pp.232~233; 朝鮮公論社編, 앞의 책, p.39.

68) 『황성신문』 1909.10.5.

맡았다.[69]

이후 이 신문은 다카스 다다시(高洲規), 마쓰오카 다쿠마(松岡琢磨) 등에 의해 발행되다가 1941년 5월에 총독부의 1도1지 정책에 의해 전주에서 발행되고 있던 『전북일보』, 『동광신문』과 함께 『전북신보(全北新報)』로 통합되었다.[70]

『한남신보』

『한남신보(韓南新報)』는 『목포신보』의 기자로 활동했고 『양자신문』을 창간하기도 했던 지바 다케노리가 1903년 4월 군산에서 창간한 신문이다.[71] 언제까지 발행되었는지 알 수 없으나 1911년 6월 29일 『경성신보』의 지면에, 러일전쟁 수행에 공헌한 바가 인정되어 신문사 논공행상에서 총독부로부터 은잔을 하사 받았다는 기록이 있는 것으로 보아 1911년 6월 이후에도 발행된 것으로 보인다.[72]

『전주신보』→『전북일일신문』→『전북일보』→『전북신보』

전주지역 최초의 재조일본인 발행 민간신문은 모리나가 신조(守永新三)가 1905년 12월에 창간한 『전주신보(全州新報)』이다. 이 신문은 1912년 4월에 『전북일일신문(全北日日新聞)』으로 개제되었다.[73]

---

69) 群山府(1935), 『群山府史』, p.253; 全州府(1943), 『全州府史』, p.889, 891; 日本電報通信社(1911년판), 앞의 책, pp.391~392.

70) 日本電報通信社, 앞의 책, 1943년판, p.174; 全州府, 앞의 책, pp.889~890.

71) 三輪規·松岡琢磨(1907), 『富之群山』, 群山新報社, p.250; 『群山府史』(p.106)에는 1903년 12월에 창간되었다고 기록되어 있다.

72) 『경성신보』 1911.6.29.

73) 日本電報通信社(1915년판), 앞의 책, p.668; 全州府, 앞의 책, pp.889~890.

1915년 8월부터『전북일일신문』의 사장이 된 마쓰나미 센카이(松波千海)는 1920년 4월부터『전북일보(全北日報)』로 개제해 발행했고, 같은 해 11월부터는『동광신문(東光新聞)』이라는 한국어 신문을 자매지로 발행하기도 했다.[74] 구마모토현 출신의 마쓰나미 센카이는 1907년에 조선으로 건너와『조선신보』,『군산일보』의 기자,『경성일보』의 군산지국장,『광주일보』의 주필을 거쳐 1912년부터는『전북일일신문』의 주필로 활동했다.[75]

『전북일보』는 1941년 5월 31일, 제10,151호를 마지막으로 폐간되어『동광신문』,『군산일보』와 함께『전북신보』로 통합되었다.[76]

『대전신문』→『삼남신보』→『호남일보』→『조선중앙신문』→ 『중선일보』

대전지역 최초의 재조일본인 민간신문은 1909년 8월에 미요시 요시치(三好與七)라는 인물에 창간된『대전신문(大田新聞)』이다. 격일제 신문으로 발행되었던 이 신문은 1910년 3월에 아유카와 가쓰미(鮎川克己)에게 경영권이 넘어 가면서『삼남신보(三南新報)』로 개제되었고, 다음 해 3월부터 일간으로 발행되었다.[77]

『삼남신보』는 1912년 6월에 경성일보사에 매수되어『호남일보(湖南日報)』로 바뀌었고, 사장도 이바라키현 출신으로 1906년에 조선에

---

74) 日本電報通信社(1920년판), 앞의 책, p.893; 全州府, 앞의 책, pp.889~890; 朝鮮總督府警務局(1930년판), 앞의 책, p.10.

75) 朝鮮總督府(1935)『朝鮮總督府始施政25周年記念表彰者名鑑』, p.1180.

76) 日本電報通信社(1943년판), 앞의 책, p.174; 全州府, 앞의 책, pp.889~890.

77) 蛭原八郎, 앞의 책, p.268; 日本電報通信社(1922년판), 앞의 책, p.928.

건너와『조선신문』,『경성일보』의 기자로 근무했던 가와시마 마사루 (川島勝)로 바뀌었다. 가와시마는 1918년 11월에『호남일보』를 경성 일보사로부터 분리하여 개인경영 신문으로 발행했다.[78]

『호남일보』는 1932년 5월에『조선중앙신문(朝鮮中央新聞)』으로 바 뀌었고, 1935년에는『중선일보(中鮮日報)』로 개제되었다.[79] 당시 사 장은 대전상공회의소의 회장 후지 헤이베이(富士平平)였다.[80]『중선 일보』는 일본이 패망한 뒤, 곽철수(郭喆洙), 안증량(安曾良), 곽철(郭 轍) 등이 주축이 되어 국문판으로 바뀌어 발행되다가 1945년 10월 28 일에 제10,944호를 마지막으로 폐간되었다.[81]

4) 평양, 진남포, 개성, 신의주, 해주지역의 신문

『평양신보』

러일전쟁 이전까지 신문이 발행되지 않았던 평양지역에서 최초로 창간된 재조일본인 민간신문은 1905년 7월에 창간된『평양신보(平壤 新報)』이다.[82] 이 신문의 창간은, 부산의『조선시보』의 창간에 관여 했던 아다치 겐조가『평양신보』의 창간에 필요한 비용을 일본 외무 성에 요청하면서 실현되었다.[83]

---

78) 日本電報通信社(1922년판), 앞의 책, p.928; 全州府, 앞의 책, p.895; 朝鮮總督府 (1935), 앞의 책, p.1179.

79)『매일신보』1932.5.29; 日本電報通信社(1936년판), 앞의 책, p.5; 日本電報通信社 (1936년판), 앞의 책, p.474.

80) 民衆時論社(1935),『朝鮮功勞者名鑑』, p.340.

81) 한국신문연구소 편(1975), 앞의 책, p.253.

82)「平壤新報社創刊報告の件」(1905.7.15),『韓日外交極秘未刊史料叢書』2, pp.414~ 415(박용규, 앞의 논문, p.122에서 재인용).

이 신문을 창간한 인물은 구마모토현 출신의 신토 요시오(眞藤義
雄)인데, 그는 1904년에 조선으로 건너와, 평양에서 조선인에게 일
본어를 가르치면서 일본영사관의 분관에서 영사관 공문을 제작했다
고 전한다.[84] 구마모토현은 1896년부터 1904년까지 다섯 번에 걸쳐
조선어 학생을 조선에 파견했는데, 신토 요시오는 그 1기생의 감독
을 맡기도 했다.[85] 일본어와 조선어로 발행된 『평양신보』의 조선어
담당기자는 구마모토에서 온 조선어 학생 출신인 미야지마 슈테이
(宮嶋秋汀)가 맡았다.[86]

신문사의 경영 부진이 계속되자 신토 요시오는 평양에서 유곽을
운영하고 있던 시라이시 도모키치(白石友吉)라는 인물에게 신문사의
경영권을 넘겼지만, 사내 혼란과 재정 악화로 1908년에 경쟁사인 평
양실업신보사에 매수되었다.[87]

『평양실업신보』→『평양일일신문』

『평양실업신보(平壤實業新報)』는 1906년 11월에 평양에서 창간되었
다.[88] 이 신문은 1907년 7월 당시 진남포에서 활판인쇄소를 경영했던

83) 平壤商業會議所(1927), 『平壤全誌』, pp.953~955.

84) 平壤商業會議所, 앞의 책, p.953; 『대한제국직원록』(1908년)에는 신토 요시오가 관
립평양일어학교에서 교편을 잡고 있었다고 기록되어 있다.(http://db.history.go.kr
한국사데이터베이스 직원록자료)

85) 中村健太郎(1969), 『朝鮮生活五十年』, 靑潮社, p.11, 15(高崎宗司(2002), 『植民地
朝鮮の日本人』, 岩波新書, p.62에서 재인용) : 구마모토현은 1896년 6명, 1899년에
10명, 1902년에 5명, 1903년에 5명, 1904년에 5명의 조선어 학생을 파견했다.

86) 佐々博雄(1977), 「熊本國權党と朝鮮における新聞事業」, 『國士館大學文學部人文學
會紀要』(第9号), 國士舘大學文學部人文學會, p.35.

87) 平壤商業會議所, 앞의 책, pp.953~955.

시라카와 마사하루(白川正治), 후술하는 『진남일보』 출신의 마스타니 야스시(舛谷安治), 야마다 다케요시(山田武吉) 등의 진용으로 일간으로 발행되었다.[89] 주필을 맡았던 야마다 다케요시는 1896년에 대만으로 건너가 약 10년간, 러일전쟁 후 1907년에 조선으로 건너와 약 5년간, 그 후 만주로 옮겨 약 18년간 저널리스트로 활동한 인물이다.[90]

이 신문은 1908년에 앞서 살펴 본 『평양신보』를 매수하면서 한동안 평양지역에서 독점기를 구가했으나, 오이타(大分) 출신으로 진남포에서 평양으로 옮겨온 아키모토 도요노신(秋本豊之進) 이사관(후에 평양부윤)의 중개에 의해 1912년 1월에 후술하는 『평양신문』과 통합되어 『평양일일신문(平壤日日新聞)』으로 개제되었다. 『평양일일신문』의 사장은 아키모토 도요노신과 같은 오이타현의 현의원 출신인 기노시타 준타로(木下淳太郎)가, 주필도 오이타현 출신으로 후술하는 『서선일보』의 주필과 평양실업협회의 서기장을 지낸 마쓰모토 다케마사(松本武正)가 맡았다.[91]

아키모토 도요노신은 평양부윤을 사임하고 오이타현의 중의원의원 선거에 출마했으나 낙선하고, 다시 평양으로 돌아와 『평양일일신문』을 직접 경영했다. 그러나 『평양일일신문』은 경영난으로 인해 신

---

88) 統監府官房文書課編(1907), 『統監府統計年報』, p.77.

89) 平壤商業會議所, 앞의 책, p.954.

90) 山田武吉(1936), 「自序」, 『草莽文叢』, 大日社, p.1 : 야마다 다케요시는 일본이 새롭게 영유한 지역에서의 경험을 살려 『日本の植民政策と滿蒙の拓植事業』(1925), 『滿蒙改造の根本的對策』(1926), 『滿蒙政策更新論』(1927), 『日本新滿蒙政策』(1928), 『草莽文叢』(1936) 등과 같은 저서를 남겼다.

91) 平壤商業會議所, 앞의 책, pp.957~958; 日本電報通信社(1915년판), 앞의 책, p.676; 「西鮮新聞界の変遷史」, 『朝鮮公論』 1924.4, p.90.

의주에서 광산을 경영하고 있던 자노메 만지로(蛇目万次郞)에게 경영
권이 넘어갔고, 필화와 재정난이 계속되어 1914년에 폐간되었다.[92]

『평양신문』→『평양일일신문』

『평양신문(平壤新聞)』은 진남포에서 발행되고 있던 『진남일보』의
주필을 지낸 후루쇼 진타로(古莊仁太郞)가 우치다 후미오(內田錄雄),
오쿠다 엔노스케(奧田延之助), 오카자키 주타로(岡崎重太郞) 등의 평양
지역 유력자들의 후원으로 1909년 9월에 창간한 신문이다.

『평양신문』은 『평양실업신보』가 평양지역의 언론계를 독점하고
있던 시기에 발행되어 두 신문은 줄곧 경쟁하였고, 두 신문의 경영
자인의 후루쇼 진타로와 시로카와 마사하루의 상호 비방전이 형사
문제로 비화되기도 했다. 『평양신문』은 앞서 살펴 본 바와 같이 아
키모토 도요노신의 중재로 1911년에 폐간되어 『평양일일신문』에 통
합되었다.[93]

**『신문진남포』→『남포신문』→『진남포신보』→『서선일보』→
『평남매일신문』→『평양매일신문』**

『신문진남포(新聞鎭南浦)』는 1897년 진남포가 개항한 지 9년이 지
난 1906년 1월에 하라다 데쓰사쿠(原田鐵策), 아라이 간지로(新居觀次
郞) 등 진남포지역의 일본인 유력자들의 출자로 창간되었다. 사장 겸
주필은 사토 아키라(佐藤彬)였다. 시기는 알 수 없으나 재정난이 악화

92) 平壤商業會議所, 앞의 책, p.959.
93) 平壤商業會議所, 앞의 책, pp.956~957;「西鮮新聞界の変遷史」, 앞의 책, p.90; 日
本電報通信社(1915년판), 앞의 책, p.676.

되어 사토 아키라가 물러나고 하라다 테쓰사쿠가 경영권을 인수한
후, 사장에 아리모토 겐지로(有本源次郎), 주필에 하세가와 요시오(長
谷川義雄) 등의 진용으로『남포신문(南浦新聞)』으로 개제되었다.[94]

진남포의 이사관이었던 아키모토 도요노신은, 당시 3천 명 정도
의 일본인이 살고 있는 곳에 두 개의 다른 신문이 발행되고 있는 것
은 바람직하지 않다고 판단하여, 후술하는『진남일보』를『남포신문』
에 흡수시키면서, 1907년 5월에 하세가와 요시오를 사장 겸 주필로
하는『진남포신보(鎭南浦新報)』가 발행되었다.[95]

하세가와 요시오는 구마모토 출신으로, 구마모토의『규슈일일신
문(九州日日新聞)』, 후쿠오카(福岡)의『니호신문(二豊新聞)』등에서 활
동했다. 러일전쟁 때 종군기자로 조선으로 건너 왔다가 귀국한 후,
1906년에 진남포의 일본인 유력자들의 초빙에 응하면서『남포신문』
의 주필을 맡게 되었다.[96]

1910년부터『진남포신보』의 편집국장을 지냈던 후쿠오카 출신의
이토 간토(伊藤韓堂)는 이후에『조선신문』과 총독부 기관지『경성일
보』를 거쳐『매일신보』의 편집부장을 역임했으며, 한국어로 발행된
신문, 잡지의 내용 중에서 중요한 부분을 발췌하여 일본어로 번역한
『조선사상통신(朝鮮思想通信)』을 1926년 4월에 창간하여 사망하는
1943년 4월까지 경영하였다.[97]

1913년에『서선일보(西鮮日報)』로 개제된 후, 진남포뿐만 아니라

---

94) 前田力(1926),『鎭南浦府史』, p.389.
95) 前田力, 앞의 책, p.390; 蛯原八郎, 앞의 책, p.266.
96) 黑龍會編, 앞의 책(1966), p.80.
97)『매일신보』1943.4.18; 정진석(2005), 앞의 책, p.153.

평양까지 세력을 확장하여 평안남도 일대를 독점했다. 1918년경부터 미야가와 고로사부로(宮川五郎三郎), 오하시 쓰네조(大橋恒藏)와 같은 평양지역 유지들이 『서선일보』에 대항할 수 있는 신문사를 설립하려고 했으나 『서선일보』의 사장 하세가와 요시오와 진남포 지역의 유력자들의 반대로 무산되었다. 그 후 평양지역과 진남포지역의 유력자들이 공동출자하여 평양의 '평'과 진남포의 '남'을 딴 『평남매일신문(平南每日新聞)』을 1920년 4월에 새롭게 발행하게 된다. 하세가와 요시오가 주필을 맡아 전반적인 신문사 운영을 담당했고, 평양지역의 대표로 미야가와 고로사부로가 감독을 맡았다.[98]

1922년에 들어서면서 평양지역 출신의 경영진과 진남포지역 출신 경영진의 갈등이 심화되어 하세가와 요시오가 퇴사하고 평양지역 출신의 경영진이 신문사를 장악하게 되면서 사장도 오하시 쓰네조로 바뀌었고 제호도 『평양매일신문(平壤每日新聞)』으로 바뀌었다.[99] 사장 오하시는 시모노세키(下關) 출신으로 1905년 4월에 평양으로 건너온 이래 평양상업회의소 회장, 평양부협의회원, 금융조합장 등 평양지역의 요직을 지냈던 인물이다.[100]

『진남일보』→『진남포신보』

『진남일보(鎭南日報)』의 정확한 창간시기는 알 수 없으나, 1906년

---

98) 平壤商業會議所, 앞의 책, pp.960~961; 前田力, 앞의 책, p.390; 日本電報通信社 (1922년판), 앞의 책, 1922년판, p.932;『매일신보』1920.4.3.

99) 平壤商業會議所, 앞의 책, p.962;「西鮮新聞界の変遷史」, 앞의 책, p.92;『동아일보』1922.5.24.

100) 日本電報通信社(1936년판), 앞의 책,「遺芳錄」, p.2; 民衆時論社, 앞의 책, p.120.

경 사장에 니시야마(西山), 주필에 후루쇼 진타로(古莊仁太郎)의 진용
으로 창간되어 『남포신문』과 경쟁했다.[101] 이 신문은 1907년 5월에
앞서 살펴 본 『남포신문』과 함께 『진남포신문』에 통합되었다.

『서선일일신문』

『서선일일신문(西鮮日日新聞)』은 『평남매일신보』에서 퇴사한 하세
가와 요시오가 1923년 10월에 새롭게 창간한 신문이다.[102] 『서선일일
신문』은 『평양매일신문』과 줄곧 경쟁하였고, 1927년 10월에는 『평
양매일신문』측이 병합을 제안했으나 이루어지지 않다가[103] 1940년 1
월에 『평양매일신문』에 흡수되었다.[104]

『개성신보』→『극동시보』

『개성신보(開城新報)』는 1908년 6월에 오카모토 도요키치(岡本豊
吉)에 의해 창간되어, 1927년 10월에 『극동시보(極東時報)』로 개제되
었다.[105] 『극동시보』의 발행소는 개성에 있었으나 인쇄소는 지국의
형태로 경성에 두고 있었다.[106] 『극동시보』의 정확한 폐간 시기는 알
수 없으나 적어도 1931년까지는 발행되고 있었던 것으로 보인다.[107]

---

101) 前田力, 앞의 책, p.389.

102) 平壤商業會議所, 앞의 책, p.962; 前田力, 앞의 책, p.390; 中村明星(1929)『朝鮮
滿洲新聞雜誌總覽』, 新聞解放滿鮮支社, p.157; 日本電報通信社(1929년판), 앞의
책, p.517; 『매일신보』 1923.11.4.

103) 『매일신보』 1927.10.24; 『부산일보』 1927.10.12; 『朝鮮及滿洲』 1927.11, p.75.

104) 日本電報通信社(1942년판), 앞의 책, p.28.

105) 『대한매일신보』 1908.1.9; 『매일신보』 1915.4.25; 『동아일보』 1927.11.1; 日本電報
通信社(1915년판), 앞의 책, p.678; 朝鮮總督府警務局(1929년판), 앞의 책, p.9.

106) 『朝鮮及滿洲』 1927.11, p.75; 長野末喜(1932)『京城の面影』內外事情社, p.180.

『극동시보』의 사장인 이노우에 오사무(井上收)는 『오사카아사히신문』의 특파원으로 경성으로 건너와 1919년 11월부터 1926년까지 같은 신문의 경성지국장을 지낸 후, 『개성신보』의 경영을 양도받아 『극동시보』로 개제, 발행했다.[108]

『압록시보』→『신의주시보』→『압강일보』

신의주 지역에서 최초로 발행된 재조일본인 민간신문은 『압록시보(鴨綠時報)』인데, 이 신문은 만주의 안동(현재의 단둥)에서 1896년에 『만한신보(滿韓新報)』를 창간하여 발행하고 있던 다카하시(高橋)라는 인물이, 신의주의 개항(1906년)에 맞춰, 같은 해 12월에 본사를 신의주로 옮겨서 발행한 신문이다.[109] 1908년에는 『신의주시보(新義州時報)』로, 1910년에는 『압강일보(鴨江日報)』로 개제되었다.[110]

1910년부터 가토 데쓰지로(加藤鐵治郞)의 개인경영으로 발행되던 『압강일보』는 1927년에 주식회사로 경영체제가 바뀌었고,[111] 1941년 2월에는 이 신문의 2대 사장으로 가토 신이치(加藤新一)가 취임했다.[112]

『압강일보』는 평안북도에서 발행되고 있던 유일한 신문이었기 때문에 총독부의 1도 1지 정책에 영향을 받지 않고 1945년 8월까지 발행되었을 것이다.

---

107) 『동아일보』 1931.12.1.

108) 朝鮮總督府, 앞의 책(1935), p.1173; 日本電報通信社(1943년판), 앞의 책, p.161.

109) 中村明星, 앞의 책, p.157; 統監府(1909년판) 『統監府統計年報』, p.123; 統監府(1910년판), 앞의 책, p.167; 『統監府公報』, 1909.1.16.

110) 朝鮮總督府 『官報』 第52号(1910.10.29), p.209.

111) 中村明星, 앞의 책, p.143; 日本電報通信社(1928년판), 앞의 책, p.518.

112) 日本電報通信社(1943년판), 앞의 책, p.172; 『매일신보』 1941.2.20.

『황해일보』

황해도 지역은 다른 지역에 비해 비교적 늦은 시기에 신문이 발행되기 시작했는데, 이 지역에서 최초로 발행된 재조일본인 민간신문은 『황해일보(黃海日報)』이다. 이 신문은 사장에 구마타니 간이치(熊谷寬一), 주필 겸 편집장에 니시무라 만조(西村滿藏)의 진용으로 1938년 3월에 해주에서 창간되었다.[113] 사장 구마타니 간이치는 일본의 『시사신보(時事新報)』의 광고부장을 지냈고, 1936년부터는 『경성일보』의 이사 겸 동경지사장을, 1941년에는 『매일신보』의 임원을 역임했다.[114]

『황해일보』는 황해도 지역의 유일한 신문이었기 때문에 총독부의 1도 1지 정책에 영향을 받지 않고 1945년 8월까지 발행되었을 것이다.

5) 원산, 함흥, 청진, 나남지역의 신문

『원산시사』

『원산시사(元山時事)』는 1897년 7월에 창간된 주간신문으로 곧 폐간되었다가, 1903년 7월에 다가와 기타로(田川喜太郎)라는 인물에 의해 일간신문으로 다시 발행되었으나 다가와 기타로가 청한거류민취체규칙(淸韓居留民取締規則)을 위반하여 1906년 9월에 퇴한(退韓) 처분을 당하면서 폐간되었다.[115]

113) 日本電報通信社(1939년판), 앞의 책, p.462; 『매일신보』 1938.3.22.
114) 『동아일보』 1936. 3.10; 『매일신보』 1938. 5.13; 日本電報通信社(1937년판), 앞의 책, p.35; 日本電報通信社(1939년판), 앞의 책, p.433; 日本電報通信社(1941년판), 앞의 책, p.315.

『북한실업신보』→『원산일보』

『북한실업신보(北韓實業新報)』는 요시다 히데지로(吉田秀次郎)에 의해 1906년 9월에 창간되어, 다음 해 12월에 후술하는 『원산시사신보(元山時事新報)』와 함께 『원산일보(元山日報)』로 통합되었다. 『원산일보』는 1909년 11월까지 발행되었다.[116]

구마모토 출신의 요시다 히데지로는 1897년에 인천으로 건너와 선박운송업에 종사하다가, 1902년경 원산으로 옮겨 1918년까지 조선우선주식회사(朝鮮郵船株式會社), 요시다창고주식회사(吉田倉庫株式會社) 등을 경영했다. 그 후 인천으로 돌아가 조선신탁주식회사(朝鮮信託株式會社)의 사장, 인천부협의회장, 인천상공회의소 의원 등을 역임했다.[117]

『원산시사신보』→『원산일보』

『원산시사신보(元山時事新報)』는 원산지역 유지들의 공동출자로 1907년 2월에 창간되었다가 같은 해 12월에 『북한실업신보』와 함께 『원산일보』에 통합되었다.[118]

『원산매일신문』→『북선매일신문』

『원산매일신문(元山每日新聞)』은 『북한실업신보』와 『원산일보』의

115) 高尾新右衛門(1916), 『元山發展史』, p.330; 高尾白浦(1922), 『大陸發展榮より見たる元山港』, p.185; 咸鏡南道廳(1930), 『咸鏡南道誌』, 咸鏡南道廳, p.1591.

116) 高尾白浦, 앞의 책, p.185~186; 元山府(1936), 『元山府史年表』, p.217.

117) 朝鮮總督府(1935), 앞의 책, p.940.

118) 高尾白浦, 앞의 책, p.186.

주필을 지냈던 니시다 쓰네사부로(西田常三郎)에 의해 1909년 1월에
원산민회의 기관지로 창간되었다.[119] 오카야마(岡山) 출신의 니시다
쓰네사부로는 1905년에 와세다대학을 졸업한 후 조선으로 건너와
원산거류민단 의원, 함경남도 평의회 의원, 함경남도 수산회 부회장
등을 역임했다.[120]

『원산매일신문』은 1941년 4월에 총독부의 1도1지 정책에 의해 『북
선매일신문(北鮮每日新聞)』에 통합되었다. 『북선매일신문』의 사장은,
1940년부터 『원산매일신문』을 경영했던 니시다 쓰네사부로의 아들
니시다 교지(西田共二)였고, 본사는 1941년에 원산에서 함흥으로 이
전했다.[121]

『민우신문』 → 『함남신보』 → 『북선시사신보』 → 『북선매일신문』

1908년 2월에 이와모토 데쓰노스케(岩本徹之助)에 의해 함흥에서
발행된 『민우신문(民友新聞)』은, 1912년 6월에 하타모토 잇페이(畑本
逸平)에 의해 『함남신보(咸南新報)』로 개제되었다.[122] 하타모토 잇페
이는 구마모토 출신으로 1904년에 조선으로 건너와 『조선시보』(부
산), 『원산시사신보』, 『대구일일신문』에서 기자와 주필로 활동했고,
1910년 7월에 『민우신문』의 경영권을 매수했다.[123]

---

119) 高尾白浦, 앞의 책, p.186; 朝鮮總督府警務局(1930년판), 앞의 책, p.11: 日本電報
    通信社(1911년판), 앞의 책, p.394.
120) 朝鮮總督府(1935), 앞의 책, p.1067.
121) 土屋幹夫(1940), 『咸南名鑑』元山每日新聞社, p.105; 日本電報通信社(1942년판),
    앞의 책, p.167.
122) 蛯原八郎, 앞의 책, p.267; 日本電報通信社(1915년판), 앞의 책 p.666; 山田市太郎
    (1913), 『北朝鮮地』, 博通社, p.111.

『함남신보』는 1930년에 『북선시사신보』로 개제되어 발행되다가 1941년 4월에 총독부의 1도1지 정책에 의해 5월부터 『북선매일신문』에 통합되었다. [124)

『북관신일본』→『북한신보』→『북선일보』→『청진일보』

『북관신일본(北關新日本)』은 1908년 4월에 청진항이 개항되기 전인 1907년 8월에 기후(岐阜) 출신이며 청진의 일본인회 회장이었던 아사오카 시게키(淺岡重喜)에 의해 주간신문으로 창간되었다. 1908년 8월에 『북한신보(北韓新報)』로 개제되면서 격일간제로 바뀌었고, 1909년 8월부터는 일간제 신문으로 발행되었다. 1912년 2월에 와카야마(和歌山) 출신의 오카모토 쓰네지로(岡本常次郎)로 사장이 바뀌면서 신문의 제호도 『북선일보(北鮮日報)』로 개제되었다. [125) 오카모토 쓰네지로는 청진상공회의소 의원, 함경북도도회 의원, 청진부회 의원 등을 역임한 청진과 함경북도 지역의 유력자 중의 한 명이었다. [126)

『북선일보』는 후술하는 나남에서 발행되고 있던 『북선일일신문』과 통합되어 1940년 10월에 『청진일보(淸津日報)』로 개제되었다. [127)

『북선일일신문』→『청진일보』

『북선일일신문(北鮮日日新聞)』은 야마모토 와타로(山本和太郎) 등

123) 朝鮮公論社編, 앞의 책, p.50.
124) 日本電報通信社(1942년판), 앞의 책, p.28.
125) 山田市太郎, 앞의 책, pp.203~204; 國井天波(1916) 『大淸津港』, 元山每日新報社, p.86.
126) 朝鮮新聞社(1935), 『朝鮮人事興信錄』, 朝鮮新聞社, p.94.
127) 日本電報通信社(1943년판), 앞의 책, p.176.

의 함경북도 지역의 유력자들이 공동출자하여, 사장 홍종화(洪鐘華), 발행인 도모나리 가즈마(友成一馬)의 진용으로 1919년 12월에 창간되었다.[128]

이 신문은 앞서 살펴 본 바와 같이 1940년 10월에 청진의 『북선일보』와 함께 『청진일보』로 통합되었다.

3. 맺음말

1876년에 조선이 일본에 의해 개항된 후 일본의 공식적인 식민지가 되기 이전 시기부터 재조일본인 민간신문들이 조선의 각 지역에서 발행되었다. 부산의 『조선신보』, 『부산상황』, 인천의 『인천경성격주상보』, 원산의 『원산시사』와 같이 개항장에서 주로 상업과 무역 등의 경제관련 정보를 제공한 신문이 있는가 하면, 경성의 『한성신보』와 부산의 『조선시보』처럼 일본의 공사관이나 영사관의 후원으로 창간된, 정치적 성격이 짙은 신문들도 다수 발행되었다.

재조일본인 민간신문이 가장 활발하게 창간된 시기는 러일전쟁과 통감부 설치, 그리고 강점에 이르는 기간이었다. 일본이 러일전쟁을 통해 조선에 대한 영향력을 강화하고 통감부를 설치하면서 본격적으로 조선을 식민지화 해 가는 과정에서 다수의 재조일본인 민간신문이 경성을 비롯한 조선 각지에서 창간되었다. 이들 신문 중에 경성에서 발행됐던 신문들은 통감부가 추진하던 정책 특히 재조일본인 사

---

128) 日本電報通信社(1919년판), 앞의 책, p.840.

회에 대한 정책에 대해 비판적이었기 때문에 많은 신문들이 1910년을 전후로 통감부와 총독부에 의해 매수 또는 폐간 당했다.

식민지 영유와 적극적인 대륙진출을 주창했던 흑룡회와 구마모토 국권당과 같은 대륙낭인집단과 직간접적으로 관계하고 있던 인물들이 조선 각지에서 다수의 신문을 발행한 것도 강점 초기의 재조일본인 발행 민간신문의 큰 특징 중의 하나라고 할 수 있을 것이다.

잘 알려져 있는 것처럼 명성황후 시해 사건의 본부 역할을 했던 『한성신보』(경성)의 아다치 겐조, 구니모토 시게아키, 샷사 마사유키, 『대한일보』(경성)의 요시자와 기이치로, 『대동신보』(경성)의 기쿠치 겐조, 『조선신문』(인천)의 하기야 가즈오, 『조선일보』(부산)의 구즈오 요시히사, 『대구실업신보』의 우에다 구로시오, 『경성신문』의 아오야나기 쓰나타로, 『진남포신보』의 하세가와 요시오, 『평양실업신보』의 야마다 다케요시 등이 그 대표적인 사례라고 할 수 있을 것이다. 이들은 대륙진출의 출발지라고도 할 수 있는 조선에 일찍부터 건너와 신문매체를 통해 제국주의 일본의 팽창을 견인한 첨병과 같은 역할을 했다고 평가할 수 있을 것이다.

재조일본인 발행 민간신문의 편집에 종사했던 다수의 인물들이, 조선으로 건너오기 이전에 자신의 출신지에서 신문기자로 활동했던 경력을 가지고 있거나, 일본에서 발행되고 있던 신문의 통신원을 겸하는 경우도 많았다. 그리고 재조일본인 발행 민간신문이 다수 일본으로 보내져 일본에서 소비되고 있었다는 사실도 주목할 만하다.[129] 경성지방법원검사국의 조사자료(朝鮮內發行新聞頒布狀勢一覽表)에 의

129) 京城地方法院檢事局(1927), 『新聞紙出版物要項』, pp.15~20.

하면 1927년 당시, 『부산일보』의 경우 1930부, 『조선신문』(인천)의 경우 1854부, 그 외의 재조일본인 민간신문들도 수십, 수백여 부가 조선 외로 배포되었다고 기록하고 있다. 이는 재조일본인 발행 민간신문들이 조선에 거주하는 재조일본인들 뿐만 아니라, 식민지 지배국 일본에 식민지 조선의 정보를 제공하는 역할을 했다는 점을 충분히 짐작케 한다.

　본고는 일제강점기 이전부터 조선의 각 지역에서 발행됐던 재조일본인 민간신문의 전체상을 정리하는 데는 어느 정도 성과를 거두었다. 그러나 자료의 한계로 인해 개별 신문의 특징이나 성격을 면밀하게 파악하지 못했다. 그리고 각 신문의 창간과 제호의 개제 과정, 폐간을 포함한 발행상황에 대해서도 참고한 자료들의 기록에 차이가 있어서 다소 부정확한 기술이 있을 수 있다는 점을 밝혀 둔다.

재조일본인 민간신문의 지역별 발행 상황

	1930	1935	1940	1945

통감부
총독부
기관지

경성　(정))

일일(1931.4~1931연말)→조선일일신문(1932.2~1942.2)
8이후〈추정〉)

인천

일신문(1922.4~1942.2)

부산

마산

대구

보(1913.3~1941.5)

대구일보(1928.10)→대구일일신문(1941.5~1945.9)

※통감부와 총

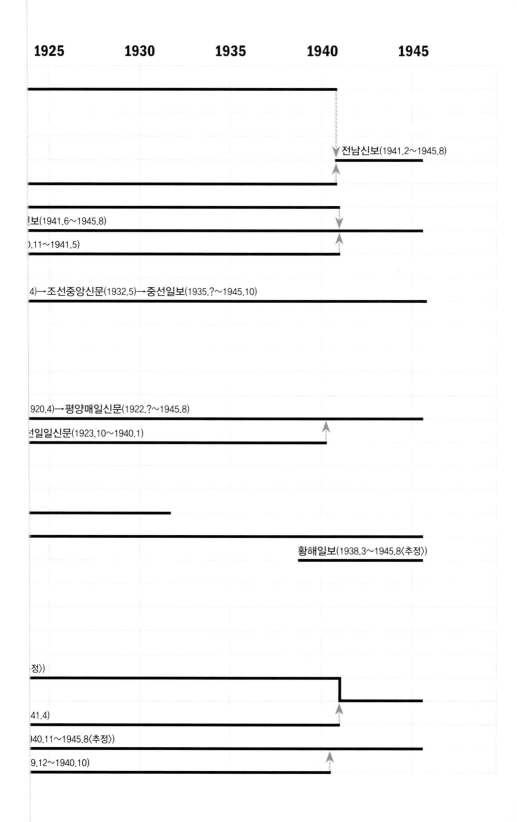

| 1925 | 1930 | 1935 | 1940 | 1945 |

전남신보(1941.2~1945.8)

보(1941.6~1945.8)

).11~1941.5)

4)→조선중앙신문(1932.5)→중선일보(1935.?~1945.10)

920.4)→평양매일신문(1922.?~1945.8)

선일일신문(1923.10~1940.1)

황해일보(1938.3~1945.8〈추정〉)

정〉)

41.4)

940.11~1945.8〈추정〉)

9.12~1940.10)

참고문헌

- 국사편찬위원회 편, 『한민족독립운동사 2』, 국사편찬위원회, 1987.
- 김규환, 『日帝의 對韓言論·宣傳政策』, 二友出版社, 1978.
- 김태현, 「한국강점 전후 『경성신보』와 재한일본인사회의 동향」, 『한국민족운동사연구』 68, 2011.
- 박용규, 「구한말 일본의 침략적 언론활동-〈한성신보〉(1895~1906)를 중심으로」, 『한국언론학보』 43-1, 한국언론학회, 1998.
- 이연, 『조선언론통제사』, 信山社, 2002.
- 이해창, 『한국신문사연구』, 성문각, 1983.
- 장신, 「한말 일제초 재인천 일본인의 신문발행과 조선신문」, 『인천학연구』 6, 인천대학교 인천학연구원, 2007.
- 전성현 외, 「식민지 '지역언론'에서 '제국언론'으로-신문체제와 지면을 통해 본 『조선시보』의 특징과 의미」, 『항도부산』 37, 부산광역시시사편찬위원회, 2019.
- 정진석, 『韓國言論史硏究』, 일조각, 1983.
- _____, 『한국언론사』, 나남, 1992.
- _____, 『언론조선총독부』, 커뮤니케이션북스, 2005.
- _____, 『극비 조선총독부의 언론검열과 탄압-일본의 침략과 열강세력의 언론통제』, 커뮤니케이션북스, 2007.
- _____, 『조선총독부의 언론검열과 탄압』, 커뮤니케이션북스, 2008.
- 채백, 「조선신보에 관한 연구」 『신문학보』 26, 한국언론학회, 1991.
- 한국고서동우회 편, 『조선신보』, 한국출판판매, 1984.
- 한국신문연구소 편, 『한국신문백년』, 한국신문연구소, 1975.
- 青柳綱太郎, 『總督政治史論』, 京城新聞社, 1928.
- 安達謙藏, 『安達謙藏自敍傳』, 新樹社, 1960.
- 仁川府, 『仁川府史』, 1933.
- 元山府, 『元山府史年表』, 1936.
- 蛭原八郎, 『海外邦字新聞雜誌史』, 學而書院, 1936.

- 岡本保誠, 『仁川港』, 仁川商業會議所, 1931.
- 岡良助, 『京城繁昌記』, 博文社, 1915.
- 河井朝雄, 『大邱物語』, 朝鮮民報社, 1931.
- 金泰賢, 「植民地朝鮮の日本人新聞『釜山日報』と植民地都市「釜山」」『グローバル・ローカル研究』10号, 神戶女子大學, 2017.
- 北村友一郎, 『光州地方事情』, 大和商會印刷所, 1917.
- 國井天波, 『大淸津港』, 元山每日新報社, 1916.
- 群山府, 『群山府史』, 1935.
- 黑龍會編, 『東亞先覺志士記傳』下卷-列傳, 原書房, 1966.
- 京城地方法院檢事局, 『新聞紙出版物要項』, 1927.
- 櫻井義之, 「韓國時代の邦字新聞」, 『書物同好會會報』第14號, 書物同好會, 1941.
- 佐々博雄, 「熊本國權黨と朝鮮における新聞事業」, 『國士館大學文學部人文學會紀要』第9号, 國士館大學文學部人文學會, 1977.
- 下野新聞社史編纂室, 『下野新聞百年史』, 下野新聞社, 1984.
- 全州府, 『全州府史』, 1943.
- 高尾新右衛門, 『元山發展史』, 1916.
- 高崎宗司, 『植民地朝鮮の日本人』, 岩波新書, 2002.
- 達捨藏, 『慶北大鑑』, 1936.
- 朝鮮公論社編, 『在朝鮮內地人紳士名鑑』, 朝鮮公論社, 1917.
- 朝鮮史談會, 『馬山港誌』, 1926.
- 朝鮮新聞社, 『朝鮮人事興信錄』朝鮮新聞社, 1935.
- 朝鮮總督府, 『官報』第52号, 1910.10.29.
- 朝鮮總督府, 『朝鮮總督府統計年報』, 1913.
- 朝鮮總督府, 『朝鮮總督府始施政25周年記念表彰者名鑑』, 1935.
- 朝鮮總督府警務局, 『朝鮮に於ける出版物概要』, 1929, 1930, 1932.
- 大邱府, 『大邱府史』, 1943.
- 統監府官房文書課編, 『統監府統計年報』, 1907.
- 土屋幹夫, 『咸南名鑑』, 元山每日新聞社, 1940.
- 釋尾春芿, 『朝鮮倂合史』, 朝鮮及滿州, 1926.

• 中村明星, 『朝鮮滿洲新聞雜誌總覽』, 新聞解放滿鮮支社, 1929.

• 永島広紀, 「「興亞」の実践據点としての〈釜山港〉と玄洋社・黒龍會」, 有馬学 編, 『近代日本の企業家と政治－安川敬一郎とその時代』, 吉川弘文館, 2009.

• 長野末喜, 『京城の面影』, 內外事情社, 1932.

• 日本電報通信社, 『新聞總覽』, 각 연도판.

• 藤井秀五郎, 『新布哇』, 大平館, 1900.

• 釜山商業會議所, 『釜山要覽』, 1912.

• 平壤商業會議所, 『平壤全誌』, 1927.

• 前田力, 『鎮南浦府史』, 1926.

• 三輪規, 松岡琢磨, 『富之群山』, 群山新報社, 1907.

• 民衆時論社, 『朝鮮功勞者名鑑』, 1935.

• 明治文化資料叢書刊行會編, 「地方新聞總まくり」, 『明治文化資料叢書』第12卷 (新聞編), 風間書房, 1970.

• 木浦誌編纂會, 『木浦誌』, 1914.

• 木浦府, 『木浦府史』, 1930.

• 山田市太郎, 『北朝鮮地』, 博通社, 1913.

• 山田武吉, 『草莽文叢』, 大日社, 1936.

• 『경성신보』, 『대한매일신보』, 『동아일보』, 『매일신보』, 『부산일보』, 『조선신문』, 『황성신문』, 『いばらき』, 『朝鮮公論』, 『朝鮮及満洲』

• http://db.history.go.kr 한국사데이터베이스 직원록자료

찾아보기

저자 소개

(게재순)

유재진(俞在眞)

고려대학교 일어일문학과 교수. 일본근현대문학 전공.

주요 논문에는 「러일전쟁과 일본어 민간신문 『조선일보(朝鮮日報)』의 문예물 2 - 코난 도일(Conan Doyle) 작 「프랑스 기병의 꽃(仏蘭西騎兵の花)」를 중심으로」(『비교일본학』, 2018), 「러일전쟁과 일본어 민간신문 『조선일보(朝鮮日報)』의 문예물 1 - 코난 도일 (Conan Doyle) 작 「프랑스 기병의 꽃(仏蘭西騎兵の花)」를 중심으로」(『비교일본학』, 2017) 등, 공편 저서로는 『〈異郷〉としの日本-東アジアの留學生がみた近代』(勉誠出版, 2017) 등 이 있다.

이현희(李炫熹)

고려대학교 BK21플러스 중일언어문화교육연구사업단 연구교수. 일본근대문학전공.

주요 논저로는 「한반도에서 간행된 일본어신문 『경성신보(京城新報)』 문예물 연구-「탐 정실화 기이한 인연(奇縁)」을 중심으로」(『일본학연구』 55, 2018), 「朝鮮半島における西歐 探偵小説の日本語飜譯と受容-1910年以前、『朝鮮新聞』に揭載された飜譯探偵小説を中心 に一」(『跨境』, 2019), 공역서 『역사와 주체를 묻다』(소명출판, 2014), 『근대세계의 형성』 (소명출판, 2019), 역서 『유리병 속 지옥』(이상, 2019) 등이 있다.

나승회(羅勝會)

부산대학교 일본연구소 전임연구원. 일본 근현대문학 연구.

주요 논저로는 공역 『도시의 시학-장소의 기억과 징후』(심산, 2019), 「일본근대 소설가의 희곡 창작 - 다니자키 준이치로와 미시마 유키오의 희곡 창작에 대한 비교연구를 중심으 로」(『일본어문학』 84, 2019), 「1910~20년대 부산지역 일본어 신문에 대한 고찰-「조선시 보」「부산일보」소재 연재소설과 근대 초기 부산의 문화적 양상」(『일본어교육』 89, 2019), 「한, 일 근대극의 비교연구-1910~20년대의 양상을 중심으로」(『일어일문학』 72, 2016) 등이 있다.

이지현(李智賢)

부산대학교 일본연구소 공동연구원. 전시하 문학. 식민지 문화 연구.
주요 논저로는 공역 『여자가 국가를 배반할 때』(도서출판 하우, 2017), 「1920년대 부산과 경성 극장가의 식민성 연구」(『일어일문학연구』 105-2, 2018), 「아시아 태평양 전쟁과 일본의 〈비국민〉들－다자이 오사무 소설의 〈비국민〉표상을 중심으로」(『한일군사문화연구』 24, 2017) 등이 있다.

이윤지(李允智)

고려대학교 글로벌일본연구원 연구교수. 일본 중세 극문학 연구.
주요 논저에는 「노(能) 〈쇼존(正尊)〉의 등장인물 연구」(중앙대학교 『일본연구』 35, 2013), 노(能) 〈하시벤케이(橋弁慶)〉의 인물상 연구」(고려대학교 『일본연구』 20, 2013), 역서에 『국민시가집』(역락, 2015), 공역 『조선 민요의 연구』(역락, 2016) 등이 있다.

김보현(金寶賢)

고려대학교 글로벌 일본연구원 연구교수. 식민지 일본어문학·일본전통시가 연구.
주요 논저로는 공역 『단카(短歌)로 보는 경성 풍경』(역락, 2016), 「일제강점기 대만 하이쿠(俳句)와 원주민 － 『화련항 하이쿠집(花蓮港俳句集)』(1939)을 중심으로」(『비교일본학』 36, 2016), 「1910년 전후 조선의 가루타계(カルタ界)』－『경성신보』의 가루타 기사를 중심으로」(『일본언어문화』 42, 2018) 등이 있다.

김태현(金泰賢)

고베여자대학(神戸女子大學) 문학부 국제교양학과 조교수. 식민지 시기 재조일본인사회 신문연구, 재일동포사회 연구.
주요 논저로는 「한국강점 전후 『경성신보』와 재한일본인사회의 동향」(『한국민족운동사연구』 68, 2011), 「植民地朝鮮の日本人新聞『釜山日報』と植民地都市「釜山」」(『グローバル・ローカル研究』 10, 神戸女子大學, 2017), 「在日コリアンの韓國の在外選擧に對する認識に關する研究」(『神戸女子大學文學部紀要』, 神戸女子大學, 2016) 등이 있다.

일본학 총서 43
일제강점 초기 한반도 간행 일본어 민간신문의 문예물 연구 8

한반도 간행 일본어 민간신문 문예물 연구

2020년 5월 22일 초판 1쇄 펴냄

지은이 고려대학교 글로벌일본연구원
　　　　일제강점 초기 한반도 간행 일본어 민간신문의 문예물 연구 사업팀
발행인 김흥국
발행처 보고사

등록 1990년 12월 13일 제6-0429호
주소 경기도 파주시 회동길 337-15 보고사
전화 031-955-9797(대표), 02-922-5120~1(편집), 02-922-2246(영업)
팩스 02-922-6990
메일 kanapub3@naver.com / bogosabooks@naver.com
http://www.bogosabooks.co.kr

ISBN 979-11-6587-009-6　94800
　　　979-11-6587-001-0　(세트)

정가 26,000원

이 저서는 2016년 대한민국 교육부와 한국연구재단의 지원을 받아 수행된 연구임.
(NRF-2016S1A5A2A03926907)